馔®

博物馆黑客

AI盗宝者

午晔 著

中国友谊出版公司

图书在版编目（CIP）数据

博物馆黑客 / 午晔著. —— 北京：中国友谊出版公司，2020.12

ISBN 978-7-5057-5026-5

Ⅰ. ①博… Ⅱ. ①午… Ⅲ. ①长篇小说－中国－当代 Ⅳ. ①I247.5

中国版本图书馆CIP数据核字(2020)第219362号

书名	博物馆黑客
作者	午晔
出版	中国友谊出版公司
发行	中国友谊出版公司
经销	新华书店
印刷	北京市十月印刷有限公司
规格	880×1230毫米　32开
	9.25印张　223千字
版次	2021年1月第1版
印次	2021年1月第1次印刷
书号	ISBN 978-7-5057-5026-5
定价	42.00元
地址	北京市朝阳区西坝河南里17号楼
邮编	100028
电话	(010) 64678009

版权所有，翻版必究

如发现印装质量问题，请与承印厂联系调换

电话　(010) 59799930－601

目录

自　序　　/1

第一章　　雨夜血　/3

第二章　　偷天计　/12

第三章　　"安魂曲"　/54

第四章　　替罪羊　/90

第五章　　前尘祸　/114

第六章　　弥天谎　/140

第七章　　白女王　/169

第八章　　惊魂夜　/192

第九章　　叛逆者　/218

第十章　　二重身　/239

第十一章　千古谜　/258

自 序

2015年夏天，我在美国费城的宾夕法尼亚大学。提到这个学校，大部分人能想到的应该是，他们做出了世界上第一台电子计算机，埃尼亚克。不过，在宾大工作了几十年的一位老前辈告诉我，宾大还有两件东西，每个中国人都应该去看看。抱着好奇，我跟着他来到宾夕法尼亚大学的考古与人类学博物馆。在三层的中国馆，我第一次见到被罩在玻璃罩中的两匹石骏——拳毛騧（guā）和飒露紫。它们正是昭陵六骏中流失海外的两匹，在上世纪初的乱世中，被盗运到美国，几经波折，落户费城。

这让我想起了大英博物馆、罗浮宫、大都会博物馆，那些林林总总的中国文物，它们因为各种原因流失在外，思之令人痛心。这也让我第一次产生写一本书，讲一讲这个故事的想法。

一个世纪过去了，世界发生了翻天覆地的变化。有趣的是，昭陵二骏和埃尼亚克，离得并不远，古老文明与现代科技的碰撞，让我有了写下这个故事的最初灵感。

反复咀嚼曾经的伤痛和仇恨并没有多少意义。国宝回家，长路漫漫，必须要考虑法律和各种现实，也不是我辈一腔热血便可以解决的。我把这些写下来，不是为了谴责谁，只是希望有更多人知道这段故事，希望历史的悲剧不要在未来重演。靠什么阻止悲剧的发生？很多人可能会说：科技、经济、强大的军事。然而，所有这一切的实现，无非是你我这样千千万万普通人的努力奋斗。无论是千年前栩栩如生的石骏，还是如今改天换地的信息科技，其实都是人的智慧。也只有发挥人的力量，世界才能如我们所愿，变得更好。

往事已去，未来可期。

第一章
雨夜血

2027年初秋，夜色中的西印度洋浊浪滔天。凌晨时分，乌云压在海面上，台风卷起千万吨雨水，泼向东部非洲。

岛国毛利特里斯，此刻已经被暴雨吞没。

该国唯一的机场——来多桑斯国际机场的跑道上，纵横交错地趴着六七架飞机。泄了气的逃生梯横七竖八，仿佛荒废的水上游乐园。其中，两架飞机头对着头，与机毁人亡只差两三米的距离。它们机翼着地，裂开的机身上迸出噼啪乱闪的电火花。

令人费解的是，本该进行维修工作的机器人，却只是在瓢泼大雨中绕着飞机一圈又一圈地打转。装在机器人底盘上的设备箱不知怎么都敞开着，大大小小的零件和工具撒了一地。

突然间，轰的一声巨响，几片不知从何而来的钢板被狂风裹挟着撞上了一架飞机的尾翼，激起一片骇人的火光。

候机厅里，目睹了这一幕的人们失声尖叫，焦虑和恐惧在疯狂地蔓延。毫无征兆地，天花板上的灯全部熄灭了，候机厅陷入一片漆黑之中，人们的叫声更加刺耳。几秒钟后，登机口上方，已经失灵将近八个小时的 LED 指示牌渐渐亮起,浮现出一条条文字。它们在屏幕上飞闪而过,英文、法文、中文、德文、阿拉伯文……表达的却是同一个意思:"害怕了吗,机器的奴隶们?"

噼啪!

电火花的乱响把人们惊恐的目光再次引向窗外。只见机器人们不知何时在落地窗前站成齐刷刷的一排。它们挥舞着机械肢,整齐划一,散花似的把剩下的工具四处乱扔,怪异得犹如鬼魅。

伴着这惊心动魄的一幕,候机厅里的灯一排排地亮起。人们再也无法控制激动的情绪,各种语言的祈祷和哭喊此起彼伏。

机器的奴隶……

已经在墙边站了两个多小时的保安经理长叹一声,无奈地看着四周的乱象。他抬起头,只见身材虚胖、皮肤黝黑的维修部总监带着三个头发湿漉漉、穿着便服的中年人,急匆匆地跑向 1 号登机口。维修部只剩下这几个不需要充电的员工了。保安经理再一次叹气,扭头看向背后一排、嵌在墙上的 LED 显示屏。

十年前,他刚到来多桑斯国际机场工作时,这里是一排退税窗口。身穿白衬衣和藏青色西装马甲,戴着彩色条纹丝质领带的姑娘和小伙子们热情洋溢地帮世界各地的客人填表,耐心地听他们的抱怨,按客人的要求把退税金额折算成一张张欧元或者美元现钞,再从玻璃的另一侧递过来。那时候,总会有客人嘀咕排队太久,或者回国后还要把欧元、美元兑成自家的货币,又被银行克扣一笔手续费。

三年前,越来越能干的人工智能让这些麻烦消失了,退税窗口都换成了全自动的机器。客人只要预先在网上提交申请,登机之前来刷一下护照,机器就会将退税额换算成他们需要的货币,直接转入客人指定的账户。"嘀"的一声就办好,免去了无数口舌和点钱的工夫。

点钱，啊！多么古老的习惯！十年来电子支付席卷全球，就算在毛利特里斯这样发展中的非洲国家，还在用纸币的人也越来越少。首都路易斯港街头的乞丐都举起了"NO CASH"的牌子，拿着手机等好心人刷二维码施舍。如今，大概只有犯罪分子和一些主打怀旧牌的商家还坚持只用现金交易。

"变化真是猝不及防啊！"保安经理心想。两年前，机场的最后两个人类清洁工光荣退休，保洁工作就全部由智能机器人接手了，成本减少一多半，地板、厕所和座椅倒是比原来干净不少。很快，地勤、值机柜台甚至海关通关都改成了自动化。机场里的免税店、咖啡屋早在几年前，就统统变成了自助式。游客越来越多，服务人员原来越少，很多人想象中的混乱却没有出现。机器不知道累，还没学会怠工，活儿干得又快又好，确实比人强多了。只是偶尔走过空荡荡的员工茶水间，保安经理还是会怀念端着咖啡和各部门各色人等聊天的乐趣。

今年，来多桑斯在中国的援建和技术支持下，终于和那些富裕国家的机场一样，用上了全新的人工智能调度系统。明年，这里的工作人员将会更少。保安经理又看看维持秩序的部门员工。若不是今天的这场混乱，下个月机场就要上线智能安检系统，全面引进安保机器人。不过看如今的情形，桌上那份裁员名单几个月内不用报上去了，保安经理暗暗松了口气。

一个蓝色的身影匆匆从他面前跑过，一不留神踩到他伸出去的脚，疼得保安经理大喊一声。

"对不起。"蓝色的身影停下来，把头上的雨帽往后推，露出一张年轻的东方面孔。

他朝保安经理点头致歉，放缓脚步走向不远处的玻璃门。一些细小的水珠从他的身上掉下来，落在雪白的地板上。

有钱人，穿得起纳米材料的外套。保安经理咂舌，看着年轻人将一本护照交给守在玻璃门边的保安。保安面无表情地替客人开门，门内穿着枣红色一步裙的姑娘赶紧微笑着迎上前。唉！如今也只有VIP休息室还在用真人服务。

"世界在变"这句话他从小听过很多次，只是没想到人工智能会让生活变得如此之快！

不到十年的时间，机器已经让他熟悉的职业消失了差不多一半。路上的车子都换成了无人驾驶，跑在新型太阳能充电路面上，再不用担心加油和尾气污染问题。别说大超市，连社区的菜市场都推广了无人货架，扫码自取。如果懒得跑，在家下单就行，会有无人送货机给你搬到厨房。懒得做饭？没事，很多家庭主妇都买了自动炒菜机，把配料扔进去就行。它还会定期联网下载新菜单，给你换换口味。

这不，人事经理家前些天买了家政机器人，保安经理正在绞尽脑汁地琢磨，怎么拦着也要买一台的自家太太。不是不心疼老婆，只是家里总有台机器在转悠，他觉得特别扭。不过，大势所趋，拦不住啊！

听说最近两年，在一些发达国家，警察局都开始裁员了。因为有了智能交通系统，不需要那么多交警、辅警在街头风吹日晒。无处不在的天眼系统可以轻松锁定犯罪分子，一些智能研判系统已经可以做出简单的犯罪预警，刑警们的工作将会越来越轻松。怎么说呢？人工智能真的挺好，如果它们不抢人类的饭碗，那就堪称完美了。

保安经理不禁想起了还在读大学的儿子。唉，等他两年后拿到毕业证，留给人类的工作会更少。还好有先见之明，逼着孩子学了机械工程，将来会修机器，总能有口饭吃。可是……再这么下去，在不远的未来，人类该不会都要给机器打工吧？机器的奴隶……保安经理突然觉得这句话挺有道理。不管今天这事是什么人惹出来的，解气。

候机厅里爆发出激烈的争吵，打断保安经理的神游。原来是几个又累又饿的乘客，对着无法工作的自动贩卖机又踢又砸，想取出里面的食物。保安们忙不迭地上前阻拦，双方拉拉扯扯，四周围了一群看热闹的人。没多久，保安们已经明显落了下风。

管不了喽，保安经理转身和守在VIP休息室门口的两个人交代几句，推开玻璃门走进安静的世界。保护好重要客人的安全才是他的首要责任。

哦，无论世界怎么变，总有些东西变不了。看看挤在候机厅的这些倒霉蛋：光着脚、身上水迹未干的，是从飞机上逃出来的，他们惊魂未定，担忧还在飞机上的行李；还没上飞机的乘客境遇稍好些，至少没被浇成落汤鸡。但是，论前路未卜，所有人都一样。不，应该说，所有没钱的人都一样。头等舱和舍得花钱的客人早就进VIP休息室了。还有那私人飞机上的贵客。

VIP休息室的一层灯光柔和，靠墙的人造小溪边种满了绿色植物。埋在植物间的岩石形香薰器喷出带有檀木香气的水雾，帮助客人放松紧张的神经。现在接近凌晨三点，大部分躺在按摩软椅上的客人都已经盖着毛毯，进入梦乡。

二楼，人更多一些，每一组沙发座上都坐着或者躺着客人。保安经理找服务员要了盘零食，在靠墙的地毯上席地而坐，一抬头看见刚刚踩了自己一脚的男人正站在一张小方桌边。他已经脱下防雨外套，露出一身黑色衬衣和西裤，挺直了腰杆朝一位坐在沙发上端着红酒沉思的年轻人低声汇报着什么。

"所以，没问题了？"穿着银灰色丝质立领衬衣的年轻人放下酒杯。他三十上下的年纪，亚裔模样，一对浓眉此刻紧紧挤在一处。

"暂时安全。"黑衬衣毕恭毕敬，"机器修好了还得等台风过去。机长说，最早后天才能飞。要不……进城找家酒店歇着？"

"货物进不了城。"灰立领摇头,低声道,"不能再冒险了!谁知道这些是不是冲着我们来的。"

"应该不是。"黑衬衣犹豫道,"咱们这次轻装简行,没向任何人透露行踪。"他瞥一眼放在灰立领身边的一只半尺见方的银色小手提箱,"听说警察要派人来机场,会不会……"

"风雨这么大,一时半会儿他们过不来。"灰立领摆摆手,"即便来了,警察也不敢轻易动私人飞机。毛利特里斯政府还没傻到在惹上这么大麻烦的同时,再引发外交事件。"

另一个穿着一身黑的青年走过来,双手递给灰立领一盘刚炒好的海鲜意大利面。

哔哔……贴在墙上的液晶电视闪了几下,中断了七八小时的新闻画面出现了。女主播正表情严肃地播讲刚刚收到的国际新闻:"北美当地警方锁定了前几日闯入UPMA中国馆的嫌疑人,发布了通缉令。UPMA是著名考古研究和收藏机构……"

看着一张陌生人的证件照出现在电视屏幕上,两位穿黑衬衣的青年露出一副如释重负的表情。灰立领却盯着电视,依旧一脸惆怅。

"UPMA尚未公布中国馆重新开放的具体日期。该馆最著名的展品,是来自中国唐代昭陵的两匹石骏——拳毛䯄和飒露紫……"女主播还在继续,但电视机杂音乍起,很难听清她在说什么。

"那两匹石马如果不再恢复展出的话,您的计划……"

灰立领满脸怒意地摆摆手,示意同伴不要在人多眼杂的公共场合说这些。

"你们都坐吧,放松,其他的事等回国了再做计较。"他按了一下手机,眯眼看着一行电子书上的方块字"大唐西域记·卷十二"。一边看书,他一边有意无意地把手搭在银色小箱子上。

"高先生去哪儿了?"刚从外面回来的黑衬衣左顾右盼。

"他去洗澡了。"灰立领解开衣领上的两颗珍珠母贝纽扣,站起身,"我去洗脸。"他朝作势要跟上的同伴摆手,"你们在这里看好行李。"

宽敞的盥洗室里飘着茉莉花香。房间中间修了两排洗手池,东侧墙边的一排隔间是卫生间,西侧的则是淋浴室。灰立领摘下右手无名指上的一枚金戒指,放在大理石盥洗台上。戒指上镶着硕大的绿色宝石。他掬几捧热水扑在脸上,随手抽几张香氛面巾纸,擦擦脸上和脖子上的水渍。

什么味道?他敏感地耸了耸鼻子。花香中隐约有一股臭味。那是……透过面前的大镜子,他低头瞥见一注浅红色的水流从身后一间淋浴室的门缝里缓缓流出来,在黄白相间的大理石地面洇开。

"有人吗?"他抬手用力敲门,只听见花洒喷水的哗哗声。犹豫片刻,灰立领伸手转了一下门把手,轻轻向外一拉。一股热气顺着打开的门冲出来。热气让腥臭味更加明显。

淋浴室内,玻璃浴房门敞开着,一个四十来岁的男人一丝不挂地坐在地上。浓稠的血液从他脖子上的两道伤口中涌出来,被水流冲淡,流向四面八方。男人的一只手堵住了下水口,不大的隔间里到处是浅红色的血水。一柄断成三截的陶瓷匕首丢在他的身边。挂在浴房外的衣裤早已被溢出的水蒸气打湿了。

凄厉的叫声在灰立领的身后响起,两个进来用卫生间的男人惊恐地盯着地上的尸体。他们愣了片刻,扭头就跑。

"快来人,出事了!"

"救命啊!杀人啦!"

VIP休息室里的客人瞬间都被吵醒,有的揉着眼睛,怀疑自己是不是在做梦,有的起身想去看个究竟。灰立领腿脚发软,跌跌撞撞地冲出盥洗室,被迎面扑来的保安经理撞了个结结实实,摔倒在地。

闻声赶来的两个随从赶紧将他搀扶起来。

"您没事吧？"黑衬衣吓得脸色发青。

"没事，我……高先生。"灰立领语无伦次，"有人杀了高先生……啊！"

抬起头，他猛然发现刚才放在沙发上的银色小手提箱没了踪影。人群还在不断地朝男盥洗室门口聚拢，混乱中只有一抹单宁色的影子逆流而动，以极快的速度跑向楼梯，银光在那人身旁晃动。

"站住！"灰立领脖子上的青筋暴跳，不管不顾地追了上去。待两个同伴回过神来，他的身影已经消失在楼梯口。

此刻，VIP休息室外面比里面还要混乱。几个自动贩卖机终于被撬开了，里面的食物却远远不够分。百万年进化的硕果，数万载文明的积淀，只因饥饿这样一个小小的威胁，自称高等智能生物的人类便被打回原形，如野兽一般号叫撕扯，争夺一个面包或者一碗素菜汤。

灰立领发疯似的拽开挡路的人群，搜寻着那一缕单宁色，顾不上来自人群的反复冲撞和从肩头扯脱半截的袖子。

到底是什么人干的？我的计划暴露了？飞机上的货物该怎么办？一连串的疑问掠过脑际，他根本无暇思考，只是铆足力气追逐时隐时现的影子。那东西可不能落在别人手里！

黑衬衣们慌乱地追出来，已经被甩出五米开外。

保安经理紧紧地跟在他们身后。经验告诉他，这种时候发疯似的往外跑的，不是坏人就是和坏人有什么瓜葛。眼看着灰色身影消失在一根柱子后，保安经理的心提到了嗓子眼。

啪！啪！突然两声脆响，乱哄哄的人群顿时安静了下来，四下张望着。枪声？是警察来了？人们你看看我，我看看你，终于意识到了自己的丑态。

"让一让，让一让！"保安经理上气不接下气地分开吓呆的人群，跑到安检口附近。瞬间，他像被一吨冰块从头砸到脚一般，身体僵硬，目瞪口呆。

　　灰立领躺在地上痛苦地抽搐。血从他腰间的小洞和张大的嘴巴里慢慢地涌出来。在他脚边三四米远的地方，一支左轮手枪冒着臭烘烘的青烟，两枚金光闪闪的弹壳落在光滑的地板上。

　　窗外，依旧是雷雨交加。肆虐的风暴还在积聚力量，等待着彻底爆发的时机。

第二章
偷天计

2033年仲秋,路边名为"毕加索"的蔷薇开出朱红和浅蓝相间的艳丽花朵,甜蜜的香气飘到几百米外。

国家文史博物馆西配楼一层的员工更衣室内,沙婕脱下黑色字母T恤和卡其色棉麻休闲裤,蹬掉黑白图案的便鞋,换上白衬衣和浅蓝色西服马甲、A字裙。看着穿衣镜中的自己,她微微皱眉,伸手梳理一头短发。

她一直觉得穿裙子很别扭。可是没办法,馆长说这几天是大日子,要求所有人必须穿工作服。沙婕老大不情愿地穿上米色浅口鞋。还好,没规定女员工必须穿高跟鞋,救了她一命。

走出更衣室,沙婕一路小跑奔向电梯间。

一阵似有似无的嗡嗡声从身后传来,她机警地停下脚步。声音消失了,沙婕迟疑一下,继续不动声色地往前快走。她转过一道弯,顺手推开一间办公室的门钻了进去。沙婕确信自己的耳朵肯定没毛病,楼道里一定有什么东西。

嗡嗡声又响起来。它在靠近。

沙婕透过门缝往外看，很快，一只高尔夫球出现在视野里。它滚到门前不远处停下来，朝左转了180度，好像在找路。

看你往哪儿跑！她脱下马甲，扑出门，猛地用它盖住高尔夫球。那个球比她想象的要机灵，骨碌碌地一通乱拱，逃了出来。沙婕情急之下抬脚踩住它。球顶着她的右脚，向前又滚了将近一米才停下来。沙婕的左脚慢了一拍，步子瞬间迈得太大，咕咚一声单膝跪在了地上。刺啦！裙子侧面的绗线裂到大腿根。

脚步声和熟悉的哔哔声从身后靠近，保安小穆带着两个像垃圾桶似的机器跟班赶来了。

沙婕一直不明白，为什么要把机器警卫做成这样。三四年前它们刚上岗的时候，好多游客都打算掀开盖子，往里面扔香蕉皮。

小穆大步跑过来，想扶起沙婕，却被她推开。"赶紧把这玩意儿扣住！"她指指脚下还在挣扎的球。

"别急，我早看到它了。又是哪个媒体的间谍呗。"小穆一脸见怪不怪。他一招手，一只"垃圾桶"伸出机械臂，麻利地将球钳住，吞入腹中。"一会儿用液氮一封，它就没法捣鬼了。"

"以前逮住过这样的东西？"沙婕站起来，扯着裂开的裙子。

"过去三年里，抓住过两个。最近一个星期，这是第四个。"小穆叹气，"都是冲着昭陵六骏来的。新闻铺天盖地，我家亲戚都来问，能不能搞到票。"

"票半年前就预定完了。"沙婕笑道，"你和馆长打个招呼，应该可以带父母进来。"

"等展览快结束时再说吧。"小穆问沙婕要不要给磕青的膝盖喷点药。

"没事，不疼。"沙婕继续捂着裙子，"奇怪啊，小穆，间谍机怎么跑到配楼来了？要刺探消息，应该去主楼的展厅。"

"混进主楼可太难了。"小穆说，"你还记得几年前的事吧？"

一架迷你无人机闯进主楼叼走了佛骨舍利。宝贝找回来之后，主楼的各个出入口都加装了'防空系统'。三楼主展厅这两天为了迎接昭陵六骏，又换上了一批设备，据说防护得密不透风，不是那个展厅的细菌都混不进去。"

"别逗了。"沙婕哈哈大笑，"我们还是每天出入啦，就是不能带任何电子设备进主展厅。工作人员不许和媒体接触。"

"所以这几天，媒体想尽办法塞间谍进来，想刺探独家消息。"小穆拍拍身边的"垃圾桶"，"这个球是想钻员工通道的空子，跟着这边的人混进主楼。太小看我们啦！它早被电子眼盯上了。"

"媒体都心急了点。"沙婕揪着裙子，和小穆一起往更衣室的方向走，"大家最关心的那两匹马，现在还在国外呢。"

换上一条新裙子，她再次走向电梯间，心里琢磨着刚才的一幕。

确实，从上周开始，主楼二层以上就不再开门迎客。这周，博物馆主楼挂牌休馆。即使工作人员，进门也需要刷脸、刷掌纹，并且要通过全息透视安检箱，就差扒光衣服搜身了。主展厅只允许馆长亲自开了权限的员工进去。一到晚上闭馆时间，全新的全方位安保系统会自动启动，任何风吹草动都逃不开人工智能的监控。西配楼是办公区，进出的安检松一些，但今天被那颗球一折腾，员工通道估计会采取新措施吧。

沙婕乘电梯到地下室，穿过两道走廊，走上一节楼梯，前后刷了两次掌纹，走进博物馆主楼大厅。她仔细看看身后没有跟过来的古怪东西，才关上玻璃门。

素日里人流熙攘的展馆内，此刻静悄悄的。一个个玻璃罩内扣着精美绝伦的国宝——花纹繁复的青铜鼎、栩栩如生的鎏金造像、素雅温润的秘色瓷器、沧桑斑驳的书画、鬼斧神工的玉雕，它们在默默地看着时间流逝。

主楼一共五层，大厅里有四个楼梯和四部电梯。不论选择哪条路，来到三楼，正对着你的就是主展厅。它位于楼层正中央，上下贯通三楼和四楼，一共有三个门，分别是东门、西门和北门。

沙婕在北门前站定，朝门框上闪着蓝光的小孔举起右手。一道光束从上到下划过她的手掌，门向着两边沙沙打开。

一走进光照和温度调得恰到好处的展厅，她就看见馆长吴谦手舞足蹈的背影。

"这三匹是中轴线东侧的，从北往南依次是什伐赤、青骓、特勒骠。"他指挥着几名工作人员摆好磁浮底座。底座上都固定着玻璃罩，分别罩着三匹石马。"马头全部朝南！南边是唐太宗陵寝的位置。白蹄乌在中轴线西侧最北边的位置，马头也要朝南，要和什伐赤对齐，对齐！"馆长后退几步，伸手擦擦花白的鬓边渗出的汗水。

今天一早，昭陵六骏中的四匹从西安运了过来。馆长按捺不住心中的喜悦，天不亮就跑来指挥布置展馆。他今年五十五岁，中等身材，略显圆润的脸上留着精心修剪的络腮胡。

如今，这个年纪还在工作的人已经很少了。大约二十年前，国家担心劳动人口不够，要求所有人工作到六十五岁才能退休。可是没几年，智能机器开始持证上岗，越来越多的职业被攻陷。最近四五年，大部分人工作到四十五岁，甚至四十岁就要给年轻人腾地方。然而，像馆长这样没人能替代的业界翘楚，想提前退休，国家都不答应。

"我看还是把实景设备打开的好。"吴谦面向南，伸出双臂，"我们有在九嵕（zōng）山拍摄的高清素材，可以造出陵寝的裸眼3D景观。"他又看看四周，"在墙壁上做出群山的样子。中间这里就做成道路的样子。两侧是放置六骏的庑殿。"

"实景是好看，可这虚拟道路有点短。"一旁的科研处处长张钧提醒馆长。张钧三十六岁，身形瘦高，略微有点驼背，是博物馆里尽人皆知的和事佬。

馆长陷入沉思。

"老师,那几幅画怎么办?"张钧指指墙壁上挂好的一圈六个卷轴——那是金人赵霖依据昭陵六骏石刻绘制的画作,"墙壁做出群山和庑殿实景,挂这几幅画就不好看了。把它们摘下来?六骏后面这些唐三彩和佛像也得拿走。"

"画还是挂着好。其他展品都拿走了,展厅就显得太空旷了。"馆长有点为难,"但如果不做实景,还不如把六骏按画的位置围成一圈。"他摸摸下巴上的胡子,"如何是好呢?"

"您可得想好了。"张钧故意做出苦闷的样子,"这些石马每一匹将近三吨重,挪来挪去可要累死人哟。"说罢他假意捶了捶腰。

"有磁浮底座,用不了你几两力气。"吴谦微笑,"你们这些年轻人啊,已经被机器惯得四体不勤啦。"

"张钧老师是怕您累着。"沙婕上前和他们打招呼。

"累也值。"吴谦扭头看着空空的底座,脸色冷下来,"一百二十年了,总算能把它们请回家了,虽然只是暂时的。"

"我又联络了一些法学专家来参加展览期间的研讨会。"张钧汇报,"说不定能想出好办法。"

"追讨了几十年都没有结果,没那么容易。"吴谦摇头。

"此一时彼一时。"张钧宽慰馆长。

"UPMA至今一口咬定,两匹石马是他们合法购买的。"沙婕嘟着嘴,"除非能找到这里面的破绽,否则,他们一定不肯把二骏还给咱们。"

几乎每个中国人都知道昭陵六骏。

贞观十年,唐太宗为了告诫后世子孙创业艰难,下令将跟随自己度过军旅岁月的六匹骏马镌刻为石雕立于陵前。石雕都选用上等青石为料,每一尊高一米七左右,长两米多一点。李世民亲作、大书法家欧阳询书写的题词刻在石雕右上角。于是就有了流传千古的昭陵六骏。

英明神武的唐太宗不可能想到，在他去世一千多年后，他的战马居然被强盗盯上了。1912年的中华大地，军阀混战，民生艰难，一个叫格鲁尚的法国商人派人潜入昭陵，将六骏石雕盗走藏匿起来。

来年5月，强盗们为了掩人耳目和方便运输，竟然丧心病狂地将昭陵六骏中的其中两尊打碎装箱，想偷偷运下山去。得到消息的当地村民自发组织起来护宝。在双方缠斗之中，装有拳毛䯄和飒露紫的箱子被狗急跳墙的盗匪们推下山崖，其他四匹石马侥幸逃过劫难。

1915年，拳毛䯄和飒露紫几经辗转，被历史上臭名昭著的文物贩子卢芹斋偷运到大洋彼岸的大都会博物馆。当时，西方著名的考古学者高登听说昭陵石骏的下落后，心中窃喜。经过一番漫长的讨价还价，高登最终在1918年，以12.5万美元的价格买到了这两块绝世珍宝。这个价格在当时算得上震惊世界的天价。

数十年时光匆匆过去，中国羸弱备受欺凌，国宝被一次又一次地残暴洗劫。如今，二十一世纪已经过去了三十几年，全世界都知道了中国的力量，一些外国收藏家和博物馆开始接受文物回购或者返还协议。但不少机构还是咬紧牙关，将持有的中国流失海外文物说成历史问题，坚决不肯放手。

这次，UPMA同意送二骏回中国展览，已经是出乎所有人意料的天大喜讯。自从半年前达成协议，便是举国沸腾，和昭陵六骏有关的话题，一直占据着媒体头条。

"长路漫漫啊。"吴谦回身看着四匹已经就位的石马，"你们想想看，如果UPMA归还二骏，那其他持有中国文物的外国博物馆该怎么办？中国的文物回家了，埃及的方尖碑和木乃伊是不是也要还给人家？所以啊，他们不会轻易认输。"

"昨天，某个黑客干掉了UPMA的主页。"沙婕幸灾乐祸地说，"他把'还我国宝'几个大字贴在了所有中国展品的图片上。"

"年轻人啊，太毛躁。"吴谦不以为然，"黑来黑去要是有用，还要谈判干什么。"他走向展厅东门，"这里先这样吧。张钧，咱们去看看其他展厅。"

"馆长，西安借展古籍的流程走完了吗？"沙婕追上去问。

这次昭陵六骏能团聚，多亏西安的同行帮忙，送来他们馆藏的四骏。人家提出，借阅一些文史博物馆收藏的古籍文献。馆长自然是欣然同意。

"今天下午就能出正式的手续。"吴谦回头道，"他们想借的那几本书，都是唐代西域古籍。你先去把书提出来吧。过一会儿，我们要和西安的同行座谈。"

"好嘞！"沙婕用力点头。

收藏古籍经典的库房在博物馆地下一层。为了避免如蝴蝶翅膀般脆弱的丝帛和纸张、竹简遭到破坏，博物馆在二十多年前就将全部古籍做了电子化。需要研究文献的人，可以在网上提出调阅申请。没有重要展览时，古书的实物需要避光保存。库房里必须常年保持恒温、恒湿。

吃力地打开古籍库的厚重大门，沙婕愣在当场，迎面袭来的除了阵阵凉意，还有骤然升起的恐惧。全封闭的古籍库里，竟然站着一个人！

他五短身材，体格健壮，苍白的脸上一对迷茫的眼睛，直勾勾地盯着她。

这人肯定不是博物馆的人，沙婕很清楚。文史博物馆虽大，工作人员不过几十人，除了搞研究的，就是负责安全保障的。其他诸如后勤之类的部门，早在五六年前就都换成了机器值岗。他是谁？

他要干什么？他是怎么进来的？沙婕觉得脑子里一片混乱，寒意在血管里乱窜。

她尖叫一声，赶紧伸手去按门边的报警器，却被抢先一步冲上来的闯入者死死扼住了喉咙，掐着脖子向上提起。沙婕的双脚胡乱踢腾着，离开了地面。

她感觉气管被一只铁钳牢牢锁死，大脑和全身的细胞都在挣扎乞求一点氧气，眼前一片模糊。耳边似乎能听到雷雨交加的声音，还有仿佛从地狱深处传来的呼啸……

熟悉的哔哔声打破幻听，让几乎失去意识的她燃起了一丝希望。一定是楼层的机器警卫探测到异常，赶来救援了。须臾，尖厉的警报声响了起来。

闯入者一惊，松开了双手。沙婕跌坐在地上，只觉得尾椎骨钻心地疼。一大口冰冷的新鲜空气冲进肺里，她一手撑地，一手捂着胸口不住地咳嗽、干呕，满肚子的酸水全吐在水磨石地面上。

闯入者已经顾不上她，一步跳到楼道里。面对飞也似的冲过来的机器警卫，他一转身，大步流星地奔向楼梯。

警卫抬起机械臂，瞄准陌生人的后背射出带电的细钢丝。啪的一声，钢丝前端的爪钩稳稳勾住闯入者的后背，将一股足以让成年人麻痹的电流灌入他的身体。然而，闯入者只是晃了晃，发出一声含糊的吼叫，回手一抓一拉，竟然扯断了细钢丝，险些把机器警卫拽个跟头。

他跳上楼梯朝上狂奔，像一头愤怒的公牛，撞向一楼的玻璃门。伴随着巨大的咔咔声，钢化玻璃被撞裂，碎玻璃碴子跟着闯入者的身体跌落在大厅的地板上。

警报声响彻云霄。只有两三秒的工夫，大厅里的四个机器警卫便包抄过来，亮出捕捉网，对闯入者形成合围之势。闯入者一骨碌从地上爬起来，全然不顾刺入身上的数十片锋利的玻璃碎片。他手里攥着一支钢笔似的短棒,小棒顶端闪着噼啪噼啪的绿光。

包围圈在迅速缩小。闯入者犹豫片刻,用力捏了一下短棒。伴随着怪叫声,一团火从他脖子上腾起,迅速包裹住他的全身。紧接着,唰唰,两道白光闪过,火焰消失了,闯入者的身躯瞬间布满细小的白色晶体,被捕捉网缠住后,重重地摔在地上。

沙婕踉踉跄跄地追了上来。那支"钢笔"骨碌碌滚到她的脚边,原来是个激光防身棒,难怪他能打碎那么结实的钢化玻璃。

沙婕心想,馆里这新的消防、安保联动系统真的够厉害,还没看清怎么回事,就把那杀气腾腾的家伙给抓住了。

她胆战心惊地看着一动不动的闯入者。他的一只手从捕捉网的窟窿里伸出来。手背上满是烧伤,在手掌中心的位置,纵横凌乱的纹路上刺着一个靛蓝色的图案——似乎是刺青,中间是一个类似正无穷的符号 ∞,外面套着一个圆圈。

这时,保卫处长刘赫带着四五个保安跑进一层大厅。他们戴上了头盔,手举警棍和防护盾牌。

"封锁现场!"刘赫是退伍军人出身,人高马大,长着一双铜铃般的大眼睛。他一着急,大嗓门几乎能把房顶掀翻。

"是什么人?"馆长一脸恐慌地跟在他们身后,"他是怎么混进来的?"

"馆长,别急,警察马上就到。"保卫处长一个箭步上前,拉起两脚发软的沙婕,"没事吧?要不要去医院?"

"沙婕怎么了?"馆长这才注意到她脖子上的红肿痕迹。

"他在古籍库房……他……我也不知道是怎么回事。"沙婕一边说一边比画,给大家讲了自己的遭遇。她好像又回到快被掐晕的那一刻,不由得浑身发抖,口齿不清,耳边嗡嗡直叫。

"还是去医院吧。"馆长和保卫处长耳语几句,掏出手机,唤来一辆在博物馆附近待客的自动驾驶出租车。

尽管一再解释自己伤得不重，只是吓得半死，沙婕还是被馆长押到医院，做了十几项检查。她躺在轮床上，被推进一个又一个仪器，忍受着各种射线在身上扫来扫去。闭上眼睛，她感到脖子依旧火辣辣地疼，但整个人渐渐放松下来，只是脑海里仍旧不断地闪过闯入者粗糙的手，还有那个显眼的刺青。

不大一会儿工夫，倦意袭来，沙婕陷入半梦半醒的状态。耳边响起哗哗的噪声，像流水声又像雨冲刷窗户的响动，好像有人在说话，在喊，但听不清楚。

不知过了多久，一道强光打在她的眼睛上。沙婕猛地清醒过来，翻身坐起，才发现自己已经被推到了休息室。一个小护士正在帮她拆下夹在手腕、脚腕上的探测器。馆长站在门外，一边打电话，一边朝她点头。医生拿着一沓单子走进来，摘下口罩。

除了颈部有几处挫伤，沙婕的身体没有大碍，伤处经过护士的简单处理，休息两天会自然消肿。

馆长问她要不要约心理医生聊聊，他认识几个专家。

"我只是头疼，回去躺一会儿就好。"她低头找鞋，这才想起和怪人纠缠的时候，两只鞋都掉了。

被吓得魂飞魄散，她压根没顾上穿鞋，一路光着脚来到医院。厂家号称用砂纸都磨不烂的丝袜，已经变成了裹在脚上的烂鱼网。

"你凑合一下穿这个吧。"医生递给沙婕一双病人体检时穿的一次性便鞋，满脸同情。

"您还是给她开点药吧。"馆长恳请医生，"这孩子头部动过手术。我怕她旧病复发。"

"啊，我说她头皮上有伤疤呢。"医生翻着片子。

"好几年前，我在国外做交换生时，脑子里的一个血管瘤破裂，差点没命。"沙婕解释道。

"好端端的，一下子晕倒不省人事。"馆长皱眉，"当时可把我们吓坏了。"

"大难不死，必有后福嘛。"沙婕摸摸脑后。

手术后，医生说，不会留下后遗症。可她一劳累或者紧张，就会头疼，偶尔还有幻听。但不管怎么说，命保住了，才是最要紧的。

"吃点中成药吧。"医生给沙婕开了处方，叮嘱她连吃三天药，再来复查。

馆长扶着沙婕走出医院大门时，一辆无人驾驶出租车已经候在路边。

"你回家休息两天，后天开展再过来。"

"警察怎么跟您说的？"沙婕还是很在意那个闯入的怪家伙。

"还不知道什么情况呢。"馆长摇头，"刚才是市领导的电话，他们很担心后天的展览，毕竟全世界都盯着昭陵六骏。"他拿出嗡嗡作响的电话，"呵，UPMA 的人也不放心，来打听消息啦。"

吴谦手扶打开的车门，用流利的英语和对方聊起来。

真厉害，沙婕心想。十年前，翻译软件已经可以实现准确又措辞文雅的同声传译。于是，愿意学外语的人越来越少。现在，像馆长这样，能用几国外语流畅地搞学术交流的人，已经凤毛麟角了。

人呐，到底是不是智能生物呢？为了给自己的懒惰找借口，发明了机器，搞出了人工智能，结果一转眼，发现自己的生存空间快要没了。想到这里，沙婕觉得头更疼了。

"真啰唆。"馆长放下电话，"UPMA 的人问，展出要不要延期。"

"他们该不会想反悔，不送二骏过来了吧？"沙婕比他还紧张。

"不，二骏明天准时上飞机。"馆长说，"展览不可能延期。国家领导人后天一早要来视察呢。我答应他们，增加安保措施。正好，下午安保公司的人要过来。"

"那您赶紧回去吧。"沙婕指指脑袋，"我想散散步，透透气。"

"你自己小心。"吴谦钻进出租车，和替他关门的沙婕挥手道别。

现在还不到上午十点,街上车流稀疏。沙婕趿拉着不合脚的鞋子,走在花香阵阵的便道上,心里一个劲儿犯嘀咕。古籍库房的门是锁着的,只有工作人员才能进入。库房里唯一和外面连通的,便是房顶四通八达的通风管道。不过,他真可以从那里爬进去吗?

她拿出手机,打开半年前搞到手的博物馆建筑信息模型,筛选出通风系统。

主楼地下一层的通风管道和楼上几层的管道没有直接联通,要过去只有两条路,从地下二层车库里的通风主管道爬上去,或者从东配楼地下一层的管道爬过来。在管道中,横着不少合金滤网,用闯入者手里的激光器应该可以割开。

不对,尽管看起来有两条通路,但不管他走哪一条,都需要先进入博物馆才行。那可不容易!博物馆虽然在大路边,不设围墙,但里面收藏了那么多国宝级文物,安保级别比一般的建筑高了不知道多少倍。

博物馆入口本来有十个,包括主楼正门和后门,地下停车场的两个入口和两个出口,还有就是东西配楼的正门和侧门。但是去年,东西配楼的侧门和主楼后门已经封闭了。出入地下停车场的车辆都要经过透视安检门,车里有什么,都逃不过监视器后保安的眼睛。而且这一周,停车场只允许配发了通行证的车辆出入。闯主楼正门更是想都不要想,一秒钟就会被放倒。

西配楼呢?不行,进办公区的门,需要验证身份。今天那个球,是趁上班高峰,从大家脚下的缝隙里混进来的,纯属侥幸。

所以,只剩下东配楼了。那边的一二三层分别是元、明、清文物展馆,包括名家字画、玉器和瓷器、钟表、石刻等七八个分类。东配楼四层则是文物修缮和清理的实验室。

沙婕用指尖推着东配楼的三维漫游图。这周主楼闭门谢客,但东配楼今天才闭馆。假设闯入者昨天以游客的身份进入东配楼……

嗯，没准还真行。她收起手机，觉得还是过去看一眼为好。

博物馆距离医院不到两公里，秋高气爽的日子里，沙婕拖着大半号的鞋，却走出了一身臭汗。在大门口，她看见几辆警车驶出地库，心怦怦直跳。等警车走远，她才绕过主楼前布置得像八卦阵的音乐喷水景观，来到东配楼门前。

通过面部和掌纹系统的验证，沙婕走进东配楼。此刻，所有展厅都关着门，机器警卫在楼道里巡逻。她按着手机上图纸的指示，穿过西侧的一条走廊，推开沉重的弹簧门，走下昏暗的楼梯间。

东配楼地下一层是美食广场和纪念品长廊。平日里，游客们凭门票，可以花十元钱买一份有荤有素、有饮料的优惠套餐。如果想吃得好一些，还有十几家快餐厅供他们选择。外地来的客人最喜欢逛纪念品店。后天，他们就可以在那里买到昭陵六骏主题的定时药盒、手机壳、无线耳机和冰箱贴……

不过现在，货架上空荡荡的，在昏暗的灯光下显出几分阴森。

纪念品长廊的西侧尽头，两扇蓝色的门上分别贴着代表男女的图样。沙婕推开男厕所的门。

卫生间里没有监控。闯入者可以冒充游人来到这里，躲进最里面放杂物的隔间。等闭馆后，警卫们做完例行巡查，他就可以行动了。可是，警卫巡查一定会检查每个隔间，他是怎么躲过去的？

沙婕看到最里面的隔间内，整齐地码着好几个大纸箱，装着卫生纸和其他清洁用品。她踩着纸箱，用力推了下头顶透风道口的滤网。哈，这里果然没有锁死。她将手探入通风道摸了一圈，从里面拽出一个小双肩背包。哦，怪人是躲在通风道里才避开巡查的。

看看里面有什么。沙婕拉开背包拉链，一把乌黑的手枪露出来，吓得她一哆嗦。果真是来者不善，她拉上拉链，把背包挂在肩膀上，爬进通风口。

通道很宽，一个成年人通过毫无困难。沙婕慢慢向前爬行，膝盖和双手轻轻碰撞管道壁,发出咚咚的声音。那家伙就是从这里进入古籍库的。可是总觉得还有什么地方不对劲,到底是什么呢?

她往前爬了四五米,被一道结实的合金网挡住去路。距离第一个转弯还有三米呢,所以她完全猜错了。那闯入者是怎么混进古籍库的?刚刚找到的背包和枪又是怎么回事?

路不通,她不得不掉头折返,从通风口跳下来时差点崴了脚。听到男厕所门外传来脚步声和说话声,沙婕赶忙合上滤网,用力拍了拍身上的灰尘,跑出隔间,情急之下竟忘了摘下肩头的背包。

厕所门开了,保卫处长带着两个人走进来,对着她皱起眉头。

"沙婕,你怎么在这里?"刘赫的男高音在卫生间里回荡。

"我回来拿点东西。"沙婕指指头顶,"前几天,我把一个本子落在实验室了。"她随口胡编,"电梯关闭了,我本来想走楼梯上去,突然想上个厕所……"

"这里是男厕所。"保卫处长嗔怪道。

"啊,我太着急了。"沙婕揉着脑袋,"头疼,没看清。"

"你赶紧回家歇着吧,我们还得把全楼检查一遍。"好在刘赫并没有怀疑她。

两人说话的工夫,保安们查完了几个隔间。他们用带窥镜的仪器探测通风口内,连马桶水箱、垃圾桶和纸巾盒都一一翻过,看得沙婕直冒冷汗。还好,没人在意她肩上的背包,以为那是她的随身物品。

"抓住的那个人怎么样了?"她跟着刘赫往外走。

"别提了,那家伙根本不是人。"刘赫压低嗓门,用危言耸听的语气说,"听说过仿生人吗?"

"就是做得和人一模一样的机器人。"沙婕心里咯噔一下。

"警方在研究它的零件。"刘赫解释,"全球都没有批准正式生产仿生人,只有几个研究所做过样机,应该不难查到。"

他拉开楼梯口的弹簧门,示意沙婕先走。两人拾级而上。保安们跟在处长身后。

"我说怪物怎么不怕电击器。"沙婕总算想明白是什么地方不对劲儿了。

被卡住脖子时,她的第一反应是,自己死定了。后来看到怪物有激光器,沙婕不免疑惑,用那东西往人身上戳一下,任谁都必死无疑。怪人为什么没对她下死手呢?沙婕一遍遍地问自己。现在想来,是因为他接受的任务中,没有杀死她这一项,它不知道该怎么处理她。那么,它的任务是什么?

"它跑进古籍库房,肯定不是因为爱学习。"刘赫看出了她的困扰,"还没查出那东西是受什么人操控的。我想,它的目的是搞破坏。"

他们在东配楼门口停住脚步。

"馆里有好多比古书更值钱的文物。"沙婕觉得这个推测不靠谱。

"调查才刚开始,市局的秦局长亲自过问,成立了专案组。"刘赫双手叉腰,"你记得吧,当年就是他,主持找回了佛骨舍利。现在最头痛的,是搞不清那怪物怎么钻进库房的。看门禁系统的日志,最近半个月只有你一个人开过门。楼道里的监控也没拍到异常。"

"会不会……"沙婕咬了半天牙才喃喃地问,"它是从通风口进去的?"

"肯定不是啊。"刘赫摇头,"库房天花板的四个通风口都是焊死的,没有被动过的痕迹。而且每个通风口的盖网上都有探测器,一旦有人拆开盖网,警报立刻会响。"他哈哈大笑几声,拍拍哑口无言的沙婕,"你好莱坞电影看多了。"

"仿生人着火,是他启动了自毁模式,还是有人怕它被抓住,所以杀'人'灭口?"

"警方还没给结论。"

"需要我去警局录口供吗？"沙婕问，"我是第一个看见它的人。"

"暂时不用，现在人家警察办案，讲究尽量靠物证。"刘赫摇头，"人的记忆不可靠，尤其是受惊吓时，会产生错觉，搞不好会误导办案。"

"可是我……"

"好了，别胡思乱想啦，快回家吧。如果警方需要找你问话，我会通知你。"

刘赫安慰了沙婕几句，带着保安们走向一楼的一号展厅。

发现没人注意自己，沙婕撒腿就跑。她以百米冲刺的速度跑出东配楼，跳进停在街边的出租车。

一路上，她没敢再打开背包。仿生人呆滞的目光和那个刺青时不时在眼前闪过，加上满脑子的疑惑，令沙婕难以平静。没想到在这个节骨眼上，竟然出了这样的事，是巧合还是……她感到一阵焦躁不安。

五六分钟后，模仿当红搞笑艺人的电子音提示乘客，已经到达目的地。她用手机扫一扫座椅前的二维码，确认支付车费。

社区湿漉漉的草坪上，麻雀围成一堆叽叽喳喳，像是在开会讨论什么，却被突然闯入的两只泰迪犬吓得一哄而散。狗主人拽着绳子，和同伴们聊着某个歌手的第四次婚姻。

肩上挂着背包，沙婕心事重重地走在碎石铺就的便道上。冷不丁地，一只手从背后伸过来，死死揪住了背包带。她脚下一滑跌坐在地上，高呼救命。

片刻间，几个黑影围了过来。

"光天化日，有没有王法啦！"戴着红袖箍的大姐们举着防色狼喷雾器，器宇轩昂。她们只有四十出头，因为没工作闲得难受，自发组织起来倒班巡逻，社区里的治安因此好得不得了。

"马大姐，是我……"被包围的年轻人靠着一棵银杏树，放下挡在脸前的手。他和沙婕差不多年纪，高个子，身体略瘦但细看并不单薄，长方脸上挂着苦笑。

"袁枫！你搞什么鬼。"沙婕挣扎着站起来，没好气地问。

"我喊了你好几声，你做白日梦似的听不见，我才……哎，你这是……"袁枫注意到她脖子上的红肿，换上一脸讶异。

"小袁，你开玩笑总是没深没浅的。"马大姐嗔怪道，"沙婕你怎么了？"

"没事，一点小意外。"沙婕不方便多说。谢过大姐们的关心，她拽着糊里糊涂的袁枫走向楼门。

"糟糕了。"等离开其他人的听力范围，她才压低声音说，"咱们的计划要黄。"

两人走进合租的房子。袁枫从冰箱里拿出冰袋递给沙婕。

他们是在国外读书时认识的。袁枫学的是信息安全。十年来，这个专业一直位居年轻人最想学专业榜单前三的位置，找工作也特别容易，因为在一个机器无处不在的社会里，保证机器的安全就是保证人的安全。

半年前，他辞掉了国外的工作，打算回国自己开公司，于是请沙婕帮忙留意有没有合适的房子。巧合的是，沙婕当时也准备搬到离博物馆近一些的社区，正在为高昂的租金发愁。而且，沙婕希望袁枫分摊的不仅仅是房租，还有她的一个大胆计划。

"听你这意思，有人和咱们打着同样的主意。"袁枫听沙婕讲完上午的遭遇，陷入思虑。

"难说他们的目的是什么。"她用冰袋摩挲着颈部，"诡异的是，我搞不懂那东西是怎么钻进古籍库房的。"

"它是从门进去的。"袁枫自信地说。他舀了两勺咖啡粉到法式压壶里,灌入热水。

"保卫处已经查过门禁记录了。"沙婕强调。

"那你说说看,为什么我这个青年才俊要去应聘博物馆的保安?"袁枫指指挂在衣帽架上的制服,"宁嫣又为什么要想尽办法去安保公司工作?"

"我们需要里应外合。"话一出口,沙婕便明白了,"你是说,博物馆里有内应。"

"没有内应,它根本进不去。我猜有人把怪物带进了博物馆,送进古籍库房。随后,这个人删掉了门禁的日志,处理了监控视频。"袁枫拿了两个杯子,在杯口放上不锈钢滤网,"这伙人选择在这个时候潜入博物馆,目标肯定不是几本古书。他们八成和咱们一样,是冲着昭陵六骏来的。"

"不,不对。"沙婕摆手,"六骏在主楼。要从古籍库那里进主楼,必须有员工身份。如果他们的目标是六骏,应该直接把怪物带进主楼。"

"在后天开展之前,主楼一定会被地毯式地搜查无数遍。它根本就藏不住。"袁枫用力压下压壶的压杆,"古籍库房常常几个月没人去。所以在他们看来,古籍库房是最安全的地方。你今天去拿资料,纯属意外。"

博物馆里的所有库房、储藏室和办公室、休息室内部都不设监控,只是进出需要验证身份。馆长觉得,到处电子眼,会让大家觉得无时无刻不被监视,太没人情味儿。没想到,这给怪物藏身提供了方便。

"他们是想在展出时把怪物放出来?"沙婕晃脑袋,"我在东配楼找到的背包又是怎么回事?"

"是啊,既然他们能把怪物带进博物馆,应该把武器留给他才对。"袁枫端着压壶咂嘴，若有所思。

"难道说，藏枪的和带进怪物的不是一路人？"沙婕心惊。

她无法想象，一片和睦的博物馆里，竟然隐藏着许多不为人知的秘密。但又一转念，她和袁枫，其实也藏着不可告人的秘密。就算还有其他人，也在打着小算盘，着实没必要大惊小怪。只是，"其他人"是谁呢？

"如果是两伙儿人干的，那可太不正常了。"袁枫把咖啡倒进漏斗型的滤网，看着液面缓慢地下降，"肯定是同一拨人的计策。可他们为什么……"

"唉，不管他们想闹什么幺蛾子，已经惊动了警方。咱们再要动手，怕是难了。"沙婕泄气地移开滤网，往杯子里扔了两个奶球和一块糖。

"你先别急，让我想想。"袁枫坐在餐桌旁的转椅上左半圈、右半圈地转悠着。

片刻，他想起什么似的，拉开沙婕带回的双肩包，将里面的东西小心地拿出来，在桌面上排开：一把手枪；一个巴掌大的小盒子，上面装着拇指大小的液晶指示牌；一个比网球小一圈的球体。

"这是闪光弹吗？"沙婕记得在电视上看到过类似的球体。

"应该是。"袁枫用指尖戳了一下小盒子，"这个盒子带吸盘，旁边有按钮，估计是炸弹。"

"他们到底要干什么？"沙婕更加紧张。

"怪物的目标应该不是昭陵六骏。"袁枫打了个不成功的响指，"我明白这些东西为何会被放在东配楼了。"

"为什么？"沙婕还在犯迷糊。

"怪物的同伙可以开车带它进楼。"袁枫解释，"他们只要将他伪装成访客就好。但是，车库入口和主楼入口都装着透视设备，这些枪啊，闪光弹啊，立刻就会露馅儿。"

"进入东配楼也得通过金属探测器。"沙婕琢磨,"就算是内部的人进去,身上有这些东西,还是会触发警报。"

"大姐,你仔细看看。"袁枫递给她一只放大镜。

"哈,3D打印出来的。我说我带它们出楼门时,探测器没反应。"沙婕恍然大悟。

东西配楼的入口只有探测器,内鬼可以轻易带这些武器进楼。而西配楼因为人来人往,后天还要接待领导人和外宾,和主楼一样会在明天晚上和后天凌晨进行两次地毯式检查,枪和炸药是藏不住的。东配楼昨天晚上封闭,已经做过了检查。内鬼只要在保安检查过卫生间后,将这些东西放进通风口就好。

"激光棒应该是他们从馆里偷出来的。"袁枫猜测,"几天前保卫处刚进了一批激光防身棒,打算在重要活动时发给保安用。"

"果然是内鬼才能干出这种事!"

"而且是有足够权限的内鬼。你看,你并不知道馆里买了激光棒。"

"他们搞了炸弹,该不会想炸了六骏吧?"沙婕头皮发麻。

"不,炸弹是开路用的。"袁枫端起咖啡杯,"我猜是这样。等明晚一切就绪,躲在古籍库房的怪物就按照指令,割开通风管口,爬到东配楼。"

"它的同伙儿会设法屏蔽装在通风口的探测器。"沙婕说,"博物馆里有几千路信号,古籍库房那几路并不怎么重要,暂时失灵不会有人察觉。"

"没错,怪物爬到东配楼,就可以拿到背包,然后上三楼。那里和主楼本来是通着的,但前些天已经给堵死了。"

"对,原来主楼和东配楼有三层的走廊连接。保卫处为了安全起见,封了走廊。所以现在游客要从主楼到东配楼,只能穿过庭院。不过那里安排了奇石展,也挺好看的。"

"我是看不懂那些石头哪个像层云，哪个像孔雀。"袁枫讥讽道，"你们这些学文科的太有想象力了。"

"现在不是上艺术鉴赏课的时候。"沙婕苦笑，"接着说，怪物上三楼，是打算用炸药炸开通道？"

"嗯，后天上午，因为领导人和外宾要来参观、剪彩，说是开展，其实博物馆还是不允许普通游客进入的。"袁枫喝一口咖啡，又往杯子里加了一块糖，"市民参观要等到下午。于是在中午之前，东配楼里没人会干扰怪物的行动。"他停下来又思索片刻，自言自语地嘀咕一句，"还是有些地方说不通。"

"它的目标是领导人和外宾！"沙婕被这个推论惊到，没注意到袁枫的最后一句话。

"后天上午都有哪些人去博物馆？"袁枫问。

"我们工作人员不可能提前看到嘉宾名单。"沙婕摇头，"后天上午，只有馆长能陪同参观、讲解。我们其他人必须在办公区待命。听说联合国代表和好几个国家的使节都会来参加剪彩。我的天哪！"

"国家领导人也好，外国贵宾也好，平时都受到严密的保护。"袁枫思索，"博物馆虽然也用了最先进的安保系统，但比起官邸和使领馆，还是要差一些，所以那些人选择在博物馆动手。除了行刺，他们说不定还想引起国际争端。"

"废话！在参观中国组织的展览时出事，国际舆论肯定不依不饶啊。"沙婕拍拍胸口，"还好，他们的行动失败，大概也不敢再轻易动手了。"

"不好说他们有没有 B 计划。"袁枫想了想，"嘿，警方已经介入，不需要我们操心。咱们还是盘算下，要不要继续干下去吧。"

"现在动手，风险太大了。"沙婕犹豫。

"那……等将来有机会再说？"袁枫露出失望的表情。

"这次不动手，将来怕是更没机会。我们总不能追到国外去就算去了,拿到二骏,也没法运回来。"沙婕双手捧着咖啡杯,心里七上八下。"只能趁它们在国内的时候下手。你准备得怎么样了?"

"总算把涂料搞到手了。"袁枫说。

"卖家不知道你身份吧?"沙婕忧心道。

"放心,我用了假身份。"袁枫轻松地说,"涂料被送到几公里外一个社区的快递柜。现在都是无人机、无人车送货,保证没有任何目击证人。我刚刚去把三辆车都喷了一遍。"

"你找来的车,都是手动驾驶的,没错吧?"沙婕忙问。

无人驾驶车都有超级后门。一旦交管局的人工智能系统发现某辆车不对劲,立刻就可以锁定它并且接管。行动中,车子如果被强行接管,他们只能束手就擒。

"现在找手动驾驶车不容易,但我是谁呀?车虽然旧了点,但一点毛病没有。"袁枫起身走到门口,打开放在鞋柜上的一个购物袋,拿出三个车牌递给沙婕,"还有这个,你看。"

"这有什么特别?"沙婕左看右看。

袁枫笑着拿起手机按了两下,一个车牌上的号码从"SNB44097"变成了"AKH88616"。原来车牌表面是一块超薄的 LED 屏幕,可以接收手机的指令,改变颜色和号码。如果不仔细看,它们和普通车牌没什么区别。

"警方靠智能系统锁定一辆车,需要匹配车型、颜色和车号三个参数。"他竖起三根手指,"车型咱是没辙,但只要变换车号和颜色,可以拖延足够长的时间。"

"你真是天才!"沙婕悬着的心放下一半。

"虽说实事求是是美德,但是你这么直白,我会害羞的。"袁枫假装捂脸。

"别臭美。"沙婕笑了,"现在最要命的,还是怎么把六骏从博物馆里弄出来。"

"来，咱们演练一下。"袁枫走向客厅东北角的小卧室。

这间小屋只有十平方米左右，卧室东侧和西侧的墙上各有一个门，打开前者可以放下一张单人床，后者则是充当衣柜的双开门壁橱。这样装修，可以让屋子里的空间显得大一些。窗边的书桌上摆着笔记本电脑和一个大工具箱。两块半米长的木板错开，钉在书桌上方的墙上，上面摆着书籍。

说来有趣，从十几年前开始，阅读电子化浪潮汹汹，纸书销量似跳崖一般下降。人们都以为，它随时会退出历史舞台。然而这一两年，愿意读纸书的人却突然多了起来。有人说是不工作的人多了，需要书来打发时间，而拿一本书坐在草坪上，比按手机更有仪式感，更容易放松。也有人说，隔三岔五人类就要流行复古，纸书才会和纸币一样，悄然成了"有格调"的象征。

其实，人们只是累了。现在人活一辈子，相当于祖辈过了六辈子，丰富人生的另一面是不断追赶时代，却总是追不上的无力和焦虑。当一切变成0和1，被超级计算机不断地加速运算，人们在得到便捷和效率之余，总会有一种强烈的不真实感。于是，一本能拿在手里、感受到重量的书，就成了找回真实的载体。

"来搭把手。"袁枫招呼沙婕帮忙，把书桌推到墙角，"留神别碰到杆子。"他调了调装在四根合金杆顶端的发生器，把杆子放在房间的四角，示意沙婕靠墙站。

袁枫递给她一副橘色的护目镜，低头敲打键盘。

四个发生器亮了起来。房间中央的八块地砖上，出现了博物馆地下二层的三维模型。房子以极快的速度"生长"，地下一层……地上一层……二层……西配楼……东配楼渐渐"完工"。沙婕扶着眼镜，看着它封顶。

"不错啊，高手。"她庆幸自己找对了队友，"不过，这模型是微缩的，咱们不能进去走动。"

袁枫按了两下键盘，模型立刻向四周膨胀了无数倍，把他们包裹起来。

沙婕发现自己已经站在"博物馆一层大厅"里了。她兴高采烈地朝"楼梯"走去。伴随着袁枫的高声警告，她的脑袋咚地撞到了墙上。

"我去！"沙婕捂着脑袋后退，差点撞倒发生器，被袁枫一把拽住。

"别乱动啊！我的祖宗。"他关上模型，摘下护目镜，调整被撞歪的发生器。

"咱们需要演练，这不能动只能看……"沙婕又开始着急。

"风不动，心动。"

"什么？"

袁枫又戴上护目镜，抓起一支油漆笔，在地上画了个圈。他让一脸茫然的沙婕站进去，不要动。

"房间就这么大，我们不能走动，但我可以控制模型运动，速度就按我们平时走路和跑步的平均速度来设定，和我们移动是一样的。"

"你早说嘛。"沙婕吐吐舌头。她戴好护目镜，看着实景模型从脚下升起，扩展……

"根据你得到的时间表，搭载拳毛騧和飒露紫的专机会在明天凌晨零点十分降落。"袁枫调整浮在空中的虚拟时钟，开始计时，"海关会给二骏开绿色通道。它们由警方护送，到达文史博物馆的时间，是凌晨一点左右。"

"控制城市交通的人工智能，会给搭载二骏的车队一路开绿灯。"沙婕说，"同时段和路段，不许其他车辆通行，保证安全。"

"好，它们到博物馆了。"袁枫在模型中大厅的位置上，生成两匹浮雕石马，"馆长组织人手做交接，大约需要多长时间？"

"这个说不准。"沙婕觉得不能动太难受,"先要和警方交接,然后和UPMA派来的人交接。双方专家必须一起确认二骏的真实、完好,免得将来出什么事,说不清。"

"好吧,那我只能随机应变了。"袁枫咂舌,"确认一下细节,验明二骏正身后,警察就可以撤了,对吧?两匹马会换上博物馆的磁浮底座和玻璃罩,还得蒙上一层特制的、不透光的保护套。"

"没错,保护套防火、防弹、防水,可以在展出前保证它们的安全。套上保护套后,它们就会乘电梯,被运到主展厅。"

"我在这个时候触发植入安保系统里的BUG,让它发出警报。"袁枫操纵石马,向电梯方向移动。

"你可要控制好时间,千万别急。"沙婕叮嘱,"如果下手太早,荷枪实弹的警察还没走,咱们就等于送死。晚一点不要紧,按照安保流程,只要系统报警,昭陵六骏立刻就会被送入地下二层的密室。"

密室是博物馆保护重要文物的最后一道防线。它的三面墙体、地面、天花板和防护门都加装了厚厚的特种陶瓷和钢板,别说子弹,连炮弹都打不透。防护门有两套安全系统,分别是机械加密和独立的计算机密码系统,能被破解的概率非常低。加上门口有机器和人类警卫守护,密室的安全系数比银行金库都高。只要文物被送进去,必须有馆长、保卫处长和安保公司总经理同时到场,才能把它们取出来。

袁枫的计划,是利用六骏进入密室前的一小段空隙。

"好,我触发BUG,拳毛䯄和飒露紫由机器警卫护送,乘电梯下楼。"他切换到地下二层的模型,"时间不超过二十秒。我没法在这么短的时间里,从监控室跑过去。我需要……"

他试着"跑"了一趟,时间是一分零九秒。

"机器人警卫会在电梯间等待。"沙婕盘算,"我能提前就位。明晚在地下二层这一带巡逻的机器是哪几台?"

"RK-13 和 RK-14，我已经拿到了它们的超级权限。"袁枫得意扬扬地在机器警卫的模型上标注它们的代号，"机器人公司为了维修方便，在每个机器人的系统里都留了后门。他们想不到，这个后门会被我利用。"

他继续敲键盘，护送二骏的机器警卫和 RK-13、RK-14 相互扫描胸前翻出来的 LED 面板。这是它们交接任务的方式。很快，电梯再次打开，其他四匹石马被推出来。完成交接后，负责护送的几个机器人都乘电梯回到楼上。

"我这时候能赶到。替代品你准备好没有？"他问沙婕。

"找了几块壁画和石刻，明天傍晚，它们会被送到地下二层的指定地点。"沙婕看到身边浮现出几个一人高的长方体，"这些文物和六骏的尺寸不大一样，但是无所谓，机器人只认条码。明天，我会提前把复制好的六骏条码，换到它们的防护套上。"

"几个大家伙放楼道里，不会有人怀疑？"

"现在的人，太依赖机器。没人会怀疑系统调度。"沙婕捂嘴笑，"要不是这样，咱们也没有机会动手脚了。"

"别忘了穿上防护服。"袁枫指一指电梯旁的管道间，"我明天会把它们带进馆里，放这里。"

防护服用德国一家研究所发明的新材料制成，可以在电子眼下隐形，在黑市上价格炒得居高不下。袁枫费了不少心思才弄来几件。

"下一步，你利用超级权限调开 RK-13 和 RK-14。机器警卫偏离指定位置和线路，系统会马上要求修正吧？修正不成功，系统就发警报。"

"对，要阻止系统发警报，我们必须在十五秒内完工。"袁枫示意沙婕开始计时，"要把真六骏上的条码都切下来。"

"十秒搞定。"沙婕比画了几下，"不过实际操作肯定要慢几秒。"

"绝对不能超过十五秒。"袁枫看着机器警卫掉头往回滑行，

"咱俩一起动手会快一些。等 RK-13 和 RK-14 归位后，它们会靠保护套上的二维码确认文物，带着假六骏去密室。文物进入密室时，人类警卫不会打开保护套吧？"

"按规定他们不能碰文物，只是监督机器。时间紧迫，文物早一秒进密室，他们就早一秒踏实。"

"从地下二层中央大厅往南走是密室，往东、西两侧走，爬上螺旋坡道就是两个停车场的出口。"袁枫移动实景模型，"咱们把真六骏推出东门就万事大吉，一秒钟都不能耽搁。"

"六骏入库后，全馆搜查会立刻开始。我们的时间很紧。"沙婕伸手，假意摸了摸虚拟的石马，"先得给它们套上咱们准备的防护套，让六骏在摄像头下隐身，不然系统监控到有东西往博物馆外移动，肯定会报警。"

"我们只有三分三十秒，要全力跑哦。"袁枫粗略估计一下，"磁浮底座方便操作，但是里面的芯片只要离开博物馆的任何一个门，就会报警。"

"那怎么办？"沙婕的心又要从嗓子眼跳出来了。

"我可以断开芯片和系统之间的联系。"袁枫示意她放松。

"与芯片失联，系统不会察觉？"

"只要宁嫣能把我写好的程序埋入安保系统的代码里，就没问题。"

"那就好。"沙婕感到指尖发麻，"宁嫣和我会把车停在博物馆东边门外的树下。她守在那里，三辆车都不熄火。别忘了，你触发 BUG 后，系统会自动报警。五分钟之内，警察就能包围博物馆。"

"按照现在的进度，在警察赶来前，咱们已经撤了。可是最后一步有个大麻烦。"袁枫指着车库东门，"那里有保安值班。防护服可以帮我们躲过摄像头和机器人，却躲不过人的眼睛。"

"执勤的会是谁？"

"是小易。"袁枫掏出口袋里的电击器,"咱们的计划是神不知鬼不觉,所以不到万不得已,不能来硬的,得把他引开。"

"等晚上宁嫣回来了,我们一起商量下吧。"

袁枫关闭模型,卧室里的建筑物消失了。

"还有一个让我担心的漏洞。"他摘下护目镜,"万一馆长不放心,带几个人跟着六骏下来,咱们的计划就泡汤了。"

"按理说,一旦系统报警,保卫处刘处长就要护送馆长和专家们去西配楼顶层,进入大会议室避险。保安和机器警卫守护他们的安全。然后,刘处长调集其他力量,搜索大楼。"

"人什么时候能按常理推断?"袁枫叹气,"事已至此,只看老天给不给咱们机会。"

"难怪机器会这么受欢迎",他腹诽道。人的行为实在无法用逻辑推测,更难以控制,很多时候,还会自觉或者不自觉地制造麻烦。但愿馆长明天能放他们一马,不,六马。

"离开博物馆,咱们三个人开车走不同的路线。"沙婕拖过桌边的椅子坐下来,"路上我们每隔几公里就换车牌。你买的涂料,在晚上和白天看起来颜色是不同的,对吧?"

"在晚上的人工照明下,它是蓝色的。"袁枫说,"在白天自然光下,它是香槟色的。具体的原理我不懂。"

"能保证我们不被锁定就够了。"沙婕搓手,"到了集合地点,我们先把六骏藏起来,等风声过去。我现在担心的是,你会不会暴露。"

"我用了假身份应聘,上岗都戴着这些,不会留下自己的指纹。"袁枫拿起桌上薄如蝉翼的硅胶手套。

"今天被怪物大闹一场,警方肯定已经想到博物馆里有内鬼。一旦他们核查每个人的身份,你可就露馅儿了。"

"我的假身份做得挺扎实,一两天之内,他们发现不了破绽。"

袁枫不大肯定地说，"事成之后，我立刻开溜。倒是你，继续留在博物馆里会很危险。一旦警方查到替代物是你调度的……"

"我偷偷用了馆长的权限。"沙婕说，"明天晚上，我打算借用一个休产假的同事的脸和指纹潜入馆内。只要你不被抓，他们应该查不到我的头上。"

开门声传来，脚步声和什么东西被重重摔在地上的声音接踵而至。袁枫和沙婕跑出小卧室，看见一脸沮丧的宁嫣瘫在沙发上，随身挎包被她扔在地上。

"你怎么这么早就回来了？"袁枫意识到情况不对劲。

宁嫣是计划的重头戏。今天下午，她要以安保公司系统维护工程师的身份去博物馆，趁着做系统检测的机会，修改安保系统的一部分代码，为明晚的行动提供便利。

"完蛋了。"宁嫣秀气的脸上满是愤怒和困惑。"也不知道怎么回事，公司的人力资源部竟然发现我的履历有问题。"她双手捂着额头。

"那……你……"沙婕舌头打结。

"我被开除了。"宁嫣抛出两句国骂，"去你们博物馆测试的工作，也都交给别人了。"

"那咱们的计划岂不是没戏了！"沙婕大惊。

"九十九拜都拜了，最后一哆嗦成了这样。"宁嫣咬牙切齿，"我费了多大劲，才打入这家公司，眼看就要成功了……我这暴脾气！"

"屋漏偏逢连夜雨。"袁枫开冰箱给她拿饮料，"我说，你们不觉得诡异吗？本来咱们计划得好好的，马上到了该行动的时机，先是沙婕差点被掐死，再是宁嫣你被开除。怎么会这么巧？"

"沙婕怎么了？"宁嫣放下刚打开的饮料罐子，这才注意到室友脖子上的伤。

"一会儿我慢慢说给你听。"沙婕挠头，"听袁枫这一说，还真是蹊跷。但要说有人针对我们,也说不过去。"

"是,要针对我们,不需要绕这么大的弯子,直接给警方通风报信就行。"袁枫说。

"所以还是巧合咯,虽然巧得离谱。"

"你俩别一唱一和了。"宁嫣是急性子,"不能就这样前功尽弃,咱们赶紧想想,该怎么办。"

"宁嫣,你先消消气。"袁枫劝解道,"心急吃不了热豆腐。"

"我能不急嘛。"宁嫣用手背抹抹脖子上渗出的汗水。

"已经中午十二点了。"袁枫看表,"你俩折腾了一上午,先歇会儿。"

他拿起手机,吩咐语音助理向楼下的米粉店发送订单。

"我去换衣服。"沙婕嘀咕,"为什么那么多人喜欢穿裙子,太不方便了。"

"因为好看,有女人味,跟你说不明白。"宁嫣散开盘在脑后的长发,笑对室友的鬼脸,随手拿起桌上摊开的便笺簿,"这是什么?"

"沙婕凭记忆画的,一个怪物手上的文身。"袁枫给她讲了博物馆一早的惊魂一幕。

"所以这个图案,可能和仿生人的主人有关。"宁嫣用手机拍下图片,在网络中搜索匹配的图形。很快,浏览器吐出十来个选项,但每一个都和原图有些不同。

"沙婕只是看了一眼,记得未必准。"袁枫按手机上弹出的确认单,"我给你叫了个中辣的豆角肉末米粉,加卤蛋。"

"要变态辣。"宁嫣抖着因为出汗而打绺的头发,"辣到解气为止。"

"行,我备注上写'加加加辣,能辣死人就给双倍小费'。"袁枫提醒,"你吃不下去别哭。"

"放心,我吃得下。"宁嫣对他小瞧自己报以不屑,"给沙婕点不辣的啊。"

"我给她点了炒面。"袁枫微笑,"她不爱吃米粉。"

"沙婕爱吃什么你最清楚了。"宁嫣露出暧昧的笑。

"室友嘛。"袁枫脸上浮出一抹浅红,"你住进来一个多月,我也记得你爱吃什么嘛。"

"这是嫌弃我当电灯泡太久了啊。"宁嫣嗤笑。

"没想到你也有善解人意的一面。"袁枫反击。

"放心,我会帮你的。"打嘴仗,宁嫣从不示弱,"份子钱早准备好了,可惜你攻略不利。"

"说什么呢,这么开心。"冲了澡的沙婕走出客厅东南边的主卧室,拿吸水毛巾揩着发梢。她换上了被宁嫣讥讽为"破布口袋"的灰色T恤和藏青色七分裤,光着脚走到沙发边。

"没什么。"宁嫣转换话题,"我觉得袭击你的仿生人并不是要行刺。"

"同伙给它留了炸弹和枪,还有闪光弹。"沙婕丢下毛巾。

"你们听我说。"宁嫣向前探身,表情严肃,"博物馆的安保系统我清楚。在东配楼每一层,都有机器警卫巡逻。仿生人只要出现在楼道里,一定会被发现。他不是员工,无法通过身份验证。所以,机器人警卫看到他之后的第一反应,就是攻击和发警报。"

"它并不怕机器警卫的电击器。"沙婕回想起楼道里的打斗。

"可是它闯入主楼一层大厅后,很快就被制伏了。"宁嫣说,"东配楼的安保级别虽然没那么高,但只要机器警卫对仿生人群起而攻之,它百分之百应付不来。"

"所以说,怪物未必有本事从地下一层跑到三层。"袁枫替她总结,"就算能闯过所有机器警卫的阻拦,主楼里的贵宾们早就接到警报撤离了。而且我们做计划时就知道,警方接到报警,五分钟必然赶到。仿生人只有死路一条。"

他之前就觉得有些地方说不通，这下总算想通了。可惜被宁嫣抢先一步道出天机，他心里暗暗不服。

"他们不行刺，那费劲买通内鬼，带个怪物进去，还留下武器，是要干什么呢？"沙婕不禁自言自语。

"最可疑的，是这个。"宁嫣拿起便笺簿，"假设你们派人去行刺，会不会在刺客身上留下和自己有关的标记？"

"嫁祸！"袁枫明白了，"怪物的主人知道袭击无法成功。他们只想制造事端，嫁祸给某个和这符号有关的人，或者组织。"

"他们要嫁祸谁？"沙婕忙问。

"警方会查出来的。"宁嫣说，"不管他们要嫁祸给谁，虽然阴差阳错被你撞破，这个目的也算达到了。如果这些人够聪明，暂时不会有进一步的行动。"

"咱们也没空管这些。"袁枫说，"还是关心自己的计划吧。"

"错过这次展出，何时再有机会可难说了。"沙婕急得直跺脚，"怎么办啊。"

三个人你看我，我看你，陷入尴尬的沉默。不大一会儿工夫，袁枫的手机发出嘀嘀的提示音，向主人报告午饭已经送到门口。

人在情绪不稳定的时候，消化系统就会怠工。默默吃掉大半碗最喜欢的三鲜米粉和一只烧猪脚，袁枫竟然没咂摸出饭菜的味道，只觉得胃里胀得难受。

学生时代，他听老师讲过昭陵六骏的故事。

在国外读研究生时，和其他留学生一样，袁枫特意去 UPMA 的中国馆，看过那两匹骏马浮雕。但真正让他感到它们和自己有关系，还得感谢一个日本人。

那时，他在大学的图书馆勤工俭学，负责电子资料的管理和检索。和他搭档值班的广田学自动化专业，课余自称爱好历史。某天的茶歇时间，日本人对UPMA的收藏大加夸赞，话里话外表示，这些稀世珍宝只有送到西方国家，才能对人类文明有所贡献。袁枫听他言辞凿凿地说，假如昭陵石马留在中国，肯定早被毁了，顿时怒从心起。两人的言语碰撞很快变成肢体冲突。广田被他按在地上。幸好要查资料的沙婕进门，拦住了一场闹剧。

后来袁枫才知道，来UPMA做交换生的沙婕参加了一个合作的课题，帮忙修复拳毛䯄和飒露紫。也就是从那时起，他对这个小个子、喜欢穿男装、谈吐间轻松引经据典的姑娘有了莫大的好感。

在国际化的大学校园里，可以见到来自世界各地的漂亮姑娘，北欧的金发碧眼，南美的丰腴奔放，东亚的温婉俏丽，西非的窈窕多姿。沙婕的相貌算不得出众，再加上沉默寡言，在同学中是最不起眼的那一类。然而接触多了，袁枫发现，在那小小的身躯里，除了聪明和渊博，还有一颗躁动不安、想干一番大事业的雄心，让他这个大男人自叹弗如。这或许就叫日久生情。

对，他愿意帮她做任何事。但是半年前，沙婕和宁嫣在为他接风的酒桌上，提出偷梁换柱的盗马计划时，袁枫的第一反应是：她们疯了。

希望国宝回家是人之常情，可要把它们从戒备森严的国家级博物馆里弄出来，在他看来，颇有点异想天开。他承认自己对昭陵六骏的心态属于叶公好龙，不想让它们继续流落在外，却不敢亲自动手，完成这种不可能完成的任务。

相比之下，两个姑娘的态度倒非常坚定，让他觉得脸上挂不住。冷场之际，宁嫣的一句话，让袁枫脑子一热：这事不论成败，咱们都会在历史上留下一笔的，你还犹豫什么呢？

彪炳史册，确实是每个男人的梦想。战争年代，有人投笔从戎，为国捐躯；和平时期，有人绕过外国的重重阻挠，带着惊人的成果，回国献身科学研究。不过，做飞天大盗能留名青史吗？不，拿回自己国家的文物不能算偷，顶多是……解救？那还得记功行赏呢。可惜警方不这么想。

当然，要名垂史册可不容易。半年来，每次推演计划，他们都会发现一两个致命的漏洞，要么得尽力修补，要么就彻底推倒重来。大家都明白，没有天衣无缝的计划，但谁也不想因为一个小小的疏忽，让自己在后半辈子天天吃牢饭。

而且，偷出昭陵六骏只是开始。他们打算先将六骏藏匿起来，等个两三年后，就开始在暗网中进行烟幕弹式的交易。交易双方都是他们自己塑造或者购买的假身份，这样左手倒右手，再倒回左手，交易二三十次后，再以匿名买家的身份高调买下，捐献给国家。当年卢芹斋和高登的所谓合法交易，靠的就是一笔笔似是而非的糊涂账。如今，暗网是个好工具，警方再怎么查，最后的结果很可能是不了了之。

捐献只要是合法的，国家就可以理直气壮地拥有昭陵六骏。UPMA自然不会认栽。不过不用担心，早就摩拳擦掌的法学家们必然会冲锋在前，从自古以来到国际惯例，有的是对付他们的办法。官司和谈判必然旷日持久，十几二十年都有可能，在达成双方都能接受的结果前，国家不会轻易把拳毛䯄和飒露紫再交出去。

袁枫早就想好了，到时候大不了在网络上带一波节奏。全球华人声势浩大，对方总得顾及影响，不能来硬的。所以，只要造成六骏回家的既成事实，后面的事虽然麻烦重重，但也顺理成章。

做计划时，他曾经建议，只盗走拳毛䯄和飒露紫。但沙婕认为，那么一来，行动的目的就太明显，对方可能会借机生事。如果将六骏全部带走，中国也是受害者，在舆论上就没有那么大的压力。那时候，袁枫几乎可以感受到被后人传扬和赞美的喜悦了。

可惜，万事不由人做主，一生难与命抗衡，谁能想到在可以策划庆功宴的时候，努力和梦想就要成为泡影。袁枫感到心里空落落的，脑子里好像有一千个小喇叭，喊着"我不甘心"。但不甘心，又能如何？

他和沙婕的手机同时响了。两人同时一脸苦闷地看完工作群里的通告，无语地对视。

"有更糟糕的消息吗？"宁嫣用纸巾擦擦被辣椒辣得通红的嘴。

"经过馆长的再三请求，警方同意派工作组进驻博物馆。"沙婕耷拉着脸。

"所有员工要无条件支持和配合工作组。"袁枫长叹一声，"彻底玩完了！咱们根本斗不过人家。"

"在博物馆动手是没戏了。"宁嫣压低声音，"咱们能不能试着，在路上做点文章？装着拳毛䯄和飒露紫的车从机场出发到博物馆，路上有将近四十公里的路程。我们总不会一点儿机会都没有。"

"恐怕就是没一毛钱的机会。"袁枫用手撑着脸，"武装押运，荷枪实弹，您再想不开，也别打这种必死无疑的主意。"

"我们不可能知道车队走的路线。"沙婕无奈地说，"车和交通信号都由人工智能控制，线路随机，根本没法提前做任何准备。"

"正因为是人工智能控制那些车，我才说也许还有机会。"宁嫣不肯放弃，"如果能拿到超级权限就好了。"

"交管局的人工智能系统，安全级别不是一般的高。"袁枫摇头，"以咱们的技术，还没黑进去就被抓住了。"

"从长计议吧。"沙婕泄气地起身，走进卧室关上门。

几年前她就开始盘算这个计划。经历那次险些送她见阎王的手术后，她知道自己不能再等，因为她等不起了。但沙婕没办法急躁，在脑子里勾画一张蓝图并不难，可做成一件事必须凑齐天时、地利、人和三要素，还得有幸运女神的垂青。运气，正是她最缺的东西。每一次当她觉得只差临门一脚时，"节外生枝"这个词就开始展示它的魅力。而这一次，猝不及防的枝节比以往都要多。

"小婕,你没事吧?"宁嫣敲了两下门,走进来。她打开窗边小桌上的一只红木首饰盒,挑出一支绿檀木发簪把头发盘在头顶。

"没事,吃点药。"沙婕抓起刚从医院领出来的药瓶,也没看药名和成分,倒了两片在手上。

"我想到一个办法。"

"什么?"沙婕手一抖,药片掉在桌上。

"我让袁枫去查一下。"宁嫣语焉不详,"你知道,不想放弃的话,就要做个B计划,速战速决。"

她盘腿坐在墙边的床垫上。宁嫣平时自己住在城北一套公寓里。一个多月前,为了方便和大家商量盗马计划,她暂时搬过来,在沙婕的卧室里打地铺。

"有办法了。"抱着笔记本电脑的袁枫站在门口,敲了两下开着的房门。

"你去查什么了?"沙婕捡起药片。

"安魂曲。"

"啥玩意儿?"沙婕没听懂。

"一个可以'催眠'人工智能的病毒。"袁枫递给她电脑,"开发这个病毒的,是大名鼎鼎的'错觉方程式'。"

"黑客组织,被国际刑警通缉。"沙婕翻着网页。

"还记得六年前的机场大风暴吧?"袁枫说,"从北美到东亚再到西欧,几十个机场的智能调度系统全被催眠了,连毛利特里斯和南非都没能幸免。上千架次的飞机延误,或者干脆飞错了地方。"

"把世界搅得一团糟,还死了人。"

"很多人因为乱跑的飞机相撞而受伤。"袁枫点头,"更倒霉的是,毛利特里斯的来多桑斯机场发生骚乱,有人被杀。事后,错觉方程式宣布是他们干的,被通缉。但他们这几年一直没有闲着,到处生事。"

"他们这么做图什么呢?"沙婕不明白。

"错觉方程式的口号是:烧死泛滥的人工智能。"宁嫣告诉她。

"他们是黑客呀。"沙婕更糊涂了,"搞计算机的怎么可能反对使用机器?"

"错觉方程式不反对使用机器,只是反对滥用人工智能。"袁枫说,"他们认为人工智能'非我族类,其心必异',早晚摆脱控制,反噬人类社会。"

"所以,错觉方程式的理念得到很多人的支持。"宁嫣说,"今年春天,世界人工智能博览会上,他们黑了所有展馆的系统,把大会主席的主旨演讲变成他们老大'利维坦'的反人工智能演讲,热闹死了。"

"利维坦?混沌之龙,耶和华创造的海中怪兽。"沙婕想起《圣经》中的记载,"在世界末日来临之际,它将成为奉献给圣洁者的祭牲。取这个名字,是说他要反抗神一样的人工智能,颠覆它们的世界,哪怕自我牺牲?"

"他是很多黑客心中的英雄。"宁嫣挑眉,"没人知道利维坦的真实身份。今年春天的演讲,也是只闻其声不见其人。"

"因为有传闻说,利维坦被国际刑警和中国警方联手逮捕了,他突然出面,是为了辟谣。"袁枫用敬仰的语气说,"利维坦一出马,全网必须抖三抖啊。"

"你俩在给利维坦做粉丝这方面,倒是有共同语言。"沙婕讪笑,"问题是,这什么方程式,和咱们的计划有关系吗?"

"最近,错觉方程式在网络上高调出售他们的网络武器,包括'安魂曲'。"袁枫解释道,"当年,他们催眠那么多机场的人工智能,靠的就是这病毒。前几天,宁嫣看到有人在暗网中聊这事。我刚刚确认了下,是真的。"

"如果能拿到'安魂曲',事情就简单了。"宁嫣打开手机上的绘图板，用手指画了几个方块。"后天凌晨，押运拳毛騧和飒露紫的车队大概是这样的：中间装二骏的车，是安保公司提供的，前后是警方的车。"

"空中会有警用无人机甚至直升机跟随。"袁枫提醒她。

"哦，我差点忘了。"宁嫣又添了两个方块。

"催眠交管人工智能，让它替咱们工作。"沙婕明白了，"不过，押运人员一旦发现车子有问题，会马上设法补救。"

"控制了交管系统，等于控制了全城的无人驾驶车，和注册的无人机。押运员没有办法夺回权限。"宁嫣把图中间的方块推开，"我们唯一需要解决的，是押运车上的人。"

"怪物留下的东西可以帮忙。"袁枫跑去客厅拿来闪光弹，"这东西可以将他们暂时麻痹。"

"博物馆那边，还有什么办法吗？"沙婕追问。

"想得到那四匹马，真的很困难了。"宁嫣劝她，"从国外来的那两匹最要紧，先考虑它们吧。"

"我不太明白啊。"沙婕抛出疑问，"错觉方程式为什么要兜售网络武器？"

"这一招叫围魏救赵。"袁枫说，"前不久，国际刑警抓了几个错觉方程式的外围人员，让利维坦颇为紧张。他放出一些网络武器，很多买家趋之若鹜，其中有一大半是网络极端分子。"

"网络武器落在那些人手中，能干什么大家心知肚明。"宁嫣接过话头，"比起错觉方程式里的那些黑客，他们的危险系数高了不知道多少倍。国际刑警只能调整策略，先去抓更能惹事的。"

"利维坦掌握对付那些网络武器的工具。他可以提出和国际刑警合作，来换取组织的生存空间。"袁枫的语气中不乏赞许，"多厉害啊，一举多得。"

"我看你想得到'安魂曲'的真正目的，是想见利维坦。"沙婕揶揄道，"是不是想让他给你签名？"

"利维坦才不会亲自出面。"袁枫摇头，"所有交易都在暗网中进行。"

"那怎么能确定，卖网络武器的是真错觉方程式？"沙婕不大放心。

"这场买卖人尽皆知。"宁嫣说，"如果是假货在招摇，错觉方程式早就出面澄清了。相信我，没人敢冒充利维坦，除非他活腻了。"

"他们开价多少？"听他们这么一说，沙婕觉得不妨一试。

"两千质子金条。"袁枫说的质子金条是这几年风头正劲的虚拟货币。

"如今，一根质子金条可以买一辆跑车！"沙婕喊道，"把咱们仨卖了，都不值那么多钱。"

"这确实是个难题。"宁嫣承认，"而且争抢的买家挺多，说不定价格还会涨。"

"咱们不可能在一天之内，凑到这么多质子金条。"袁枫说，"要想得到'安魂曲'，必须用其他方法。"

"什么方法？"

"还在想……"

希望如寒夜里的火星，一闪就灭了。气氛再一次变成尴尬和失落。

整整一个下午，三个人都郁郁寡欢，没怎么说话。沙婕在卧室宽大的窗台上铺了张毯子，给自己沏一壶茉莉花茶，坐在上面胡乱翻书。

宁嫣为了静静心，摊开宣纸练习毛笔字。结果，纸团丢了一地，字没写出几个。

袁枫把自己关在房内，不知在忙什么，只是偶尔能听到门缝里传出音乐声和聊天的只言片语。

傍晚，沙婕想下楼散步。宁嫣换上运动衣裤和慢跑鞋，跟她一起下楼。

小区的草坪上，出来消磨时间的人不少，活蹦乱跳的狗更多。机器园丁在花坛边打转，修剪枝条，给花儿施肥。

"咱们初中的同学又在张罗聚会。"宁嫣扎起马尾辫。

"一个月聚三次，他们真闲。"沙婕尽量掩盖着不屑。

"他们打算去咱们当年常去的咖啡馆。你还记得吧？"

"那家店还在哪？"

"生意挺好呢。一层早就改全自助了。二层是城里为数不多的，还能享受到真人服务的地方。价格比之前翻了几倍。"

"有真人服务的地方，不贵才怪。"沙婕抬头看着微黄的树叶。

"当年，咱们几乎每天下午放学都去那里，你喝卡布奇诺，写作业；我喝杏仁摩卡，玩游戏。美女老板心情好的时候，会送咱们她最拿手的姜汁饼干。"

"你记错了。老板最拿手的是薰衣草曲奇。我每次都喝焦糖玛奇朵。现在一杯得卖多少钱啊？"

"问那么多干啥？你也不会去。"宁嫣大笑。

"聚会就免了，人一多我就头疼。"沙婕踩着柔软的草地，"而且同学多年不见，早没什么共同话题。"

"我记得，小时候你是班里的文艺委员，经常组织活动。"

"谁小时候没疯过。"沙婕弯腰摇腿。时不时地，她的小腿就会因为供血不足而发麻。

"你老实交代，多久没去医院复查了？"宁嫣关切地问。

"没病没灾，懒得跑医院。"沙婕假意扭头看花，避开她的目光。

宁嫣本想说点什么，眼珠一转，没再开口。

两人又在社区里转了一圈。回到家时，窗外的路灯刚刚亮起。

她们一进门，就看见袁枫盘腿坐在客厅的茶几旁，戴着耳机，手指在电脑触摸屏上指指点点。

"干什么呢，小保安？"宁嫣上前扯掉他的耳机。

"别捣乱！我刚和错觉方程式搭上话。"袁枫揉揉耳朵，"果然，对网络武器感兴趣的人太多，价格水涨船高。我开价三千，才勉强拿下一城。"

"你疯了！"沙婕的脑袋里嗡的一声，"你又不是中东富豪，去哪儿找三千根质子金条？"

"别急，我只是先稳住他们。"袁枫站起来说，"我下午认真想过了，其实我们并不需要有钱，只要让错觉方程式相信我们有钱就够了。"

"他们可不傻。"宁嫣轻轻戳他肩膀，"错觉方程式一定会让你支付定金，或者提供其他的信用证明。一旦被他们识破你在使诈，你会死得非常难看！"

"我自有办法。"袁枫抱起地上的电脑，露出自信满满的样子，"宁嫣，我已经把城里的交通图发给你了。你好好考虑下夺马计划。其他的就交给我。"

"行不行啊？"沙婕不放心。

她知道袁枫善于随机应变，经常能突发奇想，冒出好主意。只是这些好主意，偶尔会顾此失彼，补上一个窟窿，又多出两个漏洞，让他自己都哭笑不得。宁嫣性子急，但考虑问题滴水不漏。袁枫抖机灵抖出来的闪念，必须靠她的脑子来推演完善。

沙婕明白，没有他们两个，自己的计划就是镜花水月。只是，黑客组织不是吃素的，一步走错，代价不知道会有多大。

"我既然说行，那就肯定行。"袁枫拍胸脯，"沙婕，明天要辛苦你，再跑一趟博物馆。"

"已经决定在路上动手，还去博物馆干什么？"

"他是觉得,另外四匹马还有机会,想试试看吧。"宁嫣猜测。

"我没有十足的把握,只能趁着明天白天巡逻的时间一探虚实。"袁枫说,"沙婕你得帮我。"

"好,没问题。"沙婕一激动,抓住了他的胳膊,随即一脸窘迫地松开手。

一旁的宁嫣故意干笑两声,扭头钻进卧室。

"你早点休息。"袁枫的心在怦怦乱跳。他踯躅片刻,才从牙缝里挤出这句话。

第三章
"安魂曲"

清晨六点,袁枫哼着昨晚刚学会的口水歌走出社区。这个时间,大部分居民还没起床。他在街对面的自动早餐亭点了一杯热豆浆和四个水煎包,盘腿坐在草坪上。撕开包子的包装盒,他差点被喷出的热气烫着。

刚修建过的草坪散发着清新的味道。袁枫记得沙婕提过,他们合租的两居室,是张钧老师的亲戚在二十年前买的。张老师的亲戚想把这套房作为养老的居所,于是咬了半天牙,挑了环境好、距离大医院近的地段。

这些年,因为城里不需要那么多人工作,很多人卷起铺盖回老家,或者搬去了周边的卫星城。奇怪的是,人少了一半,好地段的房子反而更贵,租金也依旧居高不下。有人说,是因为要缴的税越来越多,也有人说,是地产中介的炒作阴谋。袁枫觉得,啥理由都无所谓,反正他买不起房子。

悠闲地吃完包子,他把空餐盒扔进垃圾桶,钻进停在路边的小车。这辆只能手动驾驶的三手轿车还有一年就要报废,便宜得跟白捡的一样，车况倒还不错。很多朋友都不明白，袁枫为什么要费力去考毫无用处的驾照。正如他不明白，他们为何不愿意体验一下掌控前进方向的乐趣。

一路很顺，六点二十分，袁枫开车进入博物馆地下二层停车场，把它停在职工车位上。还好，过扫描仪时，执勤的同事没有问他，副驾驶座上的大号保温杯里有什么。

他换上工作服，对着穿衣镜，扶正胸前刻着"王炜"两字的铭牌。

趁同事都还没来，袁枫戴上防护手套，悄悄溜进更衣室对面的储藏室，打开玻璃密码柜。他从四个冒着凉气的不锈钢桶里挑了一个，小心翼翼地把它抱出来。这个星期，博物馆抓住了四个小型间谍机。抓了这种东西，馆里都是先用液氮使其休眠，等到月底统一处理，不需要麻烦警方。

袁枫拿出工具箱，用爪钩把泡在桶内的小球抓出来，拆开。手套很碍事，但不戴上它手就废了，他只能忍耐。所幸，他很快找到了想要的零件。袁枫用镊子把只有一颗黄豆大小的芯片夹出来，插进一只指甲盖大小的黑色小盒子里。

他把盒子插入笔记本电脑的接口，电脑屏幕上弹出的窗口里冒出了密密麻麻的代码。修改难度不大，袁枫以最快的速度敲入几十行代码，拿起手机试着与芯片建立连接。

大功告成后，他把小球的其他零件复原，塞回不锈钢桶，锁回柜子里。这些间谍机是缴获的，没有安全级别，不会有人知道他做了手脚。用手绢包好小黑盒子，袁枫抱着电脑离开了储藏室。

回到休息室，他用公用电脑查看全馆安保系统昨天的工作日志。不出所料，因为有怪物闯入，人工智能立刻将主展厅里的四骏送进了密室。以馆长的性格，一定是想等到晚上，国外送来的二骏安全抵达，再把这边的四匹马放出密室。

有同事进门，袁枫赶紧关上页面。

七点,所有当值的保安到齐,完成交接班,听队长训话。解散后,他和两个同事一道,对四层以下的展馆做例行巡逻。

一楼大厅已经换上了新的玻璃门,地板清理得跟镜面似的,不细看,发现不了任何痕迹。只是每每抬起头,看见盯着自己的摄像头,袁枫都感到无形的压力袭来,手心呼呼冒汗。

来到三楼,他发现,主展厅紧闭的三个门前,都拉起了激光警戒线。鲜红的光带默默地警告,任何人不要越雷池半步。他和同事们分开,各自检查东侧、西侧和南侧的副展厅。袁枫主动承担了检查几个卫生间的任务。人工智能盯着他的一举一动,他必须小心行事。

机器到底还是机器,叫"智能"是因为它有自学能力,但要和人类耍心眼,那还差得远呢。机器讲的,是基于逻辑的策略,而人类则可以变换花样,不靠逻辑,玩出百变的谋略。人们总说,要战胜机器不能靠逻辑,因为它的逻辑完美程度和推演速度,是你的几十亿倍。但是在袁枫看来,百分之百地遵循逻辑,正是机器的弱点,要对付人工智能,一个办法就是利用它强大的逻辑。

说起来,现在最让他揪心的,并不是人工智能无处不在的触角,而是不见人影的警方工作组。不用问,他们知道博物馆内部有鬼,但不想打草惊蛇,于是用外松内紧的方式展开暗中调查。警方的计划是,敌不动则我不动,抓住蛛丝马迹,悄悄顺藤摸瓜。唉,人其实比机器难对付多了,因为你根本无法推测他们在想什么,会干出什么事。所以,博物馆里表面上一切如常,反倒让袁枫感到暗流涌动的不安。

检查完三楼,他和同事们会合,乘电梯到地下室,走员工通道进入西配楼。

来到配楼一楼大厅,小队长刚要分配工作,袁枫远远地看见保卫处长刘赫在大门外,瞪着大眼睛朝他们挥手,示意保安们都靠墙站好。在处长身后的台阶上,站着身穿炭黑西装、打着浅蓝色丝质领带的馆长。

今天这日子,还有重要宾客来访啊。奇怪,袁枫心想,早会的时候居然没有通知,也就是说,访客的身份高贵又敏感。

正在他纳闷的时候,一辆黑色轿车缓缓地开到门前。两个黑衣人从车子的前门和右侧后门跳出来,与刘处长低声交谈几句,才煞有介事地拉开车子的左侧后门。一个苗条的白色身影走下来,和大步迎上前的馆长握手。

客人看起来在三十到四十岁之间,脸色略显苍白,浓眉凤眼。她穿着白色一字领长袖衬衣和绣着绿色枫叶图案的坠地白色网纱裙,纤细的玫瑰金锁骨链镶嵌了一颗袖珍的绿色宝石。她比馆长高了半头多,乌黑的长发在脑后盘成整齐的椭圆形发髻,没有一丝乱发。装扮虽然简单,但那视一切如粪土的表情明明白白地告诉世界:闲杂人等都滚远点!

看馆长和其他人的态度,这是准备资助博物馆的土豪?袁枫暗想。但他立刻知道自己错了,因为他从没在新闻上看到过这位夫人。如此气势如虹的名媛,绝对不可能躲过媒体的眼睛。

在他胡思乱想的时候,白衣夫人已经在众人的簇拥下,和馆长边走边聊,进了大厅。

"听说昨天有人袭击博物馆,令人发指。"她的声音柔和,尾音有点僵硬。

怪了,袁枫心里又多了一个问号:馆里通知所有人,昨天的事必须严格保密,一丝一毫都不能泄露出去,对家人也不能说。她怎么会知道呢?

"虚惊一场,警方在调查。"馆长忙对客人解释,"您大可放心。明日的展览绝对不会有问题。"

"贵国的治安和办案效率,我一向十分放心和敬佩。"

哟，不是中国人，难怪口音有点怪。这是要参加明天活动的某个亚洲国家的使节？不，是贵族，袁枫心想，那种优雅里隐约透出的一点趾高气扬，是从小养成的优越感，学不到也装不出来。这位到底是什么来路呢？

按理说，就算是外宾，也不可能知道警方正在全力侦办的保密案件，除非她和案件有关，警方不得不上门拜访了解情况。这可就……袁枫心里一紧，博物馆里到底还有多少没暴露出来的秘密？没听说有人被逮捕，意味着怪物背后的内鬼依然逍遥法外。如今，又来了这么个看着就不好惹的外国客人，老天保佑，千万别搅了局！他用颤抖的声音，在内心默念了十遍阿弥陀佛。

目送白色的背影上了电梯，看着指示灯一路从一亮到四，保安们松了口气，各自领了任务散开。袁枫负责在西配楼门口执勤。

上午十点刚过，沙婕快步走上楼前的台阶。她在门口通过手掌和面部扫描，走进楼门后，将手里的小包放在安检仪上，抬起双手走过探测器。探测器发出嘀的一声，示意沙婕身上有金属。她停住脚步，等红光再一次慢慢地扫过身体，听到可以通过的提示音——仪器确定金属只是她衣服上的配饰，没有危险。

"刚才的客人，是来谈合作的吗？"袁枫站在安检机后，和一起执勤的小易闲聊，"看起来很气派。"

"谁知道呢。"小易心不在焉地把挎包递给沙婕，"反正和咱没关系。"

沙婕接过包，看了袁枫一眼，一言不发地走向楼道。他们约定好，在博物馆里假装不认识。在这里，他是"王炜"。

有客人谈合作，袁枫是在暗示她，馆长此刻在顶层的会议室。

沙婕从裤子口袋里掏出一副硅胶手套，套在双手上，走楼梯上了三楼。来到位于北侧楼道的院长办公室门口，她看看周围没人，伸手按几下门把手下方的键盘。因为经常来帮馆长取文件，她知道开门的密码。

门开了，沙婕钻进去，两步跑到黄花梨写字台后，伸手在笔记本电脑的触板上画了两下。通过指纹验证，进入桌面，先登录调度系统，取消昨天的设定……她敲着键盘，计划改变，已经不需要障眼法了。好，改完了，她退出调度系统，点开安保系统的图标，调出博物馆地形图。

图上，用不同颜色标记了博物馆各个房间的安全等级。西配楼全楼是黄色警戒，只有顶层会议室是橙色警戒。东配楼全楼是黄色警戒。主楼全楼是橙色警戒，只有主展厅是红色警戒。

沙婕找到主楼一层的地图，在最南侧的两个小展厅里挑了一个。她按几下弹出的菜单，根据提示音刷了双手拇指指纹，将展厅的警戒级别改成红色。要降低警戒级别不容易，除了验证指纹还需要两道口令密码。她不知道馆长的口令密码。好在提高警戒级别只需要他的两个指纹。

设定好了，退出系统，沙婕感到硅胶手套和手指之间，都是吓出来的汗。等一下，袁枫特意告诉她有重要客人，肯定不只是示意她可以动手。馆长的行事历在哪里？沙婕点开电脑桌面上的几个文件夹，找到记事簿。

和素日里满满的活动安排不同，今天馆长只安排了两项工作：下午接受四家媒体的联合采访；上午的格子里写着"DKR"。沙婕想不出这个简写表示什么客人。她翻翻馆长的日程安排，前后两个月，只有这一条用了简写。看来，这个客人很特殊。她在电脑中搜索"DKR"，却找不到包含这个关键词的文件。

怪了，沙婕隐隐觉得，这个缩写有种熟悉的感觉。

不能再瞎找了，得赶紧撤，她用开始麻木的手指关掉电脑，蹑手蹑脚地溜出了馆长办公室。

她一路小跑，回到一楼的员工更衣室。撕下硅胶手套，她掏出手绢擦了擦湿漉漉的头发。坐在更衣柜的隔板上,沙婕往腿上涂了些按摩油,用力揉搓了一阵子。

瞧你这点出息,她暗暗骂自己,大事难成啊,要是有袁枫那样的好身板,就没这么多顾虑了。

事情还没办完,没空休息,沙婕感到腿好受一些了,起身走到办公室找了个一次性纸杯,煞有介事地端着它穿过员工通道。

走进主楼,她坐电梯上了三楼,绕过主展厅,快步走进女厕所。

门边的洗手台上,躺着一个油纸包。这是袁枫泡在咖啡壶里,当作茶包带进来的东西。沙婕拿起纸包对着光。嗯,里面多了个小盒子,他得手了。她轻轻舒了口气,把它放进手中的空杯子里。

走出厕所,沙婕小心地站在激光警戒线外,用自己的权限打开主展厅的东门。

展馆中间的"甬路"两旁空着,只有用标志线勾勒出的六个长方形。沙婕按了几下展馆门内的导览屏幕,捻动手指翻页,假意在检查各种介绍文字和同时播报的语音。她调整播报音量和显示屏的亮度,顺手将一次性杯子连同"茶包"一起丢进脚边的垃圾桶里。

这时,主展厅的北门打开了,张钧走进来。他见到沙婕很是意外。

"你不是在家休息吗?"科研处长走上前。他比沙婕高出一头多,说话时不由自主地耷拉下肩膀。

"没大事儿。"沙婕应付道,"闲着也是闲着,过来看一眼。"她接过张钧手里厚厚的一沓电子画册,放在导览台边。

画册里存着博物馆内若干镇馆之宝的精美3D图片和详细介绍。它们能串起中华数千年的文明史。每个画册上都贴着金箔打造的兰花。这是明天送给重要宾客的伴手礼。

和张钧一起离开主展厅,沙婕回办公室坐了一会儿,喝了杯热茶。

中午时分,她离开博物馆时,看到两个机器服务员抬着食盒上楼。在它们身上和食盒上，都贴着城西一家高档酒楼的LOGO。看来馆长和神秘客人的会晤还没结束。

沙婕出门叫了辆车回家，一进门，就看见宁嫣正在摆弄昨天自己找到的那支手枪。

"还以为你下午才回来。"宁嫣转过身，枪口正好对着她的脸。

"嘿！"沙婕尖叫起来，起了一身鸡皮疙瘩。

"啊，对不起！"宁嫣丢下枪，"吃饭了吗？我焖了木耳鸡肉饭，没吃完。"

"我不饿。"沙婕决定还是等会儿叫外卖。宁嫣的厨艺，差不多可以用来刑讯逼供。"错觉方程式那边谈妥了吗？"

"谈妥了，三千质子金条。"宁嫣看一眼放在沙发上的电脑，"我在等钱。"

"你哪儿来的钱？"沙婕觉得不可思议。

"袁枫说得有道理，我们不需要有钱，只要让错觉方程式认为我们有钱就好。"宁嫣盘腿坐在沙发上，"我们只需要'安魂曲'运行一次，所以不需要买下软件。"

"那要怎么办？"沙婕更糊涂了。

"昨晚他和错觉方程式谈，需要验证新版软件是不是比六年前的更好用。"宁嫣说，"对方提出支付三百质子金条的定金，就可以让我们长长见识。"

"软件这东西，一旦交给我们，他们不怕被复制？"

"没拿到全款他们不会交出软件。"宁嫣拢住散在肩上的长发，"实验由错觉方程式来完成，我们只提供一个题目。时间嘛，限制在十五分钟内。"

"十五分钟，够用吗？"沙婕越听越担忧。

"我盘算好了，十五分钟绝对够了。太久怕他们起疑心。"

"三百质子金条也不是小数目啊。"

"我和袁枫已经商量好了对策：借钱。"宁嫣给沙婕看电脑，"他在暗网挂了三个软件，每个都以一百质子金条的价格出售。看，已经有几个买家上钩了。"

"他写的软件能值那么多钱？"

"不，他贴在暗网的软件简介里，那些高大上的功能都是瞎编的。"宁嫣嘿嘿一笑，"反正我们没打算发货，只是借钱周转。"

"买家会上当？"

"因为我们要求的是十二个小时的预付款。如果十二个小时内买家收到满意的货，钱就会自动打到卖家的账户。如果买家十二个小时后没有收到货，交易取消。你别说，袁枫真的很聪明，能想出这么多歪招。"

"暗网也可以预付款啊。"沙婕好奇。

"暗网里黑吃黑的事情太多，引发过好多次网络大战。战火燎到现实世界，出过人命。"

"我记得新闻报道过，一个叫什么超级比特的网络黑帮，杀了对手虚无幻境的老大一家。最后两伙人都被警方端了。"

"那件事的起因，是一笔暗网军火交易中的金钱纠纷。所以最近几年很多人为了避免类似的麻烦，都开始用预付款。在坏人多的地方，必须相互提防。"

"既然是预付款，钱实际上还在买家的账户里，你们没法转账给错觉方程式啊。"

"我让买家直接把预付款授权打到错觉方程式提供的账户。"宁嫣调出聊天记录，"看，他们同意下午三点前付款。这是我们和错觉方程式约好的，付清定金的时间。明天凌晨三点前，我们不发货，交易取消。买家不会吃亏。"

"移花接木，听起来不错。"沙婕想了想，"但是预付款分三笔，从其他人的账户打给黑客，他们会不会起疑？"

"质子金条交易的妙处就在于，它是匿名交易的。我已经告诉错觉方程式，我会从多个账户打款，目的是掩人耳目，让他们拿到预付款授权后，等我通知。我会告诉他们动手时间，以及要黑哪个系统。"

"错觉方程式会接受预付款授权吗？"沙婕还是不放心，"按理说，不论交易是否成功，定金是不能收回的。"

"我们只能做到这一步。"宁嫣嘟嘴，"赌一把吧！我想错觉方程式不会有异议。"

"为什么？"

"他们不会想到，有人敢利用他们。毕竟这么多年，在黑客圈里，没有谁愿意和错觉方程式结下梁子。"

"咱们注定要和这伙黑客结仇了。"沙婕嗟叹，"要是警方认定他们是夺取昭陵六骏的主谋就好了。这样就能牵制住错觉方程式，让他们没精力来对付咱们。可是等他们回过神来……"

想到错觉方程式的巨大能量，她不由得一阵心慌。

"我也知道后患无穷。走一步看一步吧。"宁嫣靠着她的肩膀。"路上的事交给我，你放心吧。"

"就算错觉方程式的软件显灵了，博物馆那边……不知道袁枫的计划行不行。"

"你和他里应外合，就不会有问题。"宁嫣拿上装了两条履带的小盒子，塞到沙婕怀里，"炸弹我改装好了，把手机给我，我给你装控制软件。"

"这就做好了，你动作好快！"

"有现成的部件，组装下就行。"宁嫣接过她的手机，用蓝牙在它和自己的电脑之间建立连接。"我把1号键设定为履带的启动键，你记住了，可别按错。到时候，一切听袁枫的调度。"

"真不知道他一个人在博物馆里，能不能应付得来。"沙婕嘀咕，"那可是重重机关啊。"

"你说你，又担心人家，又不和人家说清楚。"

"我担心袁枫，也担心你。"沙婕瞪她，"说得还不清楚吗？"

袁枫的情愫她心知肚明。他愿意冒着坐穿牢底的风险，加入她的盗马行动，肯定不是为了当民族英雄的梦想。她喜欢袁枫，他是个好人，聪明又有好身体，但这种喜欢和情爱无关。

她自然希望袁枫能一直在自己身边。但现在，在前途未卜的时候，谈这些都成了奢望。至于爱情，沙婕觉得自己已然不会爱上任何人。是啊，在能活多久都是未知数的时候，谈情说爱太不现实。

"你是担心他多一些，还是担心我多一些？"宁嫣没看出沙婕的心思，故意捉着她不放。

"都一样的嘛。我和袁枫没……"

"不听，不听。"宁嫣捂耳朵，"你俩的事，你俩自己掰扯去，我才不想知道。"她把装好软件的手机还给沙婕，抱着电脑站起来。"我得出去一趟，晚上七点前一定回来。你下午记得收拾行李啊，今晚不管成不成，咱们都会彻底暴露，只能开溜。"

"这种时候，你还安排了相亲？"沙婕笑看她对着门边的穿衣镜整理头发，涂口红。

"去你的！"宁嫣假意用拖鞋丢她，"我得去看看路况。回来的路上正好和袁枫碰个头。"

"路上小心。"沙婕目送宁嫣出门。

好吧，一切总算是上道儿了，她舒了口气。但似乎……还是有什么地方不对劲。对啊，宁嫣去看哪条路的路况？押运车队会走哪条路？此刻还不得而知。她一定是有什么想法，不想说出来，才找了这么个借口。

不会出什么岔子吧？沙婕拿起宁嫣给她的小盒子，冷不丁地，

"DKR"三个字母又开始莫名其妙地在脑子里打转,让她心乱如麻。

时间转瞬即逝,太阳离岗,月亮接班,寒风乍起。

秋夜凉如水。沙婕站在一棵银杏树下,看着几百米外的博物馆主楼后门。这里是一个供市民休息的街心小公园,和博物馆主楼之间隔着八条车道。远远地有车灯在靠近,沙婕赶紧躲到厢型车的车厢后,听着马达声走远,才放下心来。

按袁枫的吩咐,她在两辆车的车身上贴了"市政"字样的贴纸。一般的人都不会对市政的车子起疑,不会问它为何停在此处,以及打开的车厢门边上为何架着铁质的坡道。

沙婕看看手表,晚上十一点半,到时间了。她拉开车门,从副驾驶座上取下小盒子,给它罩上防护套。这样一来,摄像头就看不见它了。她把小盒子放在地面上,按下手机的1号键,用手指轻推屏幕上的滑块。小车悄然无声地朝着马路对面"走"去。

小车走得很慢,沙婕的心却跳得异常快。看着它如蜗牛一般穿过马路,爬上台阶,停在博物馆右侧后门下。她抓起夜视望远镜观察附近几个摄像头的动静。嗯,它们没有丝毫察觉。沙婕调整小车,让它尽量靠近博物馆的后门。

一切妥当之后,她跳上前车的驾驶座,想起这个时候,宁嫣应该已经赶到了机场附近的高速路口。

B计划比她想象得顺利。傍晚时分,拿到钱的错觉方程式并没有起疑,答应了宁嫣提出的实验条件。

"他们说,已经播放了'安魂曲'?"沙婕读着宁嫣电脑上的聊天记录。

"也就是说,控制城里交通系统的人工智能,现在已经被催眠。"宁嫣告诉她,"只等我一声令下,就有好戏看了。"

"人工智能已经被催眠,还要什么指令?"

"如果催眠师给被催眠的人一个指令,他会产生幻觉。"宁嫣解释道,"比如告诉一个人,他在海边,他就会脱下衣服跳进想象中的海里,就算面前其实只是个沙坑,他也毫无知觉。催眠人工智能是一样的。我的目的是,让它进入我设定的幻觉情景。"

"于是人工智能就会按这个情景来执行它的逻辑。"沙婕给她倒咖啡,"不过,错觉方程式在 2027 年第一次释放'安魂曲'时,机场出现了混乱。按理说,即使进入幻想情景,人工智能也不可能造成飞机差点相撞的事故。"

"那是'安魂曲'的初级版本,本身有 Bug。所以我提出验货,实验成功再付款,错觉方程式没有反对。幻想情景靠我的指令建立。等实验的时间过去,幻想消失,人工智能恢复常态。和被催眠的人类一样,它记不得自己做了什么。系统里不会留下任何记录。"

"难怪那软件值那么多钱。"沙婕感慨,"这要是催眠了全世界的银行系统……"

"那不是最可怕的。假设错觉方程式催眠了任意一个大国的军事系统。让它产生被另一个国家攻击的幻觉。人工智能会立刻调动导弹进行反攻,对手及其盟友的智能系统随即激活全国的军事设施,进入战争状态。于是,洲际导弹齐飞,海军和空军倾巢出动……错觉方程式只要动一动手指,就可以轻而易举地发动一场世界大战。"

"所以说,把一切都交给机器,其实挺可怕的。"沙婕听得汗毛倒竖,"你什么时候给错觉方程式指令?"

"得等袁枫的信号。他给我信号,我立刻给错觉方程式指令。按他们所说,十秒内,人工智能就会陷入幻想情景。"

袁枫不知道怎么样了。沙婕站在月光下,感到每一秒都像一个世纪那么长。

此时,灯火通明的文史博物馆内,气氛紧张得像战地前线。

晚上七点，博物馆内的大搜查就开始了。因为昨日发生变故，原本不在搜查计划的东配楼也被翻了个底朝天，所以耗费的时间比原计划长了一个多小时。

刘处长带着保安队长，亲自去搜索主展厅。等在外面的袁枫，心脏像蹦迪一样狂跳。侥幸的是，沙婕丢进垃圾桶的"茶包"没有引起怀疑。处长只是吩咐，调一个机器清洁工过来，再把整栋楼的垃圾桶都清理一下。袁枫主动请缨。反正处长忙得很，根本顾不上这类小细节，不去叫清洁工也不会有事。

接近深夜十二点三十分，只剩下主楼地下一层的几间库房没有检查了。袁枫和同事们商量，分头行动，加快速度。

走到古籍库房门口，他发现门居然开着，里面还亮着灯。怎么搞的？他探头进去，只听见房间深处传来窸窸窣窣的声音，看不见人影。我的乖乖！不会又出什么乱子吧？袁枫慌忙用对讲机向刘赫汇报。

他夯着胆子走进库房，蹑手蹑脚靠近发出声响的位置。没走多远，他看见一条瘦瘦的身影映在两排书架之间的地板上。

"什么人！"袁枫装腔作势冲上前，其实是想给自己壮胆。

正聚精会神翻抽屉的"影子"被吓得一哆嗦。"小王，你要吓死我！"馆长吴谦捂着胸口，后退一步。

"馆长，您在这儿干什么呢。"袁枫暗暗笑话自己想多了，"我还以为又进贼啦。"

"哪有那么多贼！"吴谦双手慢慢地把抽屉推回原位，"警察同志在这里搜证时，发现这个抽屉上留下了闯入者的指纹。他们不明白，它为什么要动这个抽屉，请我来查看一下。"

"我看通报说，那是个仿生人。"袁枫说，"它不可能看得懂古书，应该是不小心摸到了。"

已经查到仿生人是一家日本研究所研制的样机，一个月前失窃。

窃贼一直没抓到。不清楚它是通过什么途径被运到中国的。

"警察找到的指纹，是这样的。"吴谦做一个双手拉抽屉的动作，"它不是无意间碰了抽屉，而是把它拉开过。"

"里面的东西没被弄坏吧？"

"没发现缺页和损毁。实在不明白。"馆长歪头看着抽屉，"这里面的古籍，不是搞研究的肯定看不懂，何况是它。"

"呃……这个字念啥？"袁枫指着抽屉上的标签。

"朅盘陀，念'妾'，是葱岭上一个已经消失了很多个世纪的古国。"馆长看他一脸茫然，笑了，"葱岭就是帕米尔高原。古人常说的西域，大体上就是从葱岭到阳关之间。阳关在现在的甘肃省。西出阳关无故人，你上学时肯定念过这首诗。"

"诗，念过，但西域什么……我可不懂。"袁枫认输。

"你知道玄奘法师吧。"馆长和蔼地说。

"我看过《西游记》。"

"好吧。"馆长无奈，"玄奘法师写过一本书，叫《大唐西域记》，里面提到过朅盘陀。法师从天竺归国时，拜见过朅盘陀国王。当地人可能是从中原迁移过去的汉人，所以相貌、习俗都和唐人相近。那里盛产黄金，还曾经有过一种奇特的玉石……"

"馆长，跑这里讲课来啦。"刘赫的大嗓门砸过来，打断了馆长的滔滔不绝，"小王汇报说古籍库房里有贼，吓我一跳。"

"你们都成惊弓之鸟了。"馆长看表，"哟，时间差不多了。安保公司的胡经理该到了。"

"他半小时前已经等在大厅啦。"一米八五的刘赫兴奋得像个大孩子，"警方派了四辆警车，分别守在咱们博物馆的前门和后面，还有两架直升机在天上巡逻。您出去看看，可威风了！"

"还是警察同志想得周到。"馆长带着他们往外走，"海关有消息了吗？"

"拳毛䯄和飒露紫已经下了飞机。海关全力配合，杨副馆长和外事处的周昊不到二十分钟就办好了所有手续。美方专家被咱们的效率震惊了。押运队伍现在已经上了高速。胡经理专门派了两个小伙子跟车，都是退伍兵，一身功夫。您放心，百分之百安全。"

等的就是你这句话。袁枫抑制着内心的狂喜和紧张，装出面无表情的样子。他深吸一口气，提醒自己保持镇定。

"二骏半小时左右就能抵达，咱们把它们的四个兄弟请出来吧。"馆长满意地微笑。

"处长，我去监控室了。"袁枫和他们分开，先去监控室点卯，然后借口肚子疼，跑进主楼一楼南侧，距离后门最近的一个洗手间。

几天前，袁枫取得了 RK-13 和 RK-14 两个机器警卫的超级权限，成了它们唯一的主人，可以排他地下达任何命令。

现在，他躲在洗手间里，打开手机上的一个小窗口，透过两个机器人的"眼睛"，可以看到地下二层密室前的所有行动。

门一层层地打开，磁浮底座载着四匹石马驶出密室。RK-13 和 RK-14 扫描保护套上的条码。馆长不放心，把套子一个个掀开，确定四骏都没事，才退到一边，让机器人继续操作。

RK-13 和 RK-14 控制磁浮底座来到地下二层的中央大厅。四部电梯已经在人工智能的调配下，开门待命。

按照规则，两个机器人将四匹石马分别送入四部电梯后，会分头进入 1 号和 2 号梯，送四骏到三楼，和前来迎接的另外两个机器警卫交接后，再返回地下二层执勤。馆长和刘赫打算乘坐 3 号和 4 号梯上去。安保公司经理和他们一起上楼。

是时候了，袁枫按下手机的 1 号键给宁嫣发信号，随即按下 2 号键。

刚把四骏送入电梯的 RK-13 和 RK-14 一转身，伸出机械臂死死抱住了馆长吴谦和刘赫。安保公司的胡经理还没来得及叫出声，就被电击器发射的强电流击倒。两个机器人抱着高声呼救的馆长和保卫处长，在地下二层的中央大厅转起了圈。

机器警卫异常！人工智能夺回权限失败。绑架人质！重要文物危险！两个突发难题摆在面前，它立刻做出"最佳反应"：调动地下一层和二层的所有机器警卫和执勤保安，前去解救人质；通知警方配合解救人质，封闭博物馆各个出口；关闭电梯门，文物目的地不变，还是三楼主展厅——全馆安保级别最高的房间。

正合我意！袁枫嘿嘿一笑。他知道人工智能的算法只能让它做出这样的策略。虽然密室比主展厅安全，但两个不受控制的机器人绑着人质乱转，难免伤及文物。把它们送上楼才是机器眼里的上策。

警报声、脚步声、喊叫声从卫生间外不断传来，袁枫按下手机上的3号键。

砰！三楼主展厅内，一只垃圾桶的盖子飞了起来，把大理石地面砸了个小坑。烟雾直冲天花板。"茶包"里的芯片启动，引燃了纸包里的化学物质，爆炸虽小，烟雾却浓。

主展厅告急！人工智能没有丝毫犹豫，将已经开到三楼的电梯调回一层。它探测到全馆还有另一间展馆处于红色警戒级别，虽然那里的装备档次比主展厅低。无法达成最优解，那就取次优解，人工智能瞬间重新计算路径，驱动磁浮底座加速。

来了！袁枫跑出卫生间，看着四匹石马迅速朝自己跑来，按下手机上的4号键。随着一声巨响，博物馆后门靠右的一扇被爆炸的气浪彻底掀翻，楼道里弥漫着刺鼻的气味和烟尘，警报声响彻云霄。

重新计算文物目的地……磁浮底座的信号断了！人工智能立刻启动重新连接程序。连接不成功！

袁枫已经接管了磁浮底座。他猛按手机上的加速键，跟着四个底座冲出了烟雾缭绕的后门。

"袁枫，快！"沙婕迎了上来。

刺眼的光柱在宽阔的街面上乱晃，袁枫下意识伸手捂眼睛，脚下却不敢有丝毫懈怠。直升机低空盘旋的轰鸣和带起来的气流在他们身边乱窜，橡皮子弹突突突……密集地打在水泥地面上。

不要慌，赶紧跑！袁枫拉着沙婕，护着四匹石马飞奔过马路。他知道，直升机此刻的"敌人"并不是他们，而是那两辆一边还击，一边左右躲闪的警车。

当交通系统被催眠，所有接入调度系统的车辆和飞行器全部中招，以为自己是在参与一场反恐演习。其中，民用车辆一律自动开向最近的紧急避难所。警用车辆自认为是"红军"，在系统的指挥下对空中的"蓝军"展开攻击。演习属于紧急状态，车里和飞行器里的警员，都会被锁在驾驶舱内，什么都干不了。

这操作，简直惊天地泣鬼神！跑到车边的袁枫看着街对面愈发激烈的地空冲突，感叹错觉方程式这程序太厉害了，三千质子金条简直是白菜价。

"快上车！"他一边催促沙婕，一边将什伐赤和青骓推进车厢，抬脚猛踢开搭在车后的铁质坡道，用力关上车门。

沙婕用力扣上车厢门的锁，三步并作两步跳上驾驶座，没来得及关车门就踩下油门。

几个保安追了出来，看见作案的是熟人，乱了阵脚。他们眼看着两辆车各自朝着东、西两个方向疾驰而去，被弄得晕头转向。保安们不知道该去追谁，也不知道该怎么追，只能干瞪眼。

与此同时，几十公里外的高速公路上，同样是一片混乱。四架警用无人机拉高，侧飞，躲开前后两辆警车发射的子弹和激光，随即俯冲还击，同时释放电子干扰。警车一摆车尾，几乎原地转了九十度，调整枪口，锁定目标，有干扰！目标偏移，追踪，再次锁定！对方攻击源靠近，后撤……

本来夹在两辆警车之间的押运车已经没影儿了。

那辆车虽然加装了防弹玻璃，车上有持枪的押运人员，但是属于民用车辆。"反恐演习"一打响，车子就麻利地绕开"红军"，加速向前，从最近的出口下了高速。因为是演习状态，高速路所有收费口全部打开，让车辆迅速通过。

押运车里的一群人不知道发生了什么，只能惊慌地抓着扶手，连互相安慰的心思都没有。坐在驾驶座上的司机努力想切换到手动驾驶，但操纵杆都要掰断了，车子毫无反应。

陌生的灯火掠过窗外，狂奔七八分钟后，押运车在一片树林间的空地上戛然而止。高速路附近每隔十公里左右就会有一处公共公园，市民周末可以在这里休息、野餐。这片绿树成荫的公园是押运车能找到的、最近的一处紧急避难所。

"怎么搞的？"博物馆外事处处长周昊嘴唇发白，瑟瑟发抖，"怎么可能在这个时候搞……演习？"

"总控说博物馆被炸了。"押运员放下手机，"不知道发生了什么。"

"我们这是在哪里？"外国专家颤抖着。

"不要怕，德鲁克先生。"作为车里唯一的女性，副馆长杨卉倒显得异常镇定。

"都不要动。"驾驶员提醒大家，"车里现在是最安全的。"

那是另一辆来紧急避险的车？他拔出绑在腿上的枪，看着车窗外急速靠近的灯光。

咣！车身轻微摇晃了几下，刺鼻的浓烟从排气管倒灌进来，所有人还没来得及害怕就被呛得鼻涕眼泪横流。他们感到喉咙好像被一把辣椒塞住，火辣辣地疼，无法呼吸。外国专家双手抱着喉咙跪在地上，脸憋得通红。押运员慌忙推开车厢后门，举枪要打。

砰！一只小球飞入车厢，炸开令人头晕目眩的光。押运员倒在地上动弹不得,手里的枪掉在草地上。恍惚中,他看见一只手捡起枪,两条腿从他身上迈过去。很快,两道阴影晃过身边,马达声渐行渐远。

车在路上狂奔,宁嫣看着后视镜里的茫茫夜色,还有五分钟的时间,她要尽快找到去目的地的岔路口,但不能走高速路。

这两天,一切都变化太快,她仍然无法想清楚,事情怎么会走到公然动武的地步,虽然看起来挺顺利的。这样的结果,正合她的心意,但一次亮出了所有底牌,让宁嫣觉得如芒在背。未来会不会就像车下这条坑洼不平的土路,前方一片黑暗?不管了,先安全地把昭陵六骏弄到手再说。

手机上的计时器响了,她切换车牌,将手机丢到车窗外。现在"安魂曲"已经失效,全城大搜捕立刻就会开始。她向上推手柄换挡,搜寻着可以掉头的地方。

凌晨一点,沙婕躲在高架桥的桥洞下,听路上的警笛呼啸而过。

宁嫣的预判没错,当计划从暗偷变成明抢,大摇大摆地开车出城,就成了作死。"安魂曲"失效后,警方立刻部署全城的力量围追堵截,在所有道路设卡。因为吃了苦头,在查出元凶前,他们不会再轻易相信人工智能,而是恢复到古老、低效却十分有用的人海战术。换车牌可以避开人工智能的追踪,可车一旦被拦下检查,立刻就会露馅儿。所以,宁嫣下午出去,其实是在替大家找另一条退路——河道。

从文史博物馆逃出来,向西北方向全力跑了二十多公里,沙婕在"安魂曲"失效之前,赶到了宁嫣在地图上指给她的这个桥洞。

前方不远处就是河岸,她把厢型车隐藏在黑漆漆的桥洞里,顺着河岸往南跑了大概半公里,眼前出现了一座小码头和十几艘游船。船坞旁的水上餐厅几小时前就打烊了,周围看不到人影。

城西北这条河虽然不宽,但四通八达,往东和机场附近的两条大河相连,往南是一条水上观光线路,往北一直流进山区,穿过十几个乡镇汇入大水库。

沙婕摸到水边,借着路灯微弱的光线,她找到两条用缆绳拴在一起的七座游船。应该就是它们,每条船载重五吨。她爬上船,按了几下自动驾驶面板上的按钮。没错,是宁嫣下午破解好的船,只要输入目的地,按开船键就好。

无人驾驶真是人类的伟大发明——只要那随时可以被接管的倒霉后门不被触发。老天保佑,千万让警察集中精力查车,别想到水路,沙婕在心中祈祷。

深夜行船,她不敢把速度设置得太快。回到桥洞附近,她担心船负重会搁浅,远远地就放出机械坡道,蹚着水跑上岸。事不宜迟,沙婕打开车厢,推下两匹石马,在原有的防护套外再套上一层隐形保护套。一路上会经过不少监控探头,被拍到就前功尽弃了。

头顶上又响起警笛声,两辆警车从桥面疾驰而过。没人注意到水上的游船,因为他们接到的命令是搜索厢型货车。

趁着没被发现,赶快上船!天气凉爽,沙婕却忙出了一身透汗。

在夜幕的掩护下,两条游船劈开墨汁一样的秋水,向西北方向驶去。脱下被水打湿的鞋,沙婕坐在船板上,伸手扶住冰凉的磁浮底座。

还是宁嫣聪明,想出这一招。当初拉她入伙真是太明智了。一开始,沙婕怕她不会同意。没想到,宁嫣表现出比自己还大的兴趣,不仅满口答应,还很快拿出了第一个计划。相比之下,袁枫考虑了好几天,才勉强答应。

一架直升机从头顶飞过,沙婕吓得差点抱住石马,直到看它飞远,才敢喘口气。不知道宁嫣得手没有。不知道袁枫是不是和自己一样,顺利地找到了船。

二十公里外,躲在船篷里的袁枫看着远处盘旋的直升机和街道上的警灯,撕下一早就套在手上的硅胶手套,用力扔进水里。

抢到青骓和什伐赤后,他开车跑了两条街便换了车牌,丢掉手机。那么多人看到他和沙婕,看到这两辆车。不需要等到安魂曲失效,警方就能得到他俩的名字和车牌号,定位手机不过是几秒钟的时间。

二十分钟前,他弃车从城东北的公园上船,驶过一大片莲蓬沉甸甸几乎垂到水面的荷塘,沿着时宽时窄的水道向西而行。

害怕吗?怕得要命!他不可能不怕。不过……也有那么一丝丝的兴奋,好像体会到超级英雄拯救人类的成就感。什么时候再来一次?可算了吧!多活几天比什么都强。

庆幸的是,"安魂曲"让人工智能产生了十五分钟的幻觉空白,警方无法顺利追踪车的行迹。而且现在这个时候,"发了疯"的交通人工智能系统应该还在接受检查,没恢复上线,所以他们才敢用自动驾驶的游船来逃跑。

他抬起头,看到城市上空红灯闪耀,像开战了似的。

沙婕和宁嫣不知道怎么样了。袁枫很担心,两个女孩子单独行动,会不会遇到什么麻烦。但他明白,此刻,大家只能各自奋战。

船又开了一小时左右,前方的岸边出现了灰色的砖墙,水道变得只容两条小船并排通过。袁枫驾船在蜿蜒的水道里转了几道弯,停靠在青石砖垒成的码头旁。

这里是一个旅游公司在二十年前投资建造的山寨版江南水镇,开业时游人如织,几年后日渐冷清。两三年前,镇子里的最后几家旅社闭门谢客,旅游公司也破产清盘。听说他们在找人接盘,将这里改造成房地产项目,但一直没有买家愿意出手。

夜色中的水镇一团漆黑,袁枫将两匹石马推上岸,给游船设置新的目的地，看着它掉头开走。

在他身后，一座二层仿古小楼的木门吱呀呀打开，如释重负的沙婕跑出来，张开双臂想给他一个拥抱，但跑到近前又往后退了半步。

"我把白蹄乌和特勒骠放在西厢房了。"她帮袁枫将两匹石马推进小楼，送进东厢房，锁好门。

沙婕掸掸门边一把破椅子上的灰，坐下来揉腿："等宁嫣来了，我们把六骏挪进后院的地窖里去。"

"腿还行吧？"袁枫上前。

"老样子，这么些年，我早习惯了。"沙婕揉手腕。

下午她一直在脑子里计划，收拾行李时，把药和其他细软一股脑扔进了箱子，现在想吃却找不到了。说是细软，其实不过是两件换洗的衣服和电脑、备用手机。三个人的行李一只大旅行箱就能塞下。离开家前，沙婕预约了无人机，把它送到郊外的一处无人看管寄存点。

没关系，沙婕安慰自己，只要能顺利地熬过这一夜，一切都会走上正轨。

"还要等多久？"袁枫看着窗外平静得令人失望的水面，心急如焚。

"我们应该带着备用手机。"沙婕抱怨道。

"不，现在所有手机之间的联络，都能被智能通信系统监测到。我们不想被抓，就只能让自己与世隔绝。"

在一个过分依赖电子化的时代，变成孤岛的人会产生隐隐的心理不安。很奇怪是吧？那个薄薄的、几乎没有重量的小方块，竟然成了一个人和世界之间不可或缺的纽带。也不知道究竟谁才是世界的主宰，人类，还是手机？

哗哗声伴随着嗡嗡声靠近，两人闻声猫腰趴在窗台上，警惕地看着两条船的黑影稳稳停在门前。

终于来了,袁枫推开门跑到水边,两腿一抖差点栽进河里。拳毛騧和飒露紫呢?船上看不到石马的踪迹。宁嫣躺在前船的船板上,脸色苍白,伸向体侧的右手紧紧握着一支枪。

"宁嫣!"沙婕跳上床,扶起发小的头。皎洁的月光下,可以看到她脖子上的两个印记,像被毒蛇咬了似的。

"她被电击器打晕了。"袁枫上前探了下宁嫣的鼻子,心放下来一半。人没事就好啊。"来,先进屋再说。"他背起宁嫣跑了两步,扭头看着傻傻坐在船板上的沙婕,"快!你愣着干什么!"

"二骏呢?"沙婕的喊声中带着哭腔,"有人截和!这是什么人干的!为什么!"

"哎呀,你别喊啊。"袁枫背着沉甸甸的宁嫣又跑回岸边。他腾不出手拉沙婕,只能急着催促。"赶紧进屋去!快!"

沙婕摇摇晃晃地站起来,像丢了魂儿一般踉跄着跟在他身后。

袁枫气喘吁吁地迈进小楼大门,把宁嫣放在青砖地上。他扶她背靠着墙坐好,伸手要掐她的人中,只听见背后响起吱呀呀的门轴声。不对劲啊,他回头一看,东西厢房的门居然都开着。

不好!他跳起来跑进厢房,只见磁浮底座和沉甸甸的玻璃罩仍然静立在黑暗中,而本该蒙在玻璃罩外的两层保护套却都揉成一团堆在地上。罩子里的石骏呢?

冰冷的房间里好像骤然伸出一只巨手扼住他的喉咙,袁枫忍不住浑身发抖,呼吸困难。青骓和什伐赤呢?特勒骠和白蹄乌呢?不见了!已经到手的昭陵石骏,全都不见了!

身后传来咚的一声闷响,他以为有人偷袭,慌乱中举起手电当武器。漆黑一片中什么都没有。不对,沙婕呢?他这才意识到,急火攻心的姑娘倒在了厢房门口。

神志不清的大脑感到天旋地转，疼痛欲裂。沙婕以为，自己跌入了被暴风席卷的大海中，被惊涛骇浪卷起又抛下，在震耳欲聋的水声中随波逐流。寒冷刺骨，僵硬在蔓延，有人在剧烈地晃动她的身体……

左脸上袭来火辣辣的疼痛，她清醒过来，耳边熟悉的声音变得清晰。沙婕缓缓地睁开眼，发现自己躺在地上。

"打我干什么！"她挣扎着坐起来，捂着腮帮子，对半跪半坐在一旁的袁枫怒目而视。

"你吓死我了。"袁枫尴尬地挠头，"咕咚一下晕倒，也不打声招呼。"

沙婕揉脸，左顾右盼。宁嫣不在这里，所以昭陵六骏丢了只是一场梦，太好了！

"堂屋去后院的门没锁。但后院的门，是从里面锁上的。"宁嫣出现在黑暗中，打碎她最后的希望。

"你足足晕倒了十分钟，怎么叫都叫不醒。"袁枫拉沙婕起来，"宁嫣早缓过来了。"

"究竟出了什么事？"沙婕上前攥住宁嫣的胳膊。

"不知道。"宁嫣下意识捂住脖子上的电击灼伤，"我已经快到镇口了，突然觉得脖子上被蜇了一下，浑身又麻又软，然后睁开眼就靠在这里。"她指指墙边，"袁枫告诉我，船上的飒露紫和拳毛䯄都没了。"

"我们出去接你的工夫，屋里的四骏也被偷走了。"袁枫急得直跺脚，"前后不过一分钟的时间。这怎么可能！"

"这小院没有其他出口，院墙有两米多高，就算盗马贼长了翅膀吧。昭陵六骏加起来有将近二十吨重呢。"沙婕觉得满脑子都是糨糊，"而且，咱们居然什么动静都没听见，这太离谱了吧？"

"咱们还是尽早离开这里才好。"宁嫣提议，"明摆着，有人知道咱们的计划，来了招黄雀在后。继续待在这里太危……"

河面传来的噪声打断了她。透过门缝可以看到六七艘快艇破浪疾行，停在对岸四五百米外的码头。人影晃动，红外瞄准器的红点凌乱地落在干枯的爬山虎上。集合在一处的人影很快散开，远远传来房门被踢开的声音。一队人马跑向连接两岸的石桥。

警察来得好快！

"糟了！"袁枫捂着嘴，"他们是怎么找到这里的？"

"管不了那么多啦！"沙婕拔腿就往后门跑。

院子后的小巷一片静谧。他们后背贴着墙，在蜘蛛网一样的青石板路上拐来拐去，好像陷入一座巨大的迷宫，不知道哪个方向是安全的。

几分钟后，一架直升机的影子出现在东南方向的夜空。

"等一下。"宁嫣拽住急着要跑进又一个岔路口的同伴们，拉着他们蹲在一间酒吧破碎的窗户下，"警察一定堵住了小镇的几个出口，咱们这样没头苍蝇似的乱撞，根本跑不出去。"

"对，得找间屋子躲起来。"沙婕的声音发颤，"在外面乱跑，很容易被直升机发现。"

此刻，她已经想不起被劫走的昭陵六骏，只盼着能找到一条生路，逃出这阴森森的小镇。

"他们挨家挨户地搜查，咱们藏不住的。"袁枫觉得胸闷气短，脖子上全是冷汗。

脚步声逼近小巷另一头。他们逃也似的拐进左首的巷道，躲在一间旅舍门前的石狮子后，屏住呼吸。十几秒后，红点带着黑影跑过巷口。

"走那边！"沙婕指向黑漆漆的巷子深处。

她使出吃奶的力气，往前跑了三十多米，被一面两人多高的阴森森的石墙挡住去路。她一个趔趄收住脚步，险些撞上墙边的山楂树。死胡同！沙婕转身想示意同伴们往回跑，却被宁嫣一把推到墙角的阴影里。

"嘘……别出声。"宁嫣竖起一根手指挡在嘴前。

两人脸贴脸，躲在阴暗的角落，不敢喘气，只听见车轮碾过石板的声音逼近，在深夜里显得有点沉闷。她们看到一辆吉普车停在路口，六七个人跳下车，分头冲入两侧的院子。

完了，被堵住了！沙婕浑身发抖。不出两分钟，他们这群自以为聪明的"飞天大盗"就会成为阶下囚，变成世人的笑柄。

"上树！"躲在山楂树后的袁枫拉了她一把。

他抱住粗糙的树干，奋力爬上去。山楂树并不高，袁枫趴在粗大的枝丫上喘息片刻，他像大虫子一样向前拱了几下，伸手搭住墙头，翻身坐了上去，急吼吼地朝树下的同伴招手。

"上，我帮你。"宁嫣看一眼不断传来叮叮当当声的院子，催促沙婕。

豁出去了！沙婕学着袁枫的样子用力蹬树干，向上爬。宁嫣在身后使劲推她的腰，顺势跳起来抱住树干，跟着沙婕爬上离墙头最近的树杈。

山楂树虽然久经风雨，粗壮结实，但同时趴着两个人还是有点挤。沙婕挣扎几下，抱紧身下的树枝才没有摔下去。

袁枫探身，朝她伸出双臂。他抱住沙婕的肩膀，用力将她往墙头上拽。

墙上布满滑腻的青苔，沙婕像个沙袋似的，狠狠地撞在他的身上。袁枫屁股下面一滑，失去平衡，抱着她翻向石墙的另一侧。他慌乱中伸手去抓树枝，想靠它稳住身体。可两个人的体重远不是一根枝条能够承受的，山楂树沙沙地猛烈晃动，树枝应声而断，大红果噼里啪啦掉了一地。

沙婕摔在青石地上，只觉得骨头要散架了，五脏六腑碎了一般，脑子里好像有一壶水烧开了，呜呜地乱叫。

掉在她身边的袁枫挣扎着翻身，手撑着地面想爬起来。他抬头看见宁嫣蹲在墙头上，正不知所措地看着他们。突然，两束红光刺破夜空，直逼她的肩头。

"小……"他的话还没喊出口，只见宁嫣的身体瞬间僵住，直挺挺地向后倒下去。

沙婕吓得张嘴要尖叫，被袁枫捂着嘴拖向一边的小路。

"你不要命了！"他慌乱四顾。

只听见墙那边传来跑动的声音，喊声，步话机的杂音，有人在嚷着叫救护车。

"过来！"袁枫拖着精神恍惚的沙婕向前跑了两步。他趴在地上，用力推开扣在石板上的铜质下水井盖。"下去，快！"

沙婕顾不得许多，手脚并用踩着生锈的铁梯往下爬。袁枫紧随其后，双手举在头顶将井盖推回原位，从口袋里摸出灯头摔裂的手电，在一片阴冷的漆黑中打出巴掌大的光斑。

十几秒后，有人在上面跑过，踩得井盖哐当哐当晃动一阵。直升机的轰鸣接踵而至，在阴暗的地下都可以听到震耳欲聋的声音。

闹腾了好一阵子，一切归于平静。

"宁嫣她……"沙婕咬住脏兮兮的手指，不让自己哭出来。

"往前走。"袁枫举起手电，哽咽着。

不知道这下水道通向哪里，能走多远走多远吧。

黑暗可以掩藏眼泪，也可以让困惑和恐惧无限膨胀。疼痛折磨着他的每一根神经，啃食着所剩不多的力气。袁枫满心沮丧。坚持又会如何？此刻，他什么都看不见，什么都听不见，什么都说不出来，只能默默忍受着潮湿、令人作呕的气味，和无法停止的战栗。

拂晓，忙了一晚的月亮显得黯淡无光，低头看着地平线上升起的一团红色。秋风扫过街面,扬起一片灰尘,越过黄色的警戒线,洒在砸裂的大理石地面上。

文史博物馆西配楼馆长办公室内,吴谦坐在黄花梨书桌后,睁开布满红血丝的双眼,盯着门口的手工小地毯发呆。他身上的西装被扯得只剩下一只袖子,领带染上一大片难闻的机油。

但此刻,馆长根本没心思想这些。我的昭陵六骏啊……他捂着心口,感到一阵难言的痛楚。三十年前的一声叹息仿佛又回响在耳边:"我有生之年最大的愿望就是看到昭陵六骏在家乡团聚,想来是不可能实现了。你们还年轻,也许能等到那一天。唉!"

三十年间,他从满头乌发的博士生,变成助理研究员、研究员,课题组组长,研究室主任……不知不觉间,已经是头顶稀疏、两鬓斑白。

就在几小时前,吴谦接到二骏下了飞机、顺利通关的消息,他以为多年来的梦想已经触手可及,但随后便眼睁睁看着它在面前化为泡影。

嗡嗡嗡……他放在桌上的手机又震动起来。三四个小时了,这令人生厌的噪声一直没停。国内外媒体在几天前就策划好的"世纪展览""百年等待""跨越千年的遐想"之类的报道早都被丢进了回收站,取而代之的是"震惊""阴谋""惊天魔术手"。

吴谦不知道等待自己的会是什么,处分或者监狱?他一抬手,把放在电脑旁的演讲稿撕得粉碎。现在主动提交辞呈,会不会被认为没有骨气?

门开了,刘赫走进来。"周昊和杨副馆长都没大事。"他走到写字台边,垂头丧气,"医生说他们吸入了一些有毒气体,需要住院一段时间。"

"德鲁克先生呢?"

"外国专家已经按他们大使馆的要求,转到指定的医院。"

刘赫揉着昨晚受伤的胳膊，"他头部的撞伤比较严重，但没有生命危险。"

"晚节不保啊。"吴谦低头，"我为什么要促成二骏回国呢？这下成了民族罪人，还给了外国人天大的把柄。唉……就算找回六骏，他们也不会再同意任何形式的交流。"

"说不好，就是有个别外国人在背后捣鬼呢。"刘赫气哼哼地皱眉。

"这话可不能乱说，容易激化矛盾。"吴谦提醒他，"你的伤怎么样？"

"我没事。"刘赫坐在写字台前的单人沙发上，"机器人公司的宋经理已经把RK-13和RK-14接走，给咱们换了两个新的机器警卫。"

"那两个机器人能修好吗？"

"有人夺取了它们的超级权限。"刘赫无奈地说，"按照规定，伤人的机器人会被销毁，不能再继续使用。"

"他们只是被人控制了。"吴谦露出不满，"是人的问题，不是机器的问题。"

"这是他们的行规。机器一旦突破底线就得销毁，不然它们迟早会主动攻击人类。"

"记得二十多年前，有个人跑进野生动物园的猛兽区，被狮子咬死。"馆长缩在软椅里喃喃道，"后来，狮子被管理员击毙。那时候我就想，狮子做错了什么？是我们人类把它从大老远的老家非洲抓过来，困在动物园里。是人类主动侵犯它的领地。它为什么要为人的愚蠢付出代价？"

"动物毕竟是动物。"刘赫不太跟得上馆长的思维，"不能任由它们伤人。"

"对，动物毕竟动物，机器毕竟是机器。"吴谦闭上眼睛，"处理掉它们，比教会人不要做坏事要简单得多。但是，有用吗？"

"馆长您……"

"没什么。"吴谦摆摆手，"机器人公司有他们的规矩，咱们不好多说。不过你还是要和宋经理谈谈，管好机器人的后门程序，不要再让别人轻易钻空子。"

"我已经对他表达过这个意思了。"刘赫双手交叉搭在身前，一脸不安，"不过馆长，利用机器人抢走四骏的是咱们的人，所以咱们没法对机器人公司和安保公司提太多意见。"

"我明白。"吴谦闷声说，"我还是不能相信，沙婕会做这样的事。还有那个小王，看着是个挺老实的孩子。"

"他不叫王炜。本名袁枫，信息安全博士。"

"还没发现他们的踪迹？"

"昨晚，负责交通的人工智能系统被人黑了，基本一整晚处于瘫痪状态。警方靠地毯搜查已经找到了他们的车。据说逃到了北郊的镇子上，还没消息。"

"他们能黑了交管局的人工智能？"吴谦惊讶万分。

"不，黑了智能交通系统的，是一个叫'错觉方程式'的黑客组织。2027年世界机场大混乱就是他们干的。"

"沙婕和小王……哦，袁枫，他们和这什么方程有关系？"吴谦更加惊异。

"警方怀疑他们是'错觉方程式'的成员。"

"沙婕不可能是黑客。"吴谦哭笑不得，"她从读研时就在咱们这里，是地道的文科生。"

"我跟警察也是这么说的。"刘赫认真地点头。

"我搞不懂她为什么要监守自盗。"

"她肯定是被那个姓袁的利用了。"

"警方找张钧又是什么事呢？"

"沙婕是从张钧的亲戚手里租的房子。警方采证总不能破门而入，私闯民宅嘛。"

"哎呀，怎么最近几天这么不太平。要折腾死我这把老骨头。"吴谦坐直身体，"仿生人的事，警方查出什么了？"

"我正要跟您汇报。"刘赫拿出手机，"那个怪物是被人带进来的。但是所有服务器上的监控视频和出入记录都被抹掉了。警方想恢复，但没成功。只知道它是大前天的早上，从车库西侧入口被带进来的。"

"当时执勤的保安是谁？车库西侧入口二十四小时有人值守。"

"是邹明宇。"刘赫翻看记录，"但是他的证词比较诡异。"

"他说什么？"吴谦警觉起来。

"小邹记得，有人在早上七点二十分左右带了个访客进来。"刘赫眼神闪烁，"他承认没仔细盘查访客，因为开车的人……"

"是谁？"

"他说……呃……开车的……是您。"

"搞什么鬼！"吴谦的声音瞬间提高了两个八度。

"您看这个。"刘赫惴惴不安地递上手机，"这是当天早上七点十七分，几条街外的监控拍下的画面。"

"这不是我！"吴谦看着照片上"自己"的脸和坐在副驾驶座上的仿生人，手剧烈颤抖。

"当然不是您。"刘赫安抚馆长，"那天早上七点半，您带着我和杨副馆长，与市长共进早餐，汇报昭陵六骏策展的进度。您绝不可能在十几分钟内，从这里赶到五十多公里外的市政府。"

"但他长得跟我一模一样！"吴谦盯着照片，只觉得毛骨悚然，"车也和我的一样。可我这两年几乎不开车了。"

"应该是别人戴了硅胶面具冒充您。警方用图像识别技术，把视频截图和您的照片做了对比，发现匹配度是 85%。至于车，找辆相同的，挂上伪造车牌就好了。"

"能抹掉记录的，只有咱们自己的人。"吴谦把手机还给刘赫。

"对，仿生人拿的激光棒，也是从库房偷的。可以肯定，咱们馆里有内鬼。"

"会是什么人？他们的目的是什么？"

"警方还没有找到嫌疑人，但您看这个。"刘赫调出另一张照片，"昨天上午，沙婕潜入您的办公室。几分钟后，系统接到您的指令，调高了主楼一层南侧展厅的安全级别。"

"这孩子偷了我的指纹做了模具。"吴谦哀叹。

"我曾经怀疑，仿生人的事会不会也和她有关？"刘赫说，"接二连三出事，要说一点关系没有，未免太巧了。"

"不会。"吴谦摇头，"沙婕差点被掐死。你该不会认为她在耍苦肉计。"

"不，苦肉计没意义。"刘赫说，"仔细想想，沙婕的目标是昭陵六骏。她不会傻到提前生事，引起我们的注意，招来警方调查并且加强安保。那等于给自己制造困难。"

"对，所以仿生人这事，只能说让她赶上了。"吴谦思索良久，"刘赫，既然怪物和沙婕没关系，那就说明……"

"内鬼不是冲着昭陵六骏来的。"刘赫心领神会。

"那会是为了什么呢？"

他们正说得热闹，张钧敲几下门，沮丧地走进来。

"老师我回来了。"

"没为难你吧？"刘赫看他脸色土灰，不免担心。

"只是帮警察带路。"张钧坐下来，弓着身子，喘着粗气，"沙婕租的，是我姑姑的房子。她们一家在外地旅游。我知道大门的密码。警方希望搜查时房东在场，好分辨一下哪些是家里的东西。还好，我没被当成沙婕的同谋。"

他接过刘赫递来的一次性纸杯。

"警方找到什么了？"吴谦问他。

"我没敢多问。"张钧解开领口的扣子，"他们在一间卧室找到个平板，开机就接入一个黑客组织的主页，里面还装着咱们博物馆的地形图。"

"错觉方程式？"刘赫问。

"好像是这么个名字。"张钧耸肩，"哦，我今天才知道，王炜，他真名叫袁什么来着？"

"袁枫。"刘赫提示。

"对，袁枫，那个人和沙婕住在一起。"

"他们在处朋友吗？"吴谦一脸愁云，"真看不出来啊。他们在博物馆里，好像完全不认识的样子。"

"他们早有预谋。沙婕绝对是被姓袁的骗了。"刘赫拍茶几，高声抱怨，"现在这些小姑娘，都太随便，什么人都敢往家里领。"

"假如姓袁的和黑客是一伙儿的，他利用沙婕进入博物馆。如今阴谋得逞，他们怕是会对沙婕下手啊。"吴谦的脸色更加难看。

"我不明白，沙婕到底在想什么。"张钧的忧虑也写在脸上，"我听邻居说，还有个姑娘最近和他们住在一起。"

"唉，但愿警察能快点找到他们。"刘赫拍他胳膊，"你回家歇着吧。"

"我没事。"张钧站起来，关切地对吴谦说，"老师，您一宿没合眼，该回家躺会儿了。您的身体要紧。"

"张钧说得对。"刘赫说，"下午市领导肯定要听您汇报。馆长，您赶紧回去眯上一觉。"

"我睡不着。"

警报声嘀嘀嘀响起来，电子音提示西配楼一层有人闯入。

"又在闹什么！"吴谦气得脸色煞白，推开办公室门冲出去，一路跑下楼。

刘赫和张钧阻拦不及，怕伤着老头不敢用力拉扯，只能亦步亦趋地跟在馆长的身边。

跑到西配楼一层大厅，他们看见两个机器警卫将一个穿白衬衣、高喊新闻自由的中年男人按在安检门内的地板上。几名保安堵在楼门口，挡住外面举着摄像机的二十几号人。不知道的还以为这是一场摔跤表演。

"吴馆长！"白衬衣看到吴谦，想奋力挣脱机器警卫的控制，没有成功，"您的学生抢走昭陵六骏，您怎么评价这件事？"

场外的记者也躁动起来，喊声、快门声不绝于耳。

"吴馆长！美方已经发表了措辞严厉的声明。您打算怎么回应？"

"馆长！有人说您学生的行为是爱国之举。您认同吗？"

"馆长！博物馆号称使用了世界最先进的安保措施，却没保住四骏。有人指责保安公司招标时有暗箱操作。请问您怎么解释？"

"无可奉告，无可奉告！"刘赫挡在吴谦身前，命令机器警卫把闯过安检机的男人拖出去，关好楼门。

张钧拉着手足无措的吴谦退回楼道里。

"老师，回家吧。"他一脸惊惧地回头看向门厅方向，"您不走，他们会在这里堵上一天。"

"唉，好吧。"吴谦脱下破烂的西装，走向楼梯间。

正门都被记者堵死了，他只好从地下二层的停车场出口跑出博物馆，跳上出租车。

发现馆长要跑的记者们追了过来，可惜两腿赛不过四轮。

看着身后渐渐消失的人群，吴谦解下领带，对无人驾驶车报出目的地。他没有回家，而是让车开到城西闹市区，停在一家刚开门的粥店门口。

看看四周，确定没人跟着自己。馆长走到二楼靠窗的一张桌边，用手机扫桌上的二维码，点了一碗香菇鸡肉粥和一个中号的素馅包子。

"想吃点什么，我请客。"他对坐在桌对面、穿着灰色立领衬衣的男人说。

"我已经点好了。"男人淡淡一笑，转了转手指上的绿宝石戒指。"博物馆被抢，坊间沸沸扬扬。这种时候约您出来，是不是不合时宜？"

"咱爷俩之间，客套就免了。"吴谦强打精神，"过去，我一直认为你是庸人自扰。现在看来，我错了。"

"抢走昭陵六骏的是哪些人？"灰衣男人脸色一沉。

"不，我说的并不是六骏被抢。"吴谦停下来，等送餐机器人把碗盘摆好离，"唉，一言难尽啊。"

第四章
替罪羊

秋日正午，郊外。

空旷无人的湿地保护区，深绿色的水面上漂着点点浮萍。黄绿相间的芦苇密密麻麻地铺向天边，一眼望不到头。

一辆电动自行车嗒嗒地碾过泥地，停在一栋圆顶小房子门前。这里是科学院的鸟类观察数据站。装在湿地里的几百个传感器和摄像头，可以不间断地收集数据，传到数据站的服务器，再上传到云端。

维修工跳下车，提着小工具箱，刷指纹进入观察所。二十几分钟前，他接到指令，五六路传感信号不知怎么中断了。于是，他匆匆赶过来，排查故障。

昏暗的小房子里，服务器上闪着一排红灯，看起来是线路断了。维修工掏出手机，支在旁边的小桌上。他一边听新闻，一边用仪器探测机器后的接口和光纤。

"插播一条和昭陵六骏被劫案有关的消息。"女播音员沉稳的声音传来，"据警方透露，昨夜被捕的嫌疑人宁某，尚未脱离生命危险，医院正在全力抢救……"

那伙天杀的劫匪，一定是精神病！竟然敢抢昭陵六骏。维修工气哼哼地收起工具。这种人，抓住后必须枪毙！

线路都是通的，应该是传感器出了毛病。那么多采集点同时坏了，真奇怪！

维修工走出数据站，在手机地图上查看故障点的位置。突然，一块大石头砸中他的后脖子。他还没来得及哼一声，便一头栽倒在泥泞的地上。

"对不住喽。"袁枫抓住维修工的腿，吃力地把他拖进芦苇丛中。

"你刚刚听到了吧？宁嫣还活着！"沙婕捡起地上的手机和车钥匙，布满污渍的脸上露出兴奋的表情。

湿地保护区距离昨夜他们栖身的水镇不远。

天亮时分，他们两个钻出下水道，逃进湿地，被无边无际的芦苇搞得晕头转向。幸好袁枫看到了数据站的影子。他灵机一动，破坏了几个传感器，果然引来了维修人员。这下，至少有一部手机，可以让他们知道最新的消息。

"宁嫣可能在911医院。"沙婕用维修工的指纹解锁手机，重放了一遍新闻视频。

从电子地图上看，那家医院在北郊的卫星城里。距离湿地不到十公里。

"不幸中的万幸。"袁枫心事重重，"沙婕，咱们不能再没头没脑地逃下去了。"

"对，这样下去，早晚会被抓住。"沙婕点头，"咱们得想个办法，把昭陵六骏找回来！"

"你疯了！"袁枫不敢相信自己的耳朵。

昨夜，他满脑子都是该怎么逃命，丝毫没有时间考虑将来会如何。眼下，好容易逮住了一点喘息的机会，袁枫万万没想到，沙婕会冒出如此疯狂的想法。

凭他们两个，躲过警方的追捕已经是困难重重。更糟糕的是，他们连对手是谁都不知道，想翻盘，无异于天方夜谭。

"你听我说。"沙婕一脸认真，"有人想私吞六骏，拿我们做替罪羊。可是，一旦我们落入警方的手里，他们就暴露了。"

"你是说，他们必定要赶在警方之前找到我们，以绝后患。"袁枫忍不住发抖。

"对，我们不去找他们，他们也会来找我们。"沙婕坚定地说，"只要我们能抓住机会……"

"你别做梦了。"袁枫粗暴地打断她，"咱们根本不是人家的对手。"

不能再由着她一条路走到黑了。

"那你说怎么办？"沙婕鼓着嘴。

"为今之计……"袁枫迟疑片刻，"咱们去自首吧。坦白从宽嘛，警方可以给咱们提供保护。"

沙婕不说话，盯着水面上几尾冒头透气的小鱼。风摇动苇叶，吹皱绿水。鱼慢慢沉入水底，完全不关心人间的纷扰。

"就算咱们不去自首，宁嫣醒过来，也会交代一切。"袁枫试着说服同伴。他注意到，她的眼睛里闪过一丝忧郁。

"你去自首吧。那样你就安全了。"沙婕不正眼看他，语气冷冰冰的。

"我不是为了我自己。"袁枫辩解，"宁嫣大难不死。我不希望你再出什么事。"

"就这么放弃，宁嫣岂不是白去了一趟鬼门关！"沙婕倔强地回应。

"是谁害得她差点没命啊！"袁枫话一出口就后悔了。

他知道沙婕一直在自责。可惜，现实中说出来的话，不能像网上聊天那样撤回。

"是我把你们拖下水的。"沙婕面无表情，只有嘴角在轻轻跳动，"你把我绑了，去争取宽大处理吧。"

"我不是那个意思。"袁枫急得脸色潮红。

"要绑就麻利点。"沙婕打开电动自行车的开关，"不绑，我就走了。"

"你要去哪儿？"袁枫抓住车把。

沙婕没吭声，只是冷冷地瞪着他。

袁枫被她目光中的嫌弃刺痛，心里一凉，松开了手。他眼看着她跨上车，向西北方向开去。

呆立在芦苇荡中，他陷入茫然。理智告诉袁枫，不能让沙婕去送死！可他一个手无缚鸡之力的逃犯，还能做什么呢？

911医院正门前，几十个记者正绞尽脑汁，和警戒力量斗智斗勇。三个人爬上围墙外的大树，被赶下来。又一个摄像机器人企图钻进门缝，被踢了出来。围观看热闹的市民举着手机，拍下这一幕幕，乐滋滋地传到网上。

一辆出诊归来的急救车驶来。它扫描到门前密集的人群，自动重新规划路线，围着院墙绕了半圈，开上通往医院后门的小路。

嗞……有不明物体冲出路边的林荫道，以极快的速度朝车头滑过来。它摩擦着路面，带起一片火花。急救车紧急制动。咣的一声，车前轮碾过不明物，这才停了下来。

两个急救员推开车厢门，跳下来。他们弯腰查看，车下竟然躺着一辆被压扁的电动自行车。骑车人却不见踪影。

急救员赶忙支起千斤顶，合力将电动车拖了出来。他们看看四周，除了守在后门的几辆媒体车，看不见其他人。

"在湿地保护区吗？"突然，一个记者模样的人举着电话，大呼小叫地钻进一辆黑色轿车。

车子迅速启动，一溜烟似的不见了。其他几辆媒体车也像接到什么口令似的，朝着同一个方向疾驰而去。

这些记者，总是大惊小怪，真讨厌！急救员们回到车里，按一下方向盘边的红色按钮，启动自动驾驶系统。

车通过ID验证，驶入缓缓开启的铁门，走专用通道，进入医院的地下停车场。

两人下了车，去自助系统填写交车的表格。他们都没注意到，一个影子从身后敞开的车门里溜出来，钻进了楼梯间。

差点被憋死！沙婕一屁股坐在楼梯上，喘着粗气。

急救车车厢里的两排座椅，翻开就是储物箱。趁急救员忙着检查车底盘时，她钻了进去，感觉自己像罐头里的凤尾鱼，骨头都要被挤碎了。

好在箱子里有备用的工作服。沙婕换上这身浅蓝色的衣裤，戴上帽子、口罩，就可以躲过人脸识别系统。

她扶着扶手，爬上两段楼梯，推开玻璃门，走进医院门诊楼的一层大厅。这里看不到一个工作人员，只有三台机器警卫在巡逻。抬头可以看到巨大的LED屏，上面滚动着各种提示信息。

医院实现智能化后，病人都在家里远程挂号。来到医院，人工智能可以引导病患候诊、就医、化验、取药，还可以给他们办理住院手续、预约手术。

今天和平日不同的是，病人进来就诊，需要通过警方设置的检查站，进行人工身份验证。

沙婕心虚地往上拉了拉口罩，缓步走到大厅门口的导览台前，打开医院3D地图。新闻里说，宁嫣还没有脱离危险，所以她八成会在重症监护室。

按导览图的指示，沙婕穿过宽敞的楼道，找到位于门诊楼一层西北角的重症监护室。她站在紧闭的铁门边，装模作样地翻看终端机上的值班表，等待着时机。

十几分钟后，两个护士走出来。沙婕趁着门没关上的瞬间，侧身挤进门缝。

她原以为，重症监护室就是一间屋，没想到居然会是一大片病房区。沙婕快步走过空无一人的护士站，对着出现在面前的左右两条楼道发愣。宁嫣在 A 区还是 B 区呢？她不敢一间间屋子找过去，只好硬着头皮原路返回。

运气不错，护士站的电脑亮着。沙婕打开病房登记系统，很快发现了端倪。B05 号房的病人姓名一栏，写着"市公安局"。

她还没来得及高兴，旁边休息室的门开了。一个身穿白大褂的医生，提着小医药箱走出来。他的脸被帽子和口罩挡得严严实实，只露出一双眼睛。

沙婕赶紧低头敲电脑，假装输入数据。

想象中的盘问没有发生。医生一声不吭地拉开药柜，拿出两只注射器，径直走出护士站，只留下一股淡淡的香气。

学医的果然收入高，沙婕心想，医生都用得起顶级奢侈品牌的古龙水。咦？不对啊！她记得馆长说过，医护人员和博物馆的工作人员一样，工作时间不允许喷香水。

不祥的预感驱使她点开电脑上的监控系统图标。画面上，重症监护室所有的房间，要么空着，要么只躺着病人。那个医生是幽灵吗？不，不对劲，护士站的监控画面里，也是空无一人。沙婕的额头冒出了冷汗。

她知道自己没有隐身的本事。唯一的解释就是，医院的监控系统被黑了，她现在看到的，根本不是实时画面。

不妙！沙婕拔腿就往 B 区跑。

B05号房门上的密码锁闪着绿灯，门却一推就开了。果然，医院的电子系统已经失灵。

病房面积不大，拉着窗帘，没有开灯。宁嫣躺在病床上，脸色苍白，嘴唇干裂，漆黑的长发散在身体两侧。她的脸上扣着氧气面罩，右臂上插着输液管，左手腕被柔性手铐绑在床栏上，手指和脚腕上夹着好几个探测器。

假医生不是冲着宁嫣来的。那他是什么来路呢？沙婕一头雾水，小心翼翼地靠近病床。咦？不对啊！她心里一颤。宁嫣是警方手里的重要线索。他们为何不派几个人值守呢？

身后的窗帘发出轻微的摩挲声响，淡淡的古龙水味又出现了。沙婕没来得及回头，只觉得脖子后一阵刺痛。凉冰冰的药液像蛇一样钻进血管，她眼前的房间开始扭转、模糊，身体很快失去感知，不声不响地倒了下去。

头疼！脑子像要顶破头骨，飞出身体；四肢软绵绵的，仿佛被抽掉了筋骨。一片黑暗中，沙婕以为自己掉进了马蜂窝。那无休无止的噪声，好像要把她的耳膜钻出一万个窟窿。一股熟悉的臭味传来。恍惚间，她好像又回到被烂泥包围的下水道，胃里立刻翻腾起一阵恶心。

身体剧烈地晃动了一下，沙婕的脑子清醒过来，勉强睁开双眼。在昏暗的光线下，她看到袁枫的脸近在咫尺。

他们躺在一辆厢型车的车厢里。两个人的嘴上贴着胶带，手脚都被捆着。

她看向周围，感到这里更像一个微型的计算机房：贴着车厢壁摆放的几个架子上，插满她认不得的仪器和线路板；花花绿绿的线路穿梭在仪器和线路板之间；板子上的小灯有的在快速闪烁，有的在慢慢眨眼；仪器之间，一个个显示屏上，流动着她看不懂的数据。

现在什么时候了？沙婕蠕动身体，努力梗起脖子，用目光搜索周围有没有计时器。毫无防备地，她的腰上被狠狠地踢了一脚。

"老实一点！"说话的是坐在她身边的一个男人。

他穿着黑色的休闲衣裤，黑色运动鞋。他的上半张脸被一副银色的面具挡住，只能看到一双细长的丹凤眼。在面具的额头部位，画着围成一个圈的红色楼梯图案。从楼梯的任意一个台阶往上走，看起来是不断向上，但实际是在一个平面内打转。

沙婕记得袁枫告诉过她，这叫作潘洛斯阶梯，是一个有名的数学悖论，也是错觉方程式的标志。

车厢内再次陷入沉寂，只能听见机器的嗡嗡声。

沙婕慢慢翻身，和袁枫无奈地对视。身为阶下囚，他们不知道自己的命运如何，但很清楚，现在他们什么都做不了。

不久，车开始颠簸晃动起来，应该是跑在蜿蜒曲折的山路上。

沙婕不想和袁枫大眼瞪小眼地对视一路，心想反正已经落到这步田地，认命就是了。她闭上眼睛，努力不去想可能遭遇的悲惨结局。

迷迷糊糊中不知过了多久，颠簸和摇晃消失了。伴随着车门打开的吱吱声，一股清风吹了进来。银色面具跳出车外。

谈话声断断续续地从车外传来，但听不清在说什么。

片刻，面具人回到门边，身旁多了一个和他穿着同样衣服，戴着同样面具的男人。这人要比押车的黑客高出很多，身材消瘦。

两人一起钻进车厢，从口袋里掏出弹簧刀，咔嗒一声弹出白森森的刀刃。

沙婕以为自己大限将至，吓得一个劲儿地挣扎，却只觉得腿上一松。原来是对方割断了缠住她双脚的胶带。

被粗暴地拽出车厢时，她才发现天已经完全黑了。四下望去，都是深山老林中阴森森的树影。

两个黑客推着俘虏来到一棵松树下,命令袁枫和沙婕背靠背坐好。他们退到几米外,点起香烟。

不多时,马达声和轮胎碾轧土石的声音传来,车灯照亮薄雾弥漫的树林。一辆深色轿车慢悠悠地停在厢型车旁边。

一个高大的身影举着露营灯朝他们走来。可以看清来者是个男人。他穿着和两个黑客一样的衣服,脸上的面具却是金色的,额头上也没有潘洛斯阶梯的标记,而是镶了一颗橄榄型的红宝石。

"贝利亚,你来了。"高个儿黑客迎上去打招呼。

听到这个称呼,沙婕没忍住,笑出了声。《圣经》里的地狱四君王分别是利维坦、贝利亚、路西法和撒旦。利维坦是他们的老大,那这位戴镶红宝石面具的,大概就是错觉方程式的二号人物。

"很开心是吗?"被称为贝利亚的男人走到她跟前,蹲下来,放下露营灯。

沙婕抬头,盯着那张被面具盖住的脸。她掩饰不住内心的恐惧,只能胡乱地摇头。

"利维坦算得太准。"押车的小眼睛黑客轻轻踢了袁枫一脚,"我们在湿地保护区逮住了他。"

"他们应该还没想明白。"贝利亚站起来,俯视手下败将,"好吧,我就给你们解释一下。"

他的两个同伴闻言,哈哈大笑起来。

"利维坦早就看穿了你们那点小把戏。他把你们的计划摸得一清二楚。"贝利亚接过同伴递来的香烟,吸了两口。

他的语气里满是崇拜,让听众也被感染,对利维坦产生了一丝钦佩。

"利维坦的意思是,顺水推舟,让你们帮我们把昭陵六骏搞到手。"贝利亚继续说。

看见袁枫一个劲地发出呜呜的恳求声,他弯下腰,一把撕掉俘唇嘴上的胶带。

"你们为什么要得到昭陵六骏？"袁枫用力将清新的空气吸进干燥的嗓子眼儿。

刚才，他已经做好了赴死的准备，都开始琢磨要用哪句豪言壮语当遗言了。不过冷静下来之后，他感到，虽说自己像掉进猫群里的老鼠，但既然黑客们还愿意对话，说不定能找到一丝转机。

"你没必要知道。"贝利亚轻蔑地说，"说起来，警方的情报工作真是不赖，那么快就锁定了你们的藏身之处。利维坦命令我，暗中监视你们的动向，不要让你们落入警方手中。当时我觉得真是棘手。没想到，你俩命挺硬，竟然自己钻出了包围圈。"

"我们逃出来，对你们其实有利。"袁枫半跪半坐在地上，"利维坦是怕我们被警察逮住，才会下令，让你们穷追不舍的。"

"你太高看自己了。"贝利亚冷笑，"就算你们落入警方手中，对我们来说，也不会有多大威胁。一来，没人能证明是我们夺走了昭陵六骏；二来，没人能找到我们的下落；三嘛，一旦警察确认，你们不是错觉方程式的人，我们的嫌疑会洗清一大半。"

"那为什么还要抓我们？"

"利维坦有话要问你们。"贝利亚说，"他知道你们两个肯定会去医院。所以，他让我控制了医院周边所有的摄像头。沙婕一出现，立刻就被锁定了。"他捏一下袁枫的脸，"你还蛮痴情嘛。在湿地保护区的摄像头前故意露脸，想帮她引开医院周边的一部分警力。"

袁枫引开了警察？沙婕突然觉得心里不是滋味。其实，她甩开他，独自去医院，并不仅仅是因为袁枫想要自首，令她失望。她觉得要潜入重重包围，一个人比两个人更好办事。没想到，袁枫会自作主张去吸引火力。

在黑暗中背对背，她看不到他的脸，只能在背后摸索，轻轻握住他伸过来的手。

"利维坦早就命令普朗克和法拉第，监听媒体和警方的消息。"贝利亚看不到他们的小动作。

敢情这是物理学家大聚会啊，袁枫暗地里嘲讽黑客起化名不走脑子，不知道爱因斯坦、牛顿和伽利略会不会也会冒出来。

"收到湿地保护区有逃犯的消息，我利用保护区里的摄像头，没用两分钟就找到了你的踪迹。"负责押车的法拉第得意地说。

"他们两个去捉这小子。我呢，继续在医院盯着你。"贝利亚靠近沙婕，扯掉她嘴上的胶带，"你胆子不小！发现监控有毛病，你还不赶紧逃跑，反而去了病房。"

"你们的人化妆潜入医院，就是为了抓住我？"沙婕咳嗽几声。

"你以为呢？"贝利亚不耐烦地说，"别忘了，医院里的一切都可以靠网络来控制。我已经全面拿下了他们的内网设备，想干掉你的同伙，只是动动手指头的事。停了她的氧气供应，在配药系统里更换配方，把生理盐水换成毒药，办法多了去了！"

"你把宁嫣怎么样了？"沙婕急切地问。

"那我就不知道了。"贝利亚摇头，"对付她不是我的任务。她和你们一样，生或者死，不过是利维坦一句话的事。"

他将手里快燃尽的烟头丢在地上，用脚拧了几下，捡起来装进裤子口袋。

这伙人行事果然很小心，袁枫暗想，贝利亚这么做，是怕被警方发现行踪，从烟头上提取到他的指纹和DNA。

"你们的同伙还活着。"一个黑影从树影里走出来。

他中等身材，穿着和季节不太搭调的黑色防风夹克和冲锋裤，膝盖和肘部都绑着护具。此人的脸上戴着和贝利亚一样的金色面具，不一样的是，镶嵌在额头部位的，是一颗钻石。

"利维坦！"黑客们大喜，一个个立刻挺直了腰杆，"你什么时候来的？"

"有一阵子了。"利维坦把手里的黑色头盔交给贝利亚。

借着露营灯的光亮，袁枫打量着利维坦。这就是传说中的黑客老大？听声音还挺年轻的。只见利维坦解开胸前的搭扣，卸下背在身后的一个"大书包"。那其实是个迷你喷气飞行器。

七八年前，这种限载一人的低空飞行器，曾经是富二代们和科技迷的最爱。它的时速比汽车略快，靠两个操纵杆，可以轻松地在天上闪转腾挪。只可惜几次"空难"之后，国家下了禁令，不允许私人拥有和使用喷气飞行器。

"给他们解开吧，反正跑不了。"利维坦走到眼前。清风拂过，淡淡的香气袭来。

是他！沙婕目不转睛地盯着眼前人。

明白了，贝利亚控制了医院的系统和周边的监控，而利维坦早就潜入医院等待时机。护士站的电脑说不定也是他打开的，目的是方便她找到宁嫣的病房。

可是，不对劲啊，沙婕心想。她在护士站时，化装成医生的利维坦现身。他要趁那个时间放倒她，完全没有问题。

然而，利维坦并没有那么做。他先去了宁嫣的病房，却没有对昏迷不醒的宁嫣下手，只是躲在了窗帘后面，等沙婕进入病房，伺机出手。随后他将被麻醉的沙婕送出医院，交给已经逮住袁枫的两个手下。

为什么一定要在病房动手？沙婕不明白。可以肯定的是，除了要抓住她，利维坦还有别的目的——需要进入宁嫣病房才能实现的目的。能让天字第一号黑客以身犯险的，会是什么了不得的事呢？

还有，在抓住她和袁枫两个之后，利维坦仍然单独行动，一直到天黑，才过来和同伴们会合。他去做什么了？

在沙婕苦思无果之际，黑客们已经割开她和袁枫手上的胶带。

第四章 替罪羊

被捆绑久了,整条胳膊都失去了知觉。她换了个姿势,斜靠着松树跪坐在地上,双手交替揉捏着肩肘关节。

利维坦卸下护具,脱掉防风夹克,露出里层的灰色T恤。他盘腿坐在俘虏们面前,摆出推心置腹的架势。

"你为什么要抢走昭陵六骏?"他问沙婕。

"我只是不想让拳毛䯄和飒露紫继续流落在国外。"

"行了,别跟我掰扯爱国情怀。"利维坦哧笑,"说实话,为什么一定要得到六骏?或者,我换个问题:昭陵六骏对你来说,究竟是什么?"

"昭陵六骏是唐太宗墓前的石马啊。"沙婕磕磕巴巴地背着教科书,"贞观十年……"

"够了!"利维坦厉声打断她,"别给我上历史课!沙婕,你不要跟我装傻充愣。"

"我不知道你到底想问什么。"沙婕毫不示弱。

"行,我就提示你一下。"利维坦双手抱在胸前,"2027年,你参加过国外二骏的修复计划。那个项目,是UPMA和你们文史博物馆联手做的。"

"对,但我那时只是个打下手的学生。"沙婕说,"你要是想知道修复的技术和细节,只能去问UPMA,或者我们吴馆长。"

"我才不关心那些。"利维坦不耐烦地说,"再提示你,你参加修复二骏时,曾经给你的好友宁嫣发过一封邮件。邮件里提到,昭陵六骏'并不是想象中那么简单'。同时,你还想邀请宁嫣尽快从国内赶去北美和你碰面,'商量一下'。"

"有这事吗?"袁枫忍不住插嘴,"你和宁嫣没提过。"

他从没想过沙婕会对自己隐瞒什么,心一下子乱了。

"对,我发过那么一封邮件。"沙婕回答,"所谓不简单,是指馆长想邀请拳毛䯄和飒露紫回国展出,结果被拒绝了。我那时就知道，想用正常途径让国宝回家，几乎是不可能了，必须想别的办法。"

"那时候你就想暗中下手？"袁枫更加惊诧。

"对，所以我才想让宁嫣去国外找我，和她商量。"沙婕说，"当时我和你不太熟，就没对你提这件事。"

"你这个解释太牵强。"利维坦不屑，"拜托，编瞎话也得过过脑子，别随口就来！"

"信不信由你。"沙婕做出不在乎的样子，"你确实神通广大，能查到这些陈芝麻烂谷子。既然如此，你就应该知道，发完邮件没两天，我就病倒被送进医院。宁嫣坐着飞机赶到时，我在重症室里昏迷不醒。等我们再见面，已是几个月之后了。"

"利维坦，我不信你们能在一天的时间里，挖到这些细节。"袁枫坐直身体，"你们几年前就盯上了昭陵六骏，对不对？所以，你才能发现沙婕和宁嫣的邮件来往。错觉方程式究竟想从这几匹石马身上得到什么呢？"

"你们只要回答问题就好。"利维坦根本不想和他讨论。

"你说清楚了，大家没准可以合作呢。"袁枫不放弃，"我说，袭击沙婕的怪物该不会是你们放进博物馆的吧？目的是想破坏展出。"

"你有毛病啊。"贝利亚抬手给他一巴掌，"别动不动往我们头上扣黑锅。"

"省省吧，小保安。"利维坦大笑两声，"昭陵六骏已经在我手里。该弄清楚的，我自然会想办法弄清楚。至于你们二位嘛……"他站起来，拍拍屁股上的土，"现在倒是真有一件事，需要你们合作。"

"什么事？"沙婕听他的语气，感到不妙。

"大佬，您大人大量，不要跟我们这些无名小辈计较。"袁枫换上恳求的语气,试图缓和气氛,"看在我们帮您搞到了昭陵六骏的分儿上,您放过我们,如何?"

利维坦瞟了他一眼,鄙夷地哼了一声。

一两分钟后,贝利亚从轿车里抱来一个笔记本电脑,把屏幕转向袁枫。

"照着这个念一遍。"他冷冷地命令。

"我假冒保安,混入文史博物馆,伙同沙婕、宁嫣设计盗走昭陵六骏。"袁枫一字一顿地读着黑体三号字,"为了实现不可告人的目的,我利用暗网交易,诱骗错觉方程式,释放病毒程序'安魂曲'。"他停下来,注视着屏幕。

"继续!"贝利亚厉声催促道。

"昭陵六骏在我们手中。如果有人愿意出……一亿赎金……"袁枫用力摇头,"这是什么意思?"

"你们搞出天大的事情,不就是想出名嘛。"利维坦慢腾腾地说,"我可以满足你们。过一会儿,贝利亚会安排一场直播,让你们出现在全世界所有的手机和电视屏幕上。你们只要声情并茂地念一遍我们写好的台词就是。"

"你刚才那语气不行,还得再练几遍。"贝利亚用嘲讽的语气对袁枫说。

"我可以承认利用了你们。"袁枫抬头,"但是昭陵六骏早就不在我们手中了,要赎金更是可笑。我不能承认没做的事。"

"一旦我们承认了,跳进太平洋都洗不清。"沙婕急得口齿不清,"你们是不是还打算杀我们灭口?这样,警方就会无休止地追查两个死人!"

"人啊,难得糊涂。"利维坦依旧不紧不慢,"活得太明白,会给自己增加很多痛苦。"

"要杀就杀。"袁枫来劲了,"我才不会配合你们,陷害自己!"

"你们要敢直播,我就把一切都说出去。"沙婕跟着喊起来。

"煮熟的鸭子,嘴硬。"贝利亚掏出一只手机按了几下,笔记本电脑屏幕从文稿切换到监控视频。

从拍摄角度看,摄像头是在房间的一角。画面里能看到一张香蕉形状的长沙发,旁边是摆着茶海的玻璃茶几。几秒后,一个穿着居家服的短发女子走到沙发边,满脸愁容地坐下。跟着走过来的男人端着紫砂茶壶,絮絮叨叨的,应该是在安慰女人。一个家用机器人端着水果盘,滑动到茶几旁。

姐姐和姐夫!袁枫浑身发冷。没错,这是他姐姐家的客厅。

"怎么样,还不肯合作吗?"利维坦冷笑。

"黑了智能空调上的摄像头,没什么大不了的,我也行。"袁枫强作镇定,"我家人的住宅附近,肯定被隐藏的警力重重包围。我想,屋里也安装了警方的监听和监视设备。我要去找他们或者联系他们,立刻会被抓、被定位。你们的人想靠近他们,也是不可能的。"

"你说得没错,我们不能靠近他们。"利维坦点头,"我们也不需要那么做,因为我们是黑客。"

他打了个响指。

监控画面里,家用机器人原地转了一圈,举起手里堆满苹果的盘子,狠狠地砸在了袁枫姐姐的头上。姐姐毫无防备,捂着流血的额头倒在沙发边。他姐夫跳起来,伸手去按机器人的开关,被它横着一顶掀翻在地。不等他爬起来,机器人抓起桌上的茶海砸向姐夫的脖子。茶具滚落在地,摔得粉碎。

姐姐挣扎着去按墙上的报警器。机器人的动作飞快,砸了姐夫两下,转身开足马力冲过去,将她撞得弹起来,摔在阳台门口。

"快住手!"袁枫跳起来,去抢贝利亚用来控制机器人的手机。他脸上挨了一拳,捂着流血的鼻子跌坐在地上。

第四章 替罪羊

画面中，机器人还在客厅里疯狂地转圈。袁枫的姐姐和姐夫瘫在地上，痛苦地蠕动。突然，一个穿睡衣的小女孩揉着眼睛走进视线。机器人又像跳舞似的原地转了一圈，朝她笔直地撞了过去。

"我答应你们！"袁枫哭了出来。

随着他的叫喊，监控画面里，机器人停在了距离小女孩不到半米的地方。它一动不动，好像失去了动力。

又过了十几秒，几个穿警服的人跑进来，扶起还在流血的袁枫姐姐和姐夫，抱起坐在地上失声痛哭的小女孩。画面随即变成一片黑暗。

不用问，错觉方程式阻断了警方的监控信号，等负责监控的警察们发觉情况不对，已经晚了一步。

"如果你要任何花招，想想你父母会怎样。"利维坦换上恶狠狠的语调，"我一向不愿伤及平民，你可不要逼我破戒。"

"你太过分了！"沙婕气得发抖。

"怎么，你也想和七大姑八大姨打个招呼？"贝利亚举起手机，声音冷得瘆人。

"我按你们说的做就是了。"袁枫擦眼泪。

这伙人太狠了！袁枫不敢想，当着全世界的面揽下一切后，他们会怎么对待自己和沙婕。尸骨无存？这个词溜进脑海，让他不住地战栗。袁枫你的脑子里到底进了多少水？为什么要招惹错觉方程式啊！

"我可以配合你们。"沙婕咬着嘴唇，"能不能告诉我，你们是怎么把水镇小屋里的四匹石骏偷走的？"

"这都什么时候了……"袁枫不懂，死到临头了，她还在纠结什么。

"死也得死个明白。"沙婕坚持。

"看得出来，你不是个轻易放弃的人。"利维坦蹲下来，靠近她，

"不过,有遗憾的人生才是真实的人生,对吧?所以我很想成全你,带着这个遗憾,去遥远的彼岸。"

沙婕呼吸不畅。她能感觉到利维坦身上传来的恨意,但想不通这种仇恨从何而来。

"利维坦,警方抽调大队人马,朝这边来了。"瘦高的普朗克跑过来,"他们的先头部队已经到了山口位置。直升机和无人机也都升空了。"

"哟,好快啊。"利维坦并不慌张。

沙婕突然想笑。她总算明白警方为何不在宁嫣的病房安排人手了。

"警察早想到,把宁嫣没死的消息散布出去,她的同伙会有行动。"她对利维坦说,"只不过,警方错把我和袁枫当成了错觉方程式的人。他们在医院周围布控,故意开口子让你们黑了医院系统,放任你潜入医院。"

"如果是那样,你我早被围歼了。"利维坦不以为然。

"是你的行动,让他们没有立刻动手抓人。"沙婕相信自己的判断,"你麻翻我,把我带出医院。警方立刻就知道,他们之前的判断有误。我们不是一伙人。当然,谁都没想到,伟大的利维坦会亲自出马,他们只是把你当成黑客派出的杀手。"

"嗯,看来我是低估了他们。"利维坦轻轻点头。

"警方要重新研判,也打算把你们和我们一网打尽,所以才没打扰你。"沙婕站起来,"利维坦,你很厉害,但厉害的人往往都很自大。警方放长线,是想让咱们鹬蚌相争。他们真正要钓的,就是你这条钻石级别的大鱼。"

"沙婕说得没错。"袁枫背靠大树,抹抹鼻子上的血迹,"我看你们那车应该有特殊的涂层和设备。你们的人也都很懂反追踪的技术。其实警方要跟踪你们非常困难。可是你又要联网全球,让我们直播认罪,又远程控制机器人,袭击我姐姐家。这些活动,帮警方准确锁定了你们的位置。"

他从未如此希望见到警察。简直是绝境逢生啊!

"胜负未定,还轮不到你们瞎高兴。"利维坦和贝利亚都笑了。

在他们斗嘴的时候,法拉第从厢型车内搬出三四个砖头大小的方块,咣咣地贴在车厢外壁。普朗克蹲在敞开的车门边,敲了一阵子笔记本电脑的键盘。

四只网球大小的机器甲虫从车里爬了出来。两只甲虫以极快的速度爬向密林深处。另外两只张开机械翅膀,扑棱棱飞起来,直冲天际。

袁枫听说过这种机器虫子。它们体形虽小,却可以释放出强烈的信号。黑客是想利用它们,引开警方的电子追踪。

收起电脑,普朗克弓着水蛇腰,和同伴一起钻进车厢。出来时,他们都套上了黑色的防风连体服,戴上了头盔。

"明天中午十二点,贝塔坐标点。"利维坦用他们自己人才懂的暗语说道。

"一点前不到就换到西格玛。"两个黑客背起喷气飞行器。

他们双手轻轻一拉操纵杆,飞行器喷出气浪激起飞沙走石,推着他们腾空而起,突然加速朝远方飞去。几秒钟后,两人便消失在茫茫夜色之中。

"你干什么!"沙婕的喊声把袁枫的目光拉回来。

贝利亚抓着她的手腕,往上套了一个银色的圆环,乍看像个手镯。

"什么玩意儿!"袁枫上前想推开他,膝盖窝被利维坦一脚踢中。

他跪在了地上。

"从现在开始,你不能离开我超过五米。"贝利亚指着圆环上一闪一闪的绿色小灯,对沙婕说,"如果这个灯变成红色,它就会爆炸。就算不能要了你的小命,少半条胳膊也够你受的。"

"混账!"袁枫只能拿树撒气。

"有她在我身边,你自然不会跑远。"贝利亚斜眼看他,"如果我发现,你离开我的视线,就会手动引爆手环哦。"

沙婕的眼泪顺着两腮流下来。

利维坦打开轿车后备厢,从里面取出两个喷气飞行器。

"我不会操纵这玩意儿。"袁枫学他的样子,把沉甸甸的"大书包"背在身后,扣上搭扣。

"废话真多。"利维坦用力将一只头盔扣在他头上。

黑客按了两下自己飞行器背带上的按钮。袁枫肩头的一个蓝色呼吸灯亮起来。原来,两个飞行器可以设置同步,由利维坦一个人来操作。

"时间差不多了。"贝利亚帮沙婕绑好飞行器,设定和她同步,朝老大点点头。

两个黑客扣上头盔,拉动操纵杆。

袁枫只觉得身边狂风乍起。他好像被一只大手抓着双肩,拽向天空。被风带起来的沙子和枯草噼里啪啦地打在他的头盔上和身上。因为没穿防风衣,他觉得有无数条皮鞭抽在身上,疼痛难忍。

吊在半空中和坐飞机完全不一样。上半身被拉力牵着向上,下半身却被地心引力拽着向下。在两股力量的争夺下,袁枫觉得身体随时会裂开,所有血液涌向悬空的脚尖。耳边是气流激荡的鬼哭狼嚎,寒风像小刀子一般割着皮肉;脚下是树影摇动的山林,树木和山石的轮廓向着远方不断延伸。

轰的一声巨响从他们身后传来。袁枫扭头看到两团火球蹿上树梢,将林间空地变成恐怖的白夜。他心悸地抓紧胸前的绑带。

那几块"砖头"原来是炸药。黑客们知道无法开车躲开警方的围猎，果断地毁掉所有能指向他们的证据。

袁枫越发清楚自己有多天真，也越发迷惑错觉方程式的真正目的。如果警方已经看穿黑客的计谋，替罪羊就失去了存在的价值。他不明白，利维坦在危险关头，为什么还要绑着他和沙婕不放，而不把他们丢给警方，或者作为脱困的诱饵。只能说，黑客还没从他们身上得到想要的，所以暂时不打算放弃。回想起沙婕和利维坦打太极一般的问答，袁枫吊在半空的心猛烈地收缩，让他焦虑难耐。

忽然之间，他的身体开始急剧下坠，屁股擦过树梢。袁枫忍不住挣扎，两只脚险些被凌乱的树枝挂住。他在距离地面不到两米的高度，停止了坠落，开始被无形的力量抓着忽左忽右乱晃，躲开迎面撞来的一棵棵粗壮树干。

这里是一片被树林覆盖的陡坡，无路可走，所以车辆追不上来。头顶有光闪过，但被浓密的树冠挡住。那是警方派出的无人机。它们被黑客释放的电子干扰吸引，没注意到以密林为掩护，迅速滑向山下峡谷的"大鱼"。

听天由命吧！袁枫闭上眼睛，看不见了，也就没那么害怕。

不久，耳畔风声渐弱，隐约可以听到水流滔滔，浪花击石。他们应该已经飞出大山，在一条宽阔的河面上方放慢速度前进。

袁枫的大脑已经被寒冷和恐惧蹂躏得麻木了，对时间的感知越来越迟钝。迷迷糊糊地飞了不知道多久，他的双脚突然感受到了大地的坚实。肩头那股拉力消失了，他已经没有一丁点知觉的肌肉控制不住身体，整个人像木桩子似的扑向地面。如果不是头盔挡着，他一定会被磕得头破血流。

趴了足足五分钟，他勉强爬起来，摘下头盔茫然四顾。

四周怎么还是树林？再仔细看，树木的品种和山里不一样，矮了很多，也稀疏很多。他抬起头，看见满天星斗。这里大概是公路边的某个公园。如果猜对了，那说明他们已经离开荒郊野地，接近城市的边缘。

不管怎样,命暂时保住了。沙婕呢?袁枫双手撑地,胆战心惊地坐起来,看见姑娘蜷缩在左前方不远处。

在她身边不到三米远的地方,停着一辆SUV。利维坦和贝利亚靠在车的前机器盖子上,悠闲地抽着烟,好像刚刚经历的不是生死逃亡,只是兄弟相约看了场电影。他们已经卸下装备,脸上依旧扣着黄金面具。两人额头的宝石在月光下泛着朦胧的光泽,竟然有一点迷离而神秘的美感。

沙婕一声轻叹,翻了个身,狼狈地爬起来。

袁枫晃晃悠悠蹭过去,帮她拔下头盔,解开勒住胸前的搭扣。夜风拂过眼帘,她再也控制不住,扑在他的肩头哽咽失声。热泪落在袁枫的领子里,从胸口滑落,让冰冷的皮肤有了一丝温度。然而此情此景,他连一句安慰的话都说不出口。

"咱们换个地方,再让你们互述衷肠。"贝利亚掐灭烟头,将地上的装备一股脑塞进SUV的后备厢。

他揪着袁枫的领子,把他推上驾驶座,示意他和沙婕坐在前排。

"去哪里?"袁枫用僵硬的双手,帮爬上副驾驶座的同伴系好安全带。

"往北。"坐上后座的利维坦从怀里掏出一只手枪,拉开保险。

之后的一个多小时,幽暗的车里没人说话,只能看到窗外的灯火渐渐密集,树林被大片的农田和模糊的村镇轮廓代替。

袁枫握着方向盘,脑子里仍旧是一片空白。此时此刻,他甚至连恐惧都感受不到了,只剩下满心的茫然无助。

咚!什么东西掉在了车顶上,所有人都不由自主地抬眼,想看个究竟。

啪!哗啦!破碎的天窗玻璃裹着一只一寸见方的小金属块落进车厢。

闪光弹！袁枫下意识地松开方向盘，捂住耳朵闭上眼。

在狭小空间里猛然炸开的闪光和巨响，像钻进了他的脑子，令他头晕目眩，浑身无力。他被失控的 SUV 拽着左右狂甩，毫无招架之力。砰！迎面袭来的撞击将前挡风玻璃打得粉碎。气囊带着呛人的粉尘弹开，他觉得胸前好像挨了一记重拳，一口气没倒腾上来，几乎晕厥过去。

SUV 一头扎在路边。冒着青烟的前机器盖子上，压着被撞倒的路灯杆。

一辆没有牌照、也没开车灯的轿车迅速靠近，停在后方不远处。身穿黑色运动衣裤，头戴滑雪面罩的司机跳出驾驶室，观察下四周，跑到 SUV 的后门旁。

他用力拉开车门，推开软趴趴的气囊，伸手扭住利维坦的脸。蒙面人仔细观察了几秒钟，粗暴地将黑客老大拖出车外，连拉带摔地扔进轿车的后备厢。

这是什么人……他要干什么……

袁枫趴在方向盘上，只觉得浑身从里到外都疼痛难忍。他勉强抓住压在身下的搭扣，又按又拉，总算将勒着自己脖子的安全带松开了。

这时，蒙面人又回到 SUV 车边。他打开副驾驶一侧的车门，从腰间拔出匕首，唰地割断安全带，抱起毫无知觉的沙婕，朝轿车走去。

袁枫挣扎着，想从副驾驶座上爬出去，但双腿完全不听使唤。他倒在座椅上，眼看行动灵活的蒙面人已经走出三四米。

别走……沙婕手上还套着炸弹手环，这家伙再往前走几步就坏事了！

一瞥之间，袁枫注意到后座上的一个铁家伙，正是利维坦落下的手枪。他奋力伸出颤抖的手，抓起枪，朝着蒙面人的后背连续扣动扳机。

　　两声枪响，只见蒙面人身体一晃，向前摔倒。沙婕从他怀里滚落到干枯的蒿草丛中。

　　袁枫咬紧牙关爬出车外，脚下像踩着几十斤的棉花。摸到近前，他想探一探蒙面人的鼻息，不料对方翻身一脚踢过来，正中他的胸口。

　　袁枫摔了个四仰八叉，还没回过神来，一把匕首已经捅到了他的喉咙边上。他向旁边躲闪，刀锋划过脸颊，利落地割下他的半个耳垂。鲜血伴着剧痛涌出，他的肩头立刻被染红。

　　占据上风的蒙面人按住袁枫的脖子，举刀猛刺下去。一道金色的闪光从他黑色的衣襟里掉出来，随着刀锋在晃动。

　　袁枫强忍疼痛，一只手胡乱地抵挡，一只手掉转枪托，狠狠地砸在蒙面人的太阳穴上，将他从自己身上赶开。

　　拼了！袁枫铆足全力翻身跃起，举枪就打。他不知道枪里有多少子弹，只是接连不断地扣动扳机。

　　子弹呼啸着，逼得蒙面人飞速后撤，翻身躲到轿车后。轿车的车门上瞬间穿出三四个弹孔，车窗全被打碎。见势不妙，蒙面人钻进驾驶室，发动了车子。

　　轿车加足马力逃入黑暗，很快便消失得无影无踪。

　　袁枫依旧坐在地上，像上了发条的机器似的，不断地钩动手指。很快，子弹打光了，只剩下撞针咔咔乱响。

　　许久，耳朵上的锥心之痛才让他回过神来。这两天时不时就会冒出来的问题，再次萦绕在袁枫的心头——究竟发生了什么？

第四章 替罪羊

第五章
前尘祸

天亮了，空中乌云密布。瑟瑟寒风吹落枯叶，撒满大街小巷。

911医院的重症监护室里，护士卷起B05房间内各种仪器上的导线。

这个病人昨天明明已经脱离生命危险，今天一早却突然心脏衰竭，被送去抢救，估计熬不过这一关了。护士心里戚戚然，唉，年纪轻轻的，真可惜啊。

她一不留神，踩到了什么东西。

啪！踢脚线上灰土四溅，竟被炸出一个衬衣纽扣大小的坑。

护士吓得险些跌倒在地。她后退两步，定睛一看，地上躺着一支和小手指差不多尺寸的钢制小棒。她小心地捡起刚刚被她踩了一脚的小钢棒。咦？这个是激光防身器啊。病房里怎么会有这种东西？

正在护士迟疑之际，门开了，护士长带着两个护理机器人走进来。它们打开消毒设备，开始清理病房。

"护士长！"一个穿着保安制服的青年追进来，"B05的病人送回来了吗？"

"病人已经去世,送去太平间了啊。"护士长一愣。

"对,急救室发了死亡通知。"保安气喘吁吁,"警方接到消息,去太平间领尸体,发现她不见了。"

"什么叫不见了?"护士害怕。

"找不到尸体。太平间的系统里也没有记录。"保安也是一脸惊慌,"领导让我过来问问,是不是机器人错把死人当活人,送回这里了?"

"肯定又是机器出了Bug。"护士长经验丰富,所以比较镇定,"前不久,因为人工智能调度失误,把要做心脏支架的病人送到了产科病房,差点闹出人命。"

"咱们快找找看吧。"护士提议,"别真给送回来,塞到哪个病房里了。"

"走吧。"护士长转身,忍不住唠叨,"唉,就这样还要继续裁人,再增加机器!把尸体弄丢了,闻所未闻!"

此时此刻,医院后门外,一辆无人垃圾车驶过林荫路,和另一辆一模一样的车子擦肩而过。

接近中午,太阳才成功地扒开云雾,露出一点下巴。

城南近郊的生态种植园附近,三个人影相互搀扶着,跟跟跄跄地走进路边一间破烂的小屋。

贝利亚靠墙坐下。他的左臂在车祸中骨折,用从衣服上扯下的布条挂在胸前。摘下面具的黑客看着有三十岁左右,浓眉细眼,鼻子稍大。论相貌,这张脸算得上英俊,只是因为伤痛和疲惫,显得肤色蜡黄。

"柜子后面。"他无力地指指墙边。

袁枫顺着他手指的方向,推开一个空铁皮柜。他拉开藏在柜子后的一扇门,走进五六平方米大的斗室,看见水和食物,还有他最需要的，画着红十字图案的手提箱。

回想起昨夜的惊险，袁枫仍然觉得头皮发凉。

蒙面人劫走利维坦后，保住小命的贝利亚和沙婕苏醒过来。你死我活的对手，就这样稀里糊涂地，成了一条绳上的蚂蚱。

车已经撞坏，距离目的地还很远。因为手臂骨折，贝利亚没法再操纵飞行器。他们只得相互搀扶着往前走。这回，沙婕倒是不用担心手上的炸弹会爆炸了。

从深夜走到天亮，为了躲避警方的追捕，他们不敢靠近村镇，只能绕路在田野中穿行。

寒冷、饥饿、伤痛、劳累、恐慌轮番袭来，袁枫觉得自己就像战败的逃兵。可是，逃兵还知道该往哪里跑，他连自己要去什么地方，都搞不清楚。

"这儿原来是个民营加油站。"贝利亚在他身后疲惫地说，"几年前加油站倒闭，被我们改成秘密供给点。"

"没想到加油站也能倒闭。"沙婕用衣袖擦脸，"上学时，老师还说石油早晚枯竭，人类会没能源用呢。"

"石油危机是个伪命题。"贝利亚鄙夷地说，"随着石油储量下降，它的价格会不断上涨。不等石油被开采完，它就贵得离谱，被其他便宜的能源替代了。你们老师没念过书吧。"

"你念过书，给我把这个弄下来啊。"沙婕气哼哼地，把手环举到他鼻子前。

"我的手机摔坏了。"贝利亚推开她的胳膊，"等见到我们的人，自然会给你取下来。"

"你们两个几岁了？"袁枫没好气地说。

他把脏兮兮的窗户当成镜子，清理耳朵上伤口，疼得龇牙咧嘴。

这回成残疾人了，唉……他心里苦闷得厉害。蒙面人的刀尖再偏一厘米，他这张脸可就毁了。呸！命都要没了，还想什么脸不脸的！如今当务之急，是哄着黑客拆了沙婕身上的炸弹，然后赶紧想办法脱身。

"你拿点吃的过来。"贝利亚将断臂架在膝盖上，看一眼表面碎成渣的运动手表，"我们的人很快就到。"

袁枫给耳朵涂上液体绷带。他替贝利亚重新包扎了胳膊，套上一只简易夹板，又去储藏室拿了水和干粮，分给大家。

"昨天袭击咱们的，像是黑道人物。"沙婕吞下几块饼干，扭头问贝利亚，"你们错觉方程式，都和什么人有仇？"

她身上没受什么伤，只是一只脚磨出了血泡，胳膊和后背有几处瘀血。

"那可数不清了。"贝利亚用牙齿撕开面包的外包装，"不说别的，国际刑警悬赏上千万捉拿利维坦。不知道有多少人想发这笔财呢。"

"这个人肯定对你们非常熟悉。"袁枫用力嘬牛奶，感到空荡荡的胃里好受了一点，"你俩都戴着面具。他竟然能认出谁是利维坦。"

"我也在琢磨这个问题。"贝利亚皱眉。

"蒙面人还要带走沙婕。"袁枫丢下空牛奶盒，"如果只是和你们有过节，他抓利维坦就够了。"

"会不会……是你们得罪了什么人，连累了我们呢？"贝利亚猜测。

"如果他是冲着我们来的，那就只有一种可能。"袁枫竖起手指，"他以为我们手里有昭陵六骏！你们错觉方程式插手此事，所以也被盯上了。"

"问题是，什么人这么厉害？"贝利亚忧郁地说，"他竟然能找到我们的行踪。警察都没那么快啊。"

"不知道这东西能不能提供点线索。"袁枫从裤子口袋里，掏

第五章 前尘祸　　117

出一个沾满血污的圆圈。

他抓起一瓶矿泉水,一番冲洗揉搓后,圆圈慢慢露出金色和翠绿的光泽。原来它是一只男款戒指。黄金戒圈上镂刻着复杂的花纹,镶嵌了一颗黄豆大小的绿色宝石。

"你怎么会有这个!"沙婕惊叫起来,手里的饼干掉在地上。

"你见过它?"袁枫把戒指托到她面前,"它挂在蒙面人的脖子上,用一条金链子拴着。我记不清是怎么把它扯下来的了。"

沙婕默不作声地拿起戒指。她本已恢复血色的脸,又变得像白纸一般。

"既然你认得它,那可以肯定,蒙面人是冲你们来的。"贝利亚问她,"他是谁?"

"我不明白。"沙婕目不转睛地盯着戒指,"我确实见过这个戒指。但那个人不可能是歹徒啊。"

袁枫看她的表情,像是在回忆什么可怕的事。

"那是好几年前的事了。"沙婕定了定神,"2027年,我被馆长推荐,去 UPMA 做交换生,参加过修复拳毛䯄和飒露紫的项目。当时,我遇到过一个古怪的人。"

……

2027 年的某个夏日午后,晴热无云。

历史悠久的大学校园里,学生们坐在树荫下的草坪上乘凉。胖嘟嘟的松鼠大摇大摆地从他们的脚边爬过,捡起草地上的橡果。

著名的人类考古学研究机构 UPMA,就在校园一隅。沙婕绕过后院草木葱郁的池塘,推开博物馆沉重的后门。

她坐电梯上了三楼,走进穹顶比其他展馆高出几倍的中国馆。

今天博物馆不对外开放。所以,当她看到一个陌生人站在飒露紫石雕前时,顿时警惕起来。

这人三十岁上下的年纪,长着东亚人的面孔,皮肤略黑,体形匀称。他穿着笔挺的银灰色西装三件套，内搭薄荷绿色的丝绸衬衫和同色提花丝质领带，脚踩咖啡色三接头皮鞋。

在大学里，就算是最古板的教授，也不会穿成这样。而且，今天的气温是三十六摄氏度。他穿这么多层，不难受吗？

看见她，男人只是微笑着点了点头，随即又转回身，口中用中文念念有词。

"紫燕超跃，骨腾神骏，气愚三川，威凌八阵。"

这是唐太宗给飒露紫写的马赞。设计六骏之时，皇帝给所有骏马起了气派的名字，写了赞美诗，由欧阳询手书，再雕琢于青石之上。

如今，六骏石雕上的马赞早已不见踪迹，原因则不得而知。因为失传已久，世人大都不知道六骏上曾经刻有马赞这回事了。

这是来观摩修复工作的同行？沙婕纳闷。他看着倒像个懂行的，只是穿得像来相亲似的，不打招呼一个人溜进门，还大模大样地自说自话，一点礼貌都没有。

陌生人压根没注意到沙婕的尴尬。他双手背在身后，昂首挺胸地在石骏前踱步，继续唠叨。

"这铭牌翻译得真够呛。飒露紫的'飒露'是突厥语'勇敢强健'的意思，完全没翻译出来。拳毛䯄的'䯄'，是黄马黑嘴的意思，翻译的人，却只留意了骏马的一身卷毛。"

看来他真是同行，对这几匹马的血统、样貌都比较了解。沙婕对这个目中无人的家伙愈发好奇，也愈发反感。

他却依旧把她当成空气，后退几步，大发感慨。

"了却君王天下事，赢得生前身后名。"他摇头晃脑地左右走了几步，"这几匹宝马能帮唐太宗打下万里江山，名垂青史也不为过啊。"

"靠几匹马就能打下江山，那大唐的基业也太不值钱了。"沙婕终于忍不住激动起来，"每场战争的胜利，都是无数战士用生命换来的。这些人的功绩，比皇帝的宝马大得多！"

"你这话……有些道理。"陌生人双眉紧锁，愣了半晌才开口，"历史的确是无数普通人流血流汗书写下来的。"他露出一抹干笑，"但没这些战马，太宗皇帝的命可能都会没了，那就没有贞观盛景啦。他的命，岂不是比所有人加起来还重要！"

沙婕觉得这个人真是不可理喻。都什么年代了，还迷信王者尊荣。

"唐太宗当然有他的过人之处。但若没有万众一心的将士，没有运筹帷幄的谋臣替他开疆辟土，没有百姓的赋税支撑国库，他有多少条命都是不够用的。"她的语气有些生硬。

"哈哈，你这个人真有意思。"陌生人大笑起来，好像沙婕在说什么可笑的话题。

"我说错了吗？"沙婕想给他几巴掌，"千秋盛世并不是某一个人的功劳。庙堂之上，有敢于直言的官员；风雪边塞，有'黄沙百战穿金甲'的军人。为了国家和平，文成公主这样的宗室女性，做出了巨大的牺牲。为了市井繁荣，大唐的国民用包容的态度，学习各国的文化。一个帝国的荣耀和伟大，一个时代的辉煌和繁盛，从来都不是一句'皇帝英明'能够概括的！"

"沙婕你干什么呢？"吴谦带着当时刚刚评上副教授的张钧走进中国馆。

隔着老远，他们就听到沙婕在滔滔不绝、语气激愤。馆长还以为，她和哪个同事吵起来了。

"吴教授，下午好啊。"陌生人抢先一步，上前和吴谦握手。

"葛善殿下？我安排了两个人去接您。"吴谦脸上的惊讶里夹杂着些许紧张。

"我让他们回去休息了。"陌生人微笑，看一眼杵在一旁的沙婕,"这是您的高足吧?"他又哈哈大笑几声,"我正在向这位小姐请教呢。"

见沙婕露出不愿搭理他的表情,陌生人反客为主,向她伸出戴着黄金镶绿宝石戒指的手。

"忘了自我介绍,我叫葛善。"

……

"他是中国人?"袁枫听沙婕的讲述,觉得这个人被称为"古怪",一点都不夸张。

"不,葛善是他的名字。"沙婕解释,"他的姓氏有七八个字,我记不住。这人是印度洋上一个岛国国王的儿子,有个亲王的头衔。他喜欢中国历史,曾经来中国留学。"

"国王的儿子,那就难怪了。你确定这个戒指是他的?"袁枫从沙婕掌心拿起绿宝石戒指。

"肯定是他的。"沙婕说,"葛善的国家叫迭戈科里亚。他天天戴着这个戒指。"

听吴谦馆长说,那一年的夏末秋初,葛善亲王正在大西洋边的棕榈滩度假。听说 UPMA 在和中国联合,做昭陵六骏的研究和修复工作,亲王托律师事务所牵线,打算拿出一百万美元资助这个项目。

面对从天而降的支票,吴谦喜不自胜。更令他讶异的是,葛善不仅会说流利的中文,提起中国历史亦是如数家珍。很多中国人搞不明白的五胡十六国,他都能讲得头头是道。馆长回想起应邀给国内的中小学做讲座时,一些孩子总把电视剧里的情节当历史,质疑他说的不对。相比之下,这个外国青年竟然更懂中国传统文化。馆长心里自然感慨万分,毫不犹豫和葛善成了忘年交。

"我想起来了。"袁枫捡起几个记忆中的碎片,"当年你提过,你们的项目找到个大金主。就是这位葛善亲王?人家是贵族嘛,和你我肯定不一样。他出生的起跑线,咱们狂奔一辈子都够不到呢。"

"不是我仇富。"沙婕觉得他误解了自己,"他凭祖荫得到的荣华富贵,我没资格说三道四。但葛善这个人,给我的感觉是来者不善。"

初次见面时闹了别扭,加之葛善的言谈举止间,总是流露出"我很有钱""我身份高贵"的信号,让沙婕特别反感。

葛善倒不见外,有事没事就找她搭讪。闲谈之间,沙婕发现,他对昭陵六骏格外有兴趣。除了拳毛䯄和飒露紫,他还经常向中方工作人员打听存在国内的四骏。

"一个外国人,为什么对唐代石马那么在意?"袁枫纳闷。

"他只说热爱中国文化。迭戈科里亚的王族,坚信自己是中国后裔。"

相传郑和下西洋时,曾经在迭戈科里亚停靠,躲避台风。船队继续起航时,一部分船员留了下来,和当地人通婚,逐渐成为部落中的领袖人物。

大概两百年后,在抵抗西方殖民者的战斗中,一位中国后裔被推举为联盟首领。历经数十年风雨,赶走白人侵略者,宣布独立后,他们联合附近七八个小岛,建立了自己的国家。这样一来,曾经的首领便成了国王。

葛善曾说,他找国外著名研究机构做过基因测序,证实他们家族确实有中国人的基因。但迭戈科里亚王族为了保持血统纯正,一直坚持和华裔通婚,所以很难说,他的中国血统是怎么来的。再者,郑和下西洋的史料记载中,从没提到过迭戈科里亚,或者类似位置的海岛。葛善的家族和中国的渊源,至今是个谜。

"所以他对中国文化有兴趣,是很自然的事。"袁枫不明白,为何一提到葛善,沙婕的情绪便跌宕起伏,连说话的声音都发紧了。

"可是他对昭陵六骏的兴趣,超过常情太多了。而且自从他搅和进项目,怪事就接二连三。"

……

九月来临，馆长一行回国的日期临近，项目也接近尾声。不料就在这个时候，存在博物馆服务器上的项目文件原件统统不翼而飞。UPMA 的安保系统中，并没有查到任何异常。

按照工作程序，吴谦和课题组副组长张钧，都会在自己的笔记本电脑中存一份备份文件。可他们开机搜索了半天，愣是没找到和项目相关的只言片语。二人的电脑一向随身携带。别人也不知道他们的开机密码。

当地警察接到报案，派专门的网络组来博物馆查了三四天，结果一无所获。他们的结论是：项目组操作失误。

……

"操作失误，总可以恢复一部分文件。"袁枫觉得这结论太轻率，"难不成，每个接触文件的人都操作失误？"他看一眼贝利亚，"一点痕迹没有，是被黑客干掉了吧。"

"不会。"贝利亚听出他话里有话，嘴撇得像出水的鲶鱼，"最近这二十年，大多数黑客的目标都是赚钱。那些研究成果，对研究所来说是宝贝，但根本没法卖钱。"

"警察也这么说。"沙婕摊手，"大家是哑巴吃黄连，有苦说不出。更倒霉的是，因为这件事，请二骏回国的事也黄了。"

馆长曾经私下对她诉苦，项目组配合对方折腾这么久，其实是想尽量搞好关系，请 UPMA 同意，借拳毛䯄和飒露紫回中国展览。两个多月以来，UPMA 的人一直在摇摆，犹豫不定。吴谦看得出来他们有所松动，又顾虑重重。

项目资料丢失，等于给了 UPMA 里的反对派一个及时的台阶。对方仔细商讨一番，回绝了借展的请求，理由是对中方的安全措施不太放心。

"该不会是他们的人自己搞鬼，为不借二骏找理由。"贝利亚猜测。

"UPMA方面犯不着干这种事。"沙婕觉得他想得太多,"他们的人也跟着忙了两个多月,比我们更想看到成果。至于二骏借展,是否同意都听他们的,没必要搞这么大的事,把警察招来。"她的眼睛始终盯着袁枫手里的戒指,"我一开始就怀疑,是葛善捣的鬼。"

"作为资助人,他算是受害者吧。"袁枫不清楚她是怎么想的,"项目成果没了,他的钱等于白花了。"

"我怀疑葛善,是因为他在出事后没两天,投资了一家软件公司。那家公司的老板,是UPMA技术部门负责人的儿子。"

"当地警察肯定查到你说的这档子事儿了。"贝利亚说,"他们不怀疑葛善,除了他身份特殊,更多的还是因为他没有作案动机。"

"对,我也知道怀疑葛善很牵强。但是他有事没事围着二骏转悠,又暗中和博物馆的技术主管搭上关系,我觉得肯定有鬼。所以,我想法子试探了他一下。"

……

警察撤走的第三天,沙婕破天荒地接受了葛善提出的聚餐邀请。她和大家一道,去学校附近的一家中餐馆吃了顿潮汕风味午餐。请客的葛善表示,安排这顿饭,是给项目组践行。

饭后,其他人组团乘坐大巴去游玩、购物。沙婕搭葛善的豪车回到学校,去听一个德国专家的讲座。

下午五点多,她走出讲堂大门,看见意料之中的人坐在路对面的梧桐树下。他的深蓝色西装三件套,在满校园的休闲服里特别显眼。

葛善拿起膝头的红色文件夹,朝沙婕挥手。他的两个说不清是保镖还是保姆的随从,站在长椅后,一个端着薄荷绿色的不锈钢保温桶,另一个双手捧着一套骨瓷杯碟。

沙婕知道葛善为何而来，信步走上前，等着对方先开口。

"你的字写得不错。"葛善用老师指导学生的口吻对她说。

"原来是落在您的车上了。"沙婕把书包挂在肩头，"您不必亲自跑一趟。把本子放在博物馆的值班室就好。反正我每天都要过去。"

"我没什么事，正好在校园里走走。"葛善翻开文件夹，用手指捻着写满字的活页纸，并没有把它还给沙婕的意思。

他晃了一下手。端保温桶的随从不知从哪里又变出一套杯碟，倒了大半杯红茶，双手端给沙婕。

……

"你是故意留下文件夹的。"袁枫问，"纸上写了什么，让葛善如此在意？"

"我说过，葛善对昭陵六骏的兴趣超乎寻常。"沙婕掸掸身上的饼干渣，"六骏石雕都是以战马为主，只有一个出现了人的形象，就是为飒露紫拔去胸前箭矢的将军丘行恭。"

丘行恭是唐初名将，曾经救过李世民的性命。

唐武德九年，李世民发动玄武门政变。丘行恭因为诛杀李建成等有功，官拜左卫将军。贞观十三年，他受封天水郡公，升任右武侯将军。

丘行恭一生深受唐太宗的信任。他生性残酷，有过吃掉叛徒心肝之类令人发指的行为，所以几次三番遭到同僚们的联名弹劾。但每次，唐太宗不是睁一只眼闭一只眼，就是很快将他召回，官复原职。

麟德二年，丘行恭去世，得到了陪葬昭陵的待遇。

"唐太宗对丘行恭，似乎有特殊的眷顾。"沙婕说，"他命人雕刻昭陵六骏时，把丘行恭的形象加了上去，也说明此人不仅仅是一个良将那么简单。毕竟大唐开国时的悍将太多，丘行恭在其中并不算突出。"

"除了他救过皇帝的命，肯定还有别的原因。"袁枫沉吟。

"难道，他手里有皇帝的什么秘密？"贝利亚开动脑筋。

"以唐太宗的性格，才不会让人捏住软肋。"沙婕一个劲儿地摇头，"而且受到皇帝垂爱的，不仅仅是丘行恭本人。他的儿子丘神绩，是武则天眼前的红人。此人曾经官拜左金吾卫将军，是历史上著名的酷吏。不过他没像老爸那样寿终正寝，而是被武则天以谋反罪名杀掉了。"

"父子两代，总不会都有皇帝的把柄。"袁枫开始回忆自己看过的宫斗剧，后悔当时只顾看漂亮女演员，没好好研究剧情。

"也许，丘行恭父子为皇家做了什么了不得的事，所以才得到相应的回报。"贝利亚猜想。

"史书里没有记载。"沙婕用手背擦擦脏兮兮的脸。

"史书上没记载的，不代表没发生过。"贝利亚讥讽她，"史书上写的，也不一定就是事实。好多真相，恰恰就是被你们这些研究历史的给篡改了。"

"对，史料不一定是百分之百的真实，但道听途说更不可信。"沙婕反击，"丘行恭父子和皇家的密切关系中，的确可能有我们还不清楚的门道。我抄了关于他的史料，就是要用'六骏石刻上唯一人物'来试探葛善的反应。"

"结果呢？"袁枫心急。

"如我所料，这个人对昭陵六骏的兴趣，超过了文物和历史的范畴。"

......

那个热风阵阵的下午，葛善坐在长凳上喝了两杯红茶，才把文件夹还给沙婕。

"吴教授说，你不和他们一起回国。"他站起来，系上西装外套的纽扣。

"我的交换学习还有半年。"沙婕把茶杯还给一直保持沉默的随从。

"我有两三年没去过中国了,很想念那里的美食。"葛善和蔼地低头微笑,"城外有一家餐馆,会做非常好吃的羊排,想不想去尝尝?"

"不会耽误您的时间吧?"沙婕起身,故意做出推托的样子。

"我有的是时间。"

车开出城时,华灯初上,天边红云浮动。工厂、农田消失在身后,开上山路的车子亮起车灯,缓缓地拐过一个又一个弯。

一个多小时后,车开出山林,一路下坡,前方出现一座灯火闪烁的小镇。

沙婕跟着葛善下车,走过街道,踏上两侧种满多肉植物的石阶。

台阶尽头,一扇装饰着月季花的木门打开,身穿黑色燕尾服的中年人走出来,对他们笑脸相迎。他引领客人穿过玄关,走进布置得像画廊、只有一张餐桌的房间。

葛善和黑色燕尾服低语了几句。穿着黑马甲的服务生进屋,给客人倒上一百美元一瓶的矿泉水,一声不吭地离开,关上门。

"这是一家很老派的餐馆。"葛善端起水晶杯,"每餐只接待两桌客人。楼上还有一桌。要在这里吃饭,得提前半年预定。"

半年前他就知道会来这里吃饭,沙婕暗想,有问题啊。

"这餐厅的门就像时空隧道。好像我们现在不在2027年,而是在1927年。"一向不懂看人脸色的葛善,并没注意她的表情,"这里的家具都是老物件。厨师用传统手艺,加工传统食材,没有花里胡哨的新潮饮料、分子料理,没有人工智能。"

"您不喜欢人工智能吗?"

这句话在现代社会,就像中国人见面问"您吃了吗"一样,成了一句社交辞令。

"你喜欢人工智能吗?"葛善反问。

"我喜欢生活方便。"沙婕圆滑地回应。

服务员推着小车走进来,给葛善看看葡萄酒瓶的标签。小伙子拔出木塞,倒了一点酒在红酒杯里。等葛善象征性地喝一口,点头确认,服务员才正式给客人斟酒。

"你不担心人工智能控制地球?"葛善身体向后靠,等法式洋葱汤上桌。

沙婕拿起汤勺。

"我有一个学信息安全的朋友。他说,人工智能要统治世界,得进化出和人类一样的意识和情感。不然,机器是没有控制欲的。它们再强大,也还是工具。"

"科学发展很快啊,说不定哪天,机器突然就顿悟了。"

"我不懂科学,但从历史上看,每次有新技术出现,人类都会有类似的恐慌。"沙婕低头喝汤,"智人消灭了其他人类种族,独活于世,所以我们的基因里有这样的恐惧——担心会出现更强大的东西,消灭我们。"

公元前四百年,一些人坚信书面文字的出现,会让人的记忆减退。二十世纪,阴谋论者相信,政府在飞机留下的航迹云里,添加了控制意识形态的化学成分。二十一世纪的前十几年,WI-FI辐射致癌的流言很有市场。人类对科技的恐慌从未消失,人工智能只是又一个假想敌罢了。

"不少人失去了工作。"葛善拿起一块全麦面包,涂上厚厚的黄油。

"新技术的出现,会带来新的职业,新的工作岗位。"沙婕等服务员撤走汤碗、端来浇上薄荷酱的羊排,"再说了,人们总怕失去工作。但其实只要生活条件允许,工作未必是必需的。"

"我从没听过这种论调。"葛善放下递到嘴边的面包,一脸好奇。

"一些人工作是为了理想,但更多的人,不过是为了换一份维持生活的薪金。于是很多人忘了,人活着,不是为了工作。他们从出生开始,就被定义了整个人生,按部就班地过日子,美其名曰'什么年纪做什么事',学习、工作、繁衍后代。这些人,其实并不是社会学意义上的'人'。终其一生,他们只是社会机器上的一颗螺丝钉。"

"没错,几十亿人的一辈子,其实只是活着。"葛善深有同感。

"但是现在,他们不需要为活着而挣扎了。"沙婕把羊排切成小块,"当机器可以完成大部分工作,产生的价值能让人们不用发愁吃穿。只要不失去生活来源,不工作其实算是解放。人们完全可以去做自己想做的事。"

"如果他们想做的,就是毫无价值的生存呢?"

"什么?"沙婕一怔。

"沙婕,你把人类想象得太美好。你以为,摆脱了工作的束缚,人就会去追求自我价值,关心科学、艺术和大自然。实际呢,很多人不工作了,要么走向堕落,要么继续麻木地活着。"

"他们只是没意识到……"

"他们根本不会意识到的。"葛善面露鄙薄,"世界上有九成以上的人,因为智力水平太低,和行尸走肉没啥区别。你问我,是否不喜欢人工智能。其实,我更不喜欢这些浪费粮食的人。"

"说浪费粮食过分了。"沙婕皱眉,"阁下很喜欢中国文化。您应该知道,在贞观十一年,御史马周上书给唐太宗,其中提到'临天下者,以人为本'。离开了人,这世界就什么都不是了。"

"这话我同意。"葛善继续微笑,"然而如你所说,很多人不是社会学意义上的'人'。更可悲的是,这些没有用的人,也从来没想过,要活得像个'人'。既然不是'人',对他们就谈不上'人本'了。"

"你……"沙婕没想到,自己不经意的一句话会被他用来大做文章。她一时血气上涌,却找不到词语反击。

"这羊排烤得真不错。"葛善熟练地结束争执,"你很有见地,沙婕。如果我不急着回国,真想和你多聊聊。"

"您要回国?"这个消息让沙婕有点意外。

"出来太久,一直嫌弃我不务正业的父亲发火了。"葛善露出无奈的样子,"回家之前,我还得去见一位华裔科学家。"

"您的兴趣很广泛,资助了各行各业。"沙婕恭维他,顺势把聊天拉到自己感兴趣的话题,"很遗憾,我们这次的项目,没有得到预期的结果。"

"无妄之灾啊,莫名其妙。"葛善流露出恼火的表情。

看来是错怪他了,沙婕心想,他的烦恼不是装出来的。

"我本来希望,能帮吴教授实现请二骏去中国展出的心愿。"葛善一脸怅然,"我也很想看看昭陵六骏团聚呢。"

"您为什么对六骏的研究有这么大的兴趣呢?"沙婕心里的疑惑又开始蠢蠢欲动。

"唐太宗让六骏守在他的陵前。说不定,六匹石骏齐聚,能召唤出某种神秘力量呢。"葛善的语气似在开玩笑。然而他嘴角不经意地一翘,露出一丝诡异的笑。

沙婕分不清他是认真的,还是在逗她玩。

"我对你的研究方向也挺有兴趣。"葛善看着她的眼睛,"唐代西域文化,有什么想做的课题,缺钱可以找我。"

"我没能力独立搞研究。"沙婕不知道他葫芦里卖的什么药,小心翼翼地回应。

"我倒有些想法,不知道你愿不愿意参与。"

"什么？"

"先吃饭吧。沙婕，咱们来日方长啊。"

……

"葛善要你做什么课题？"袁枫听得满脑子问号。

"不知道，他没再提这个话题。"沙婕说，"回到学校，我几乎一宿没合眼，想找人商量不知道该找谁。"她用手支着脸，"馆长对葛善印象特别好。你和其他同学不知道来龙去脉。我跟你们说不清楚。"

"葛善说的应该只是玩笑话。"袁枫说。

"不，你没看到他的表情。他肯定话里有话！我左思右想，搞不明白是怎么回事。天快亮时，我给宁嫣发了邮件。"

"宁嫣当时在国内。"袁枫问她，"你之前和她提过葛善？"

"提过，她让我留意观察他。"沙婕说，"宁嫣是学技术的。我想，只有她能帮上忙了。"

"葛善到底在打什么主意，你们搞清楚了吗？"贝利亚急切地问，不小心动了一下受伤的胳膊，疼得直掉眼泪。

"没有，我还没等到宁嫣的回复，第二天半夜，博物馆就出乱子了。"沙婕对袁枫说，"那事你应该知道。"

"中国馆进贼了，我知道。大半夜的，来了好多警察。"袁枫点头，"事后，UPMA把拳毛䯄和飒露紫，还有其他几件珍贵文物藏进了地下库房。过了半年多，它们才恢复展出。"

"没准……是葛善干的。"贝利亚抹抹脸，一皱眉，"他收买博物馆的技术部门主管，或许不是为了得到你们的资料，而是想设法得到二骏。"

"有道理。"袁枫推测，"假设葛善想得到六骏。一开始，他是想促成海外二骏回到中国，等六骏聚齐后再下手。因为研究资料被毁，外国人拒绝了馆长的请求，他才设法勾搭技术主管，想在

第五章 前尘祸　131

UPMA 下手。"

"那我就不知道了。"沙婕苦笑,"因为博物馆进贼,第二天一早,我和所有人去接受警方询问。半路上,我晕倒进了医院,再睁开眼,已经是一个多月后了。"

"我听说有人夜闯博物馆,立马给你打电话,可打了一天,一直打不通。"袁枫回忆,"到了晚上,你室友联络我,说你差点没命。"

听到这个噩耗,他连夜坐大巴去了医院。

在重症室外,袁枫见到了刚下飞机的宁嫣。初次见面,两个人却没什么好交流的,心思都在不省人事的朋友身上。

第二天清晨,确定他们守在病房外帮不上多太忙,袁枫就带宁嫣回到大学,暂时安顿下来。那时他才意外地发现,她和自己是同行。

"最后抓住夜贼了吗?"贝利亚更关心这个问题。

"博物馆的一个值班保安,在接受调查几天后失踪。他叫莱纳德·王,是个华人。"

当地警方查到,在事发之前几个月,王曾经盗用 UPMA 负责人的账号,在社交网上发了一组照片,抨击 UPMA 出租中国馆的场地,给亚裔富豪举办宴会。

照片上,昭陵二骏和其他古朴的文物四周,摆着很多大红大绿的装饰物,看起来庸俗不堪,又不伦不类。

舆论顿时沸腾了。文保专家痛心疾首地控诉,那些乱闪的聚光灯,以及大群人聚集产生的二氧化碳,会对文物造成不可逆转的破坏。民众一片骂声。

UPMA 狼狈地启动危机公关,最终还是失去了一位重要资助人。

鉴于这个发现,警方认为莱纳德·王是博物馆里的内应。但他的背后有什么人,当地警察一直没查清。

"王保安才不会是坏人。"沙婕摆手,"要我说,他八成是被人嫁祸。"

"学校里也有这种议论。"袁枫说，"按你今天的说法，这事很可能还得倒腾到葛善头上。你回国养病之后，和他联系过吗？"

"没法联系了。"沙婕的脸上浮现出惆怅，"听馆长说，在我住院那段时间，葛善按计划回国。没几天，他的国家发生了政变，他被杀死，他父亲被迫退位。"

"啊？怎么会这样？"

袁枫对政治人物前一秒还在权力巅峰，后一秒就坠入地狱的剧情并不陌生。但是冷不丁听到这样的消息，他仍然感到一阵恐惧，随之而来的，是深深的迷茫。

"如果葛善死了，昨晚的蒙面人会是谁？"他傻傻地看着手里的戒指。

"拦路绑架时，还随身带着这枚戒指，肯定是和葛善关系非常密切的人。"贝利亚推测，"他的亲信？过了六年，这人为什么突然出现？如果说，他们的目标是昭陵六骏……那几匹石马没准真的暗藏玄机。"他问沙婕，"你们这些年，没研究出什么门道？"

"回国后的一年多，我一直在养病，做康复训练。"沙婕不愿意想起那段时光。

醒来后，她感觉四肢都不是自己的了。她用了三个月，才学会拿起筷子。曾经有一阵子，医生认为她需要靠轮椅度过余生。

最终，她熬过来了，站起来了，回到博物馆工作了。这是科学的奇迹，也是她的运气。

因为和UPMA合作的课题发生了太多的不愉快，馆长暂停了昭陵六骏的项目。几年里，大家都不愿意再提起往事。直到今年年初，馆长突然宣布，UPMA同意送二骏回国展出。

"有意思。"贝利亚捧着断臂，"只要你们博物馆的人接触昭陵六骏，就一定会出大事。"

"你们的老大没有提过,为什么要抢走昭陵六骏?"袁枫质问。

"利维坦没细说。"贝利亚坦言,"他只是说,事关数十亿人的性命。我再问,他就不回答了。"

"什么叫数十亿人的性命?"袁枫和沙婕面面相觑。

"利维坦愿意亲自冒险的事,肯定不是小事。"贝利亚说。

"我看不如这样。"袁枫提议,"咱们合作吧。先想办法救出利维坦。"

"怎么救?"沙婕觉得他自不量力,"咱们都成丧家犬了,怎么跟人家斗?现在只知道蒙面人和葛善有关系。"

"刚才说了,蒙面人的目标可能是昭陵六骏。"袁枫揉揉耳朵,"我想对方会联系,要求用六骏交换利维坦。我们到时候给他设个套……"

"别想了。"贝利亚泄气地说,"昭陵六骏不在我们手里。"

"什么意思?"袁枫斜眼看着他。

"我的任务是盯住你们,安排人手接应利维坦。"贝利亚苦恼,"利维坦把六骏藏在了什么地方,我和组织里的其他人,都是两眼一抹黑。如今利维坦在蒙面人手里,只怕六骏早被弄走了。"

"还有这种事?"

急促的刹车声从窗外传来。三个人如惊弓之鸟,缩在窗台下。袁枫探头,看见阳光下银闪闪的两副面具,才放下心来。

普朗克和法拉第还穿着昨夜的衣服。他们跳下一辆吉普车,边走边聊,很轻松的样子。

两人走进屋里,看见灰头土脸、胳膊负伤的同伴,大吃一惊。

"你怎么啦?"法拉第快步上前。

"没看见你们的车,我还以为我们先到了。"普朗克左右张望,"利维坦呢?"

"说来话长。"贝利亚起身。他拉着同伴们走到墙角,嘀咕了一阵子。

"咱们赶紧离开这里吧。"袁枫拽着沙婕站起来,"警察随时会找过来。"

"好,到了安全地点再说。"贝利亚打了个手势。

两个黑客从身后的背包里抽出黑布口袋。袁枫以为,他们是要装走地上的垃圾,没想到三秒钟之后,一只口袋套在了他的头上。

"干什么!"

他挣扎着,被按在地上,双手被扭到身后,绑上胶带。他听到沙婕在尖叫。

说好了合作,又来这一出?这些黑客,怎么说翻脸就翻脸啊!该不会……要把我们打死,弃尸荒野吧?哎!脸好疼……

"别紧张,我不会伤害你们。"贝利亚的声音传来,"但是在到达安全屋之前,还是要委屈两位一下。"

屋外,几只麻雀在枝头跳跃,俯视一群人推推搡搡,挤进一辆车里,朝东北方向驶去。

不久,乌云再也按捺不住糟糕的心情,洒下蒙蒙细雨。

到了下午,雨越下越大。水咕嘟嘟地顶开街上的窨井盖子,四处横流。

雨帘如一道穿不透的屏障,挡住了窗外城市的影子,将一切掩埋在洪亮的哗哗声中。桌上的青瓷茶杯冒出氤氲的热气。崖柏棋盘上纵横交错的金线,在灯下泛着温暖的光晕。

吴谦伸出两根手指,从案头的锦盒里夹起一颗黑子。他思索良久,轻轻地将它点在棋盘一角。这盘棋,他已经琢磨了很久,每走一步,都有力不从心的感觉。

此刻,警方的工作组在楼下的监控室,和保卫处紧急磋商;新闻发布会后不肯离开的媒体,在楼上的会议室,对外宣人员狂轰滥炸。一桩桩、一件件，都令他心绪浮动。

有人敲门，吴谦停下伸向锦盒的手，起身去开门。

他没想到，副馆长杨卉和外事处长周昊会在这个时候出现。他们二人都穿着宽松的休闲服。杨卉的额头贴着纱布。周昊的手上缠着绷带。两人的裤脚和鞋子都被雨水打湿了。

"你们应该多休息几天。"馆长将他们让到沙发边。

"我看了发布会的网络直播。"杨卉慢慢地坐下来，揉了揉受伤的膝盖，"对新安保系统启动招标审计，是市里的意思吗？"

"要平息流言，这是个好办法。"吴谦给他们倒茶。

"等找回六骏，再提审计也不迟。"杨卉接过茶杯，随手放在一旁，"馆长，新系统的项目，是为了您的昭陵六骏展览临时安排的。为了赶时间，新项目在春天就开始招标、施工，但上个月才正式立项。"

她特别给"您的"两个字加了重音，示意吴谦应该领她的人情。

"那是权宜之计。"吴谦坐在写字台后，"但是招投标过程没什么问题，对吧？"

他知道，她的新车，是项目启动后换的。

"我分管馆里的财务和工程项目。"杨卉沉着脸，"因为没有立项，资金都是从其他项目挪过来的。我不知道这算不算'没有问题'。"

"其他项目并没有受影响。"吴谦说，"在得到新的资助后，我们很快把借用的资金归位了。财务处和工程部都有清晰的记录。"

他提醒杨卉只是"借用"，不要小题大做。

"关于这笔资助，您要怎么和上面解释呢？"杨卉依旧满脸阴云，"钱是通过欧洲一家信托公司转过来的。资助人坚持匿名。"

"资助人没什么问题。必要的时候，我会和警方解释。"吴谦语调温和。

"我们的意思是,老师,在这么乱的时候,保持稳定,才是……最重要的。"周昊的语速总比其他人慢半拍,听着让人着急。

他身高刚过一米六,平日里,一张柔和的大圆脸上总挂着微笑,让人想起动画片里的加菲猫。不过今天,周昊看起来像三天没洗脸了,大大的眼袋让他显得憔悴万分。

"上楼前,我接到电话,UPMA 派来协助调查的工作人员,已经出发了。"他几乎一字一顿地说。

"是我国警方通过国际刑警发出的邀请。"吴谦示意他放宽心,"法律上,拳毛䯄和飒露紫是他们的。UPMA 有权了解案件侦办的过程。"

"外国人,可能会……借题发挥。"周昊露出夸张的苦恼模样,"老师,他们会把六年前的事……扯出来的。"

"我们并没有做过什么亏心事。"吴谦听到"六年前"几个字,语气变得生硬。

"警方确定,抢走六骏的是咱们的人。"杨卉接过话,酸溜溜地说,"六年前,我没跟您去国外。但我知道,沙婕当年去交换学习,是您破格批准的。巧得很,她参加了 2027 年的项目。"

"你们想说什么呢?"吴谦用眼睛的余光扫过窗边小桌上的棋局。

下棋的奥义在于,出招前想清楚对手会怎么拆招,最好多想几步。现在他发现,自己还是想得太少。

杨卉的反应在意料之中。这些年,她能稳稳地把控财务和工程这两块"肥田",除了因为有个做过市领导的老父亲,还因为除了杨卉,谁也没法更合理地调配捉襟见肘的银子。

如果不是想把大众的注意力,从昭陵六骏身上暂时引开,吴谦不会在这个时候启动审计。

他需要一段安静的时间,而不是每天被媒体盯着。吴谦思来想去，发现能引起媒体和市井持续关注的消息，自古以来就那么几种。几千年了，街边的建筑在变，身上的衣服在变，人却没怎么变。他们渴望窥探金钱背后的阴谋，这种兴趣，估计在未来也不会改变。

让吴谦没想到的是，周昊会掺和进来。他和张钧同届，是吴谦带起来的研究生。不同的是，周昊对学术的兴趣不大，一毕业就跑到偏远地区挂职，回来之后正式走上仕途。人各有志，没必要勉强，吴谦一直觉得，周昊可以和馆里所有人做朋友，也算本事。但他此刻发觉，这个徒弟的志向，比他想象得要大得多。

"老师，您最喜欢的学生，策划了震惊世界的……大劫案。这事，够咱们喝一壶了。"周昊身体向前倾。

"她还跟黑客组织勾结。"杨卉冷笑着看手机上刚接到的消息，"西安那边对咱们非常不满，已经派律师过来要说法了。"

是你给他们出的主意。吴谦无意戳穿，只想尽快结束这场谈话。

"老师……这个时候，再闹出……负面新闻，咱们不好交代。"周昊用忧虑的语气说，"我刚出院，就有好几家外国媒体来探听消息。他们听说，警方怀疑，博物馆里，还有没被揪出来的……内鬼。"

"等真相浮出水面，这些不负责任的言论，自然就会烟消云散。"吴谦端茶送客，"我看你们的伤还没好，需要出去疗养吗？"他拿起电话，"咱们和海南的疗养中心，刚签了职工休疗的协议，我来安排。"

"您忘了，警方要求博物馆所有工作人员，不得离开本市。"杨卉在周昊的搀扶下站起来，"我们这一走，别给怀疑是潜逃。"

"玩笑开大了。"吴谦替他们开门，"我帮你们叫了辆车，已经到门口了。"

周昊扶着腿脚不便的杨卉出门。馆长办公室的门在他们身后轻轻关上。

"有人在议论，馆长可能要……辞职。"他慢腾腾地说，"唉，我可不想看到，老师晚节不保。"

"闹出这么大的事，总得有人负责。"杨卉伸手按电梯按钮。

审计是突然刺入她心头的刺。馆长需要个人顶雷，引开媒体的视线。于是，她就成了被抛出来的避雷针。可是老吴心里应该明白，就算有人接了雷，电会被导到哪里还不一定呢。杨卉在心里讥讽道。

"如果馆长下野，能接任的，只有您，这个老资格。"周昊换上笑脸，奉承道。

"老资格早不吃香了。"杨卉明白他的心思，"我五十岁了，又是女同志。上面喜欢的，是有能力的年轻人。要做一把手的人嘛，最好有海外经历。你去大英博物馆访学过，对吧？"

"我可不行，这才提上来两年，资历不够。"电梯门"叮"的一声打开，周昊扶着她走进轿厢。

"这个老地方，需要换点新鲜血液啦。"

办公室里，吴谦坐在窗边的小沙发上，抓起几颗白子，听它们落入锦盒时发出的清脆撞击声。

窗外，雨还在下，风卷着水，在街道上扬起一阵阵轻烟。蔷薇斑斓的花瓣被打落一地。

吴谦看着雨幕出神，直到手机铃声响起，打破死一般的沉寂。

"我正想给您打电话。"

他听着电话回到办公桌边，一只手拉开抽屉，将里面的杂物摆在桌面。馆长用力一推抽屉底板，一个三寸见方的暗格露了出来。他从里面取出一只巴掌大小的锦盒，用指尖摩挲着淡绿色的绒面。

"今天不行，我晚上要去探望受伤的外国专家。呃……电话里恐怕不方便说。换个时间吧，我得和您好好聊一聊。"

第五章 前尘祸

第六章
弥天谎

水裹着热气,从头顶冲到脚下,让袁枫感到畅快淋漓。他伸手抹掉脸上的水珠,一不小心碰到伤口结痂的耳朵,带来一阵撕心裂肺的疼痛。晃了晃脑袋,他关上花洒,双手撑着狭小浴房的白瓷砖墙,等待痛感和它激起的恐怖记忆慢慢消失。

袁枫抓起挂在钢架上的棕色浴巾,擦掉身上的水渍,套上不合身的黑色运动衣裤,推开门轴生锈的铁门,走进只够两人并肩而行的走廊。

三天了,他还不清楚自己身在何处,只知道这里是个地堡。因为头戴着布套被拽下车后,他们踩着铁质楼梯,走了好几分钟的下坡路。

一开始,他好奇黑客为何没把他和沙婕锁起来。很快,这个问题就有了答案:他们根本跑不掉。

地堡里到处安装着摄像头和安全门。通道蜿蜒交错,拐错一个弯,就会迷路。于是,袁枫苦思冥想了三天,还是没能琢磨出逃跑的办法。他只能硬着头皮,和黑客们虚与委蛇,自我安慰"大丈夫能屈能伸"。

楼道里灯光昏暗，弥漫着潮湿的寒意。袁枫在第一个路口右转，来到他栖身的小房间。一开门，他看见贝利亚坐在行军床上，一只胳膊用纱布挂在胸前。现在已经知道，他叫何诚。这肯定不是真名，但是叫起来总算比较顺口。

"孙冲发现了一些线索。"黑客站起来，"我想你们会有兴趣。"

他说的是"法拉第"。

袁枫跟着何诚离开斗室，在狭窄的通道中穿梭。他努力记住每一次转弯，随即发现这是徒劳的。他确定，何诚在故意带着自己兜圈子，而且中间通过的几扇门，都需要指纹密码。

三四分钟后，他们推开一扇对开的密码门，走进目的地——中控机房。在面积不过四五十平方米的房间里，三面两米多高的墙上镶满一块块LED屏。屏幕上闪着不同的画面。墙边围成一圈的十几台计算机，运行着各种各样的数据。

袁枫看见沙婕坐在一把高脚椅上，和身形瘦高的付培——也就是"普朗克"——聊着什么。因为没有找到适合她身材的衣服，沙婕只能凑合套上一身肥大的运动衣，把袖子和裤腿卷起好几层，看着像西点店里的面包卷。

见他们进门，她跳下椅子，迎上前。付培低头和何诚嘀咕了几句，提着个小盒子离开了机房。

"你找到什么了？"袁枫径直走到面壁而立的孙冲身边，没有回应沙婕的问候。

她想说点什么，但看看围过来的黑客们，把话咽了回去。

"找到了可能的对手。"孙冲划了一下手中的平板，推了几张照片到墙上的大屏幕上。不知道是不是近视的缘故，他看东西时总喜欢眯着丹凤眼，给人一种目光迷离的错觉。

照片是在不同季节拍摄的，画面中间都是一个女人。她三十到四十岁之间的年纪,脸色可以用苍白来形容,浓眉凤眼之间流露出端庄和些许冷酷。

居然是她!几天前的一幕又浮现在袁枫的眼前。他忍不住惊呼,引来其他人的目光。

"你认识她吗?"何诚警惕地问。

"仿生人闯入博物馆的第二天,我见过她。"袁枫强压着满腹疑云,简单给他们讲了事情的经过。

"你之前没提过。"沙婕像入定一般,凝视着屏幕上的人像。

"我们从那天一早离开家,到被他们带来这里,完全没时间交流各自的见闻。"袁枫问孙冲这女人是谁,为何被称为"可能的对手"。

"她是迭戈科里亚现在的当权者,洛希娜女王。"黑客又推上几张合影照片,扭头问沙婕,"这就是你的老相识吧?"

照片中的葛善,是她记忆中的模样。他穿着三件套西装,给她恍如隔世的感觉。DKR……迭戈科里亚!馆长行事历上的字符,原来是这个意思。沙婕暗暗骂自己脑子短路了,居然连这一层都没想到。

"洛希娜是葛善的姐姐。"孙冲摆手阻止袁枫发问,"她也是文史博物馆的资助人之一。"

"你搞错了。"沙婕摇头,"我在博物馆工作好几年,知道所有的赞助人。我从没听说过这个名字。"

"我们的人不会搞错。"何诚的大鼻子耸动一下,露出玩味的表情。

"她资助了哪些项目?"沙婕不能不好奇。

"女王的捐款,是通过欧洲一家信托,匿名转到博物馆的。"孙冲调出一些中外文书写的表格,"这笔钱,被用来购买最新的安保系统。"

新安保系统，是为了这次六骏的展出购置的。难怪女王会受邀出席开展仪式。袁枫心里敞亮了点。他推开屏幕上挡着照片的电子账本。没想到，迭戈科里亚的王室和博物馆之间，还有这么一层关系。

"迭戈科里亚人对昭陵六骏的兴趣，有点不正常哎。"何诚喃喃自语。

"劫走利维坦的人，可能是洛希娜派出的。"袁枫从口袋里掏出绿宝石戒指，"葛善死了，他的戒指应该在往日的亲信手中。他的亲信继续跟随他姐姐，合情合理。"

"不可能。"孙冲的目光移向何诚。

后者眨了几下眼睛，不知道是什么暗号。

"葛善和他姐姐的关系，没那么好。"孙冲推出五六篇各种语言的新闻报道，启动翻译程序。

新闻上的异国文字融化掉，中文像浮出水面似的，由浅变深。

"六年前的政变，是洛希娜一手策划的。你们自己看吧。"何诚后退几步，走到咖啡桌边，单手给自己倒了杯热咖啡。

袁枫读了所有报道，迅速在脑中理出个大概。

……

2027年9月20日清晨，葛善亲王的私人飞机从毛利特里斯起飞。几小时后，专机降落在迭戈科里亚首都平罗港的机场。那天，机场破天荒实施戒严，不允许其他客机降落。葛善的飞机落地后，直接开进了机库。三十分钟后，亲王和随行人员坐着一辆加长轿车，在军警的拱卫下离开。

奇怪的是，车队并没有去位于平罗港东部的葛善府邸，而是去了王宫。

当天下午开始，王宫周围的道路全部封闭，由全副武装的军队把守。有媒体人看到，内阁和军队高官频繁出入宫中。

两天后，王室的发言人沉痛宣告，葛善亲王因为突发急病逝世。

消息一出，震惊全国。傍晚时分，葛善的支持者开始向王宫周围聚集。他们坚信，亲王的死是一个阴谋。这些人把矛头直指和葛善关系紧张，身为王国外交部长的公主洛希娜。

请愿很快发展成骚乱。9月24日凌晨时分，国王宣布迭戈科里亚进入紧急状态。政府中葛善的支持者们趁机发难，要求改组内阁。

让他们没想到的是，几小时后，事情就发生了惊人的逆转。9月24日中午，大批军队开入平罗港，以迅雷不及掩耳之势，扫荡被定义为"叛国者"的暴民。

9月27日清晨，首都恢复了往日的平静。国王发表电视讲话，谴责针对"国家和人民"的暴乱，宣布解除紧急状态，并且改组内阁。履新的官员中，大部分是洛希娜的支持者。

一周之后，王室为葛善举办了隆重的葬礼。

又过了一个月，国王宣布自己身体不好，决心禅位于长女。

洛希娜戴上了黄金镶嵌绿宝石的王冠，宣布迭戈科里亚要进行改革。她主张引进外资，为人民减税，并提供更好的医疗和教育资源。同时，女王宣布，她的国家要更积极地参与国际事务。

迭戈科里亚举国欢腾，仿佛几十天前的流血惨剧根本就没发生过。

……

"民众只要能过上稳定富足的日子，就不会在意谁是国王。"孙冲继续往屏幕上推送翻译好的新闻网页。

一些流亡海外的葛善支持者坚持认为，亲王的死，是洛希娜的阴谋。她在控制和杀死弟弟后，借机煽动葛善的支持者闹事。随后，她以平叛为借口，彻底拿下军队的控制权，清除异己之后，再迫使父亲退位。

"玄武门之变。"沙婕轻声说。

馆长不止一次告诉她，当一个人足够了解历史，就不会对当代发生的任何事感到惊讶。

"从执政成绩单看，女王还不错嘛。"袁枫用手指按着屏幕，放大几篇报道，"国际社会对她的评价，高于过分保守的太上王。"

他对这个看起来冷冰冰的女当权者，更加好奇了。

"你再仔细看。"何诚拉过来两篇新闻，"舆论普遍认为，洛希娜能够成功发动政变，是提前争取到了大国的支持。"

"迭戈科里亚国家虽小，人口不过两百万，但周边海域有着丰富的矿产资源。"孙冲说，"尤其是，他们控制着大量的柯坦铁矿，那可是生产计算机、手机不可或缺的原料。洛希娜的开放政策，据说是给大国们的回报。这个女人的手段，厉害得很。她在上台前，就得到了底层民众的拥护，好多国民把她的画像挂在家中呢。"

"什么年代了。"沙婕嗤之以鼻，"看新闻，迭戈科里亚正积极和中国接触，准备建交。按理说，王室资助咱们的博物馆，是应该大书特书的。女王却选择匿名给钱。她是要隐藏什么呢？"

"你看这里。"袁枫踮起脚尖，把高处的一张照片拖下来，放大。

照片上，洛希娜头戴王冠，披着白底绿花刺绣的丝绸大氅。她一手握着权杖，一手抱着宪法。看样子，应该是女王在加冕典礼上发表演说。

吸引袁枫目光的，是她挂在胸前的一块金质圆牌。

牌子的外圈，用小颗粒的绿宝石镶嵌出海浪似的一圈纹饰，中间的位置横着两个连接在一起的金色圆圈，很像一个躺下的8字。在两个大圆圈衔接的位置，还套着一个小圆，中心镶了一颗黄豆大小的圆形绿宝石。

"这牌子是干什么用的？"他问孙冲，"乍看好像洛希娜得了奥运会冠军似的。"

"这是国王的徽章。"黑客眯起眼睛，调出几张类似的图片，

第六章 弥天谎　　145

"看，国王出席重要场合，都要戴这个金牌。"

"沙婕，你那天在仿生人手上看到的，应该是它吧。"袁枫扭头，问一脸不自在的同伴，"你没有把图案画全。"

"我只是瞥了一眼，可能记错了。"沙婕犹豫道。

"宁嬷当时说，放出怪物的人在它手上留下印记，是为了嫁祸。"袁枫把照片推到一边，"从洛希娜和馆长的交谈中可知，警方已经找她谈过了。"

"是葛善的人放出了仿生人？"沙婕歪着头，"不会吧……这种嫁祸太小儿科，警察一下子就能看穿。洛希娜得到消息，马上就能想到是什么人干的。他们等于暴露了自己。"

"但除了葛善的人，没有谁会设法搞破坏，然后嫁祸给他姐姐。"袁枫想起那天晚上古籍库房里的一幕，"对了，馆长说过，怪物翻看过馆藏的西域古书。"

"别逗了，那些古书没几个人能看懂。它看个鬼啊。"沙婕根本不信。

"馆长不会骗我。"袁枫力争，"它就是动过古籍！是什么葱岭上一个国家，呃……叫什么来着？唉，想不起来了。"他在机房里转了好几圈，兴奋地打了个响指，"对啊，洛希娜一定很了解她弟弟。她应该知道蒙面人是谁。"

"你要给她打个电话，问一问吗？"何诚翻白眼。

"迭戈科里亚和我国还没建交，所以没有使领馆，对吧？"袁枫兴冲冲地问他。

"你要干什么？"

"想进入使领馆太难。但女王如果下榻在某个高级酒店之类的地方，我们还是有机会的。"

"挨枪子的机会。"黑客嗤笑，"你以为人家王室的卫队是吃素的？"

"有一个人能帮我们。"袁枫拍手,"吴馆长!有他帮忙引荐,女王不至于不给面子。"

"你几天没吃药了啊?"何诚大笑,"你们抢走六骏,等于砸了馆长的饭碗。他见到你,不咬死你才怪。"

"昭陵六骏是我的筹码。"袁枫不理会他的嘲讽,"只有找到蒙面人,救出利维坦,才能寻回丢失的石骏。就凭这一点,我认为馆长肯定会有兴趣。"

"他说的有道理。"孙冲对二当家说,"大不了谈条件,把昭陵六骏还给博物馆。对咱们来说,利维坦最要紧。"

"这么说……也是可以的。"何诚思索片刻,拍拍同伴的肩膀,"现在,吴教授在什么地方?"

孙冲换了台计算机,打开定位程序,被沙婕叫住。

"不用那么费劲。"她告诉众人,"馆长喜欢安静地看书。所以,他每天都是晚上九点后回家。他夫人是昆曲演员,晚上喜欢在家里看演出的直播。"

"那我们现在去博物馆,能见到馆长。"袁枫请何诚送他们进城。

"你们进去,就出不来了。"孙冲关上一个程序窗口,"博物馆周围有两架无人机,还能探测到好几处未知信号源。警方在周围早就支好了口袋,等着你们往里跳呢。"

"你可不可以……"

"我不能再冒着暴露自己位置的风险,去黑警方的设备。"孙冲用不容商量的语气说,"一旦发现设备失控,警察立刻就会派人包围搜索。你们根本跑不掉。"

"这样吧,咱们把教授请出来,找个安全的地方详谈。"何诚拿起放在桌上的平板。

"你要干什么?"沙婕看他笑嘻嘻的表情,觉得不对劲。

"送他俩回去休息。"何诚头也不抬地吩咐道。

"你到底……"

"别啰里啰唆，跟更年期似的。"孙冲推了一下沙婕的后背。

袁枫跟着他们走出机房。

这条路和刚才来时不同。袁枫走在幽暗的通道中，看着头顶和墙上时不时冒出来的管线。黑客是故意为之。说是合作，其实他们之间，只能算相互利用。于是，相互提防在所难免。

信任，永远是人和人之间最稀缺的情感之一。不要说两三天前还剑拔弩张的两伙人，就算是每天都在身边的人，也未必能给彼此真的信任。袁枫盯着前方不远处，沙婕的后脑勺。

这三天，他们没有私下交流过，因为担心无处不在的摄像头，也因为不知道该说什么好。有几次，沙婕来敲门，他都借口头疼，没有开门。

空气中飘来熟悉的潮湿味道，还有沐浴露的甜味，前面就是浴室了。

"到了。"孙冲扭头，快步穿过袁枫身后两三米外的一扇门。

唰的一声，门关上了，将袁枫和沙婕隔离在昏暗的通道中。袁枫像要逃跑似的迈开腿，却被她死死地抓住了胳膊。

"你没必要这样。"她抬头看着他的眼睛，"我不是有意要瞒着你。葛善的事，我对馆长和张钧老师都没提过。"

袁枫轻轻地推开她的手。

"2027年，你我认识不过一两个月，你自然不可能对我提那么要命的事。不过沙婕，我一直觉得，这些年，咱们算是朋友。"

"咱们当然是好朋友。"沙婕眼睛里溢出一些亮闪闪的东西。

"那你为什么从来没告诉过我，我该知道的事呢？"袁枫面无表情，心里其实是五味杂陈，"沙婕，你和宁嫣的目的，根本就不是让国宝回家。你想搞清楚的，是当年葛善留下的谜。"

"我们当然想让六骏留在故土。只有把六骏留下,才能慢慢研究……"

"笑话!真要搞研究,你比得了馆长吗?"袁枫听着她窘迫的解释,有点生气了,"你只要把前因后果和盘托出,馆长自然会想出办法。但你没有说!因为你并不信任他和你们的团队。你怕他们之中,有亲王的同谋。"

"我没……"

"我可没拿过任何人的资助。"袁枫的语气中带着怒意,"你的计划有我一份。我认为,我应该有知情权!沙婕,你和宁嫣都心知肚明,为什么偏偏要瞒着我呢?"

"袁枫你听我说。"沙婕伸手,被他后退一步躲开,"我没说实话,是我不对。我只是……哎,怎么说呢?"她露出哀伤的神色。

"你可千万别说,不告诉我,是为我好。"袁枫觉得脑浆要沸腾了,手脚却冷冰冰的。

他知道,在这里翻旧账,有无理取闹的嫌疑。可他就是忍不住,想把委屈和苦闷,统统倒出来。被追捕,被黑客欺负,他都能忍受,但想到一直被他最相信的人蒙在鼓里,袁枫就觉得气不打一处来。

"不,我只是把事情想得太简单。"沙婕双手抱着头,"我只想着,先把昭陵六骏扣下,等过一阵子交给国家后,再找机会给馆长报信。我没对你说,是怕你多想。"

"你不说,我现在想得更多!"

"我没料到,事情会变得这么糟糕。"沙婕眼泪汪汪,"我自以为是,把事情搞砸。如果当时知难而退,停止计划,这些可怕的事都不会发生。"

说罢,她蹲在地上呜呜地哭了起来。

沙婕的解释,并不能消解郁结在袁枫心头的怨气。但他看着她困顿的样子,忍不住心疼。理智告诉他,继续纠缠下去,哪怕赢了这场争论，也只能让境遇雪上加霜。

他伸手把她拉起来。

或许她说的都是真的，至少从她的表情看，像是肺腑之言。可是，她越真诚，袁枫就越难受。他心里小小的声音在说：她需要的，只是一个不会出卖她的技术支持。

袁枫很想问，我对于你来说，到底算什么？但此时此地，这是个最不合时宜的问题。而且他知道，不论沙婕怎么回答，听起来总会带上虚情假意的色彩。

他默不作声地伸手，用袖子擦掉她脸上的泪痕，转身绕过通道拐角，逃进房间。

沙婕听见房门关上的声音，站在阴冷的通道中，停止抽泣。

她可以感觉到，袁枫失望透顶的情绪。也许真的应该早点告诉他。不，不行，以袁枫的性格，一旦知道过去发生的事，他肯定会起疑，会打退堂鼓。唉，怎么才能让他相信自己的一片苦心呢？

城市里的夜晚，气温几乎降到冰点。墨蓝色的天空，秋月如玉，雨后的街面反射着路灯的金色光华。一地残花在寒露的浸润下，释放出最后一缕冰冷的馨香。

晚上九点二十分，吴谦提着手提包，走出文史博物馆的大门。他系好防雨风衣的扣子，钻进无人出租车。

车子启动，在宽阔的街道上奔驰。

车厢里，馆长坐在自发热后座上，听着钢琴曲，闭目养神。

迷迷糊糊过了好一阵子，车身一阵轻微的颠簸。车厢里陷入一片寂静。

馆长睁开眼睛，惊讶地发现，车窗外已经看不到高楼大厦的影子，只有一条大河在月光下静静地流淌。他慌忙拿出手机，想定位自己的位置，却发现它像块砖头似的，怎么按都没反应。

车轮沙沙地碾压过河滩上的碎石，沿着河流，往下游又开了十来公里的样子，停在一片开阔地上。

馆长试着拉把手，但门被锁死了，打不开。

两三分钟后，车灯从他身后射来。吴谦回头看，被晃得睁不开眼，只能辨认出那是一辆吉普车。几个人影下了车。走在前面的一高一矮两人，被布袋套着头。催促着他们往前走的人，穿着一身几乎隐没在夜色中的黑衣，一只胳膊用绷带挂在胸前。他的上半张脸被金色面具遮住，看不到样貌。

咔，出租车门上的锁落下。车门开了。

吴谦咽了口唾沫，抱着手提包下车。他朝着来人的方向走了两三米，见对方停住脚步，也立刻站定。

这时，他身后的出租车自动关上车门，原地掉头开上来时的路，很快消失在黑暗中。

戴金色面具的人靠近头戴布套的二人，在他们耳边说了几句什么。他抬手扯掉布套，后退几米，回到吉普车边。

吴谦看到沙婕揉揉眼睛，目光呆滞地面朝自己。站在她身边的青年，因为没穿保安制服，一时间竟然有点眼生。

馆长能想到，把他弄到这里来的是错觉方程式。沙婕真的和他们是一伙儿的？但看眼前的情形，又不太像。

"馆长，对不起。"沙婕小心翼翼地往前挪了一步。

"沙婕，你为什么要抢走昭陵六骏？那些黑客和你是什么关系？还有你。"吴谦指着袁枫，"我不管你叫袁枫还是王炜，你的目的是什么？"

"对不起，馆长。"袁枫鞠躬致歉，"很抱歉，让您受到了伤害。"

"坟头烧报纸，你们糊弄鬼呢！"吴谦不吃这一套，"我不知道你怎么能说服沙婕，让她和你一起疯。你……你简直……"馆长气得脸色铁青。

"馆长，抢走六骏是我的主意。袁枫是被我拉下水的。"沙婕举起双手。

难以想象的震惊，让吴谦差点吐出一口老血。

"我不知道该怎么和您解释。"沙婕看一眼袁枫。

"你最好从头说起。"袁枫对她说，"拣重要的说。在馆长家人发现他失踪，并且报警前，我们还有点时间。"

他抬头看月亮。感谢大雨，让满天星斗清晰可辨。星星和大河的流向告诉他，这里是城市的东北方。

天真冷啊，袁枫缩着脖子，把双手插在运动裤的口袋里。他听沙婕说着过去和现在，说着他们这几天的遭遇。不多时，他从裤袋里抽出手。什么东西被带了出来，掉在地上。袁枫挪了下脚，用力将它踩进沙土里。

他的心在狂跳。还好，没被发现。唉，那些泰山崩于前而不变色的人，心血管是不是比平常人都粗啊！

前天吃午饭时，袁枫留下半杯没喝完的饮料。他想要的不是难喝的糖水，而是那一小截吸管。

卫生间和浴室里没有摄像头。趁着洗澡的工夫，他把一些东西塞进了吸管里。这两天，他一直偷偷把吸管带在身上，等着离开地堡的机会。

袁枫知道，馆长不可能因为他们的几句话就抛弃前嫌，帮他们去查蒙面人。但是会面后，馆长一定会向警方汇报。警察要找到这个河滩，并不难。

但愿他们会仔细搜索，袁枫在心里祈祷。

馆长听完沙婕的话，停了一小会儿才开口。

"沙婕啊，你说的这些，都是主观的感觉。"馆长忧虑地看着她，"你到底是怎么了？葛善已经死了六年啦。到现在为止，没证据能证明他做过什么。倒是你们，抢走昭陵六骏，不论出于什么理由，都是不可原谅的！你懂吗？"

"我想抢到六骏，也不全是因为葛善的事。"沙婕辩白，"一百多年了，我们想要回自己的文物，这有什么错？"

"取之有道啊，孩子。"馆长一声哀叹，"因为你们的冲动，昭陵六骏下落不明。就算日后能把它们安全地找回来，我们在和外国人谈判时，还是会失去重要的筹码。"

"我错了。"沙婕作揖，"我想改正错误，所以才来求您帮忙。"

"我帮不了你们。"馆长毅然决然地说，"你们认为，劫走黑客头头的人，和洛希娜女王有关系，简直是荒唐！"

"我们没怀疑女王，只是觉得，她可能知道一些内情。"

沙婕从馆长的态度和措辞中可以知道，他和迭戈科里亚的当权者的关系，肯定不一般。她每天都和馆长相处，却一直没发现端倪，真是太大意了。

"洛希娜女王出钱，给展览买了新的安保系统。这说明她和她弟弟一样，对昭陵六骏感兴趣。所以我们觉得，她会帮忙。"袁枫插嘴。

"你们不要再瞎猜了！"馆长气得发抖，"女王的捐款，和昭陵六骏毫无关系！她是两年前通过私人关系联络的我。她父亲当时中风了，在疗养。老国王一直想搞清楚他们家族的历史，女王托我做一些研究。因为是私人事务，女王动用了在欧洲的一笔信托。"

他打开手提包，取出一只绿色的绒面锦盒，递给沙婕。

"你自己看看，这就是所谓的大秘密。"

盒子里装着一只巴掌大小的玉人。她体态圆润丰满，头上顶着双环高髻，上身赤裸，只以飘逸的丝带和颈间层叠的项链遮挡身体，下身穿着肥大的筒灯笼裤，裤脚好像被风吹起，露出形状逼真的赤足。玉人手执琵琶，举于身后头顶，手指翘起，做出在弹奏华章、且歌且舞的姿态。

"这是伎乐天啊！和田白玉？"沙婕的眼睛瞪得像看见鸟儿的猫。

"这玉飞天，是迭戈科里亚王室的私藏之一。"馆长说，"它和盛唐时代的伎乐天形象相似，材料和刀工也符合盛唐特征。"

"所以迭戈科里亚人在盛唐时期，就和中国有接触。"

"根据女王提供的一些文物，可以初步判断，迭戈科里亚王族大约是唐玄宗晚期，从海上丝绸之路移民过去的。至于他们迁移的原因，以及原籍在哪里，还需要做更多的研究。"

"匿名捐款是用来做这个研究的？"沙婕失落万分。

"一部分是。"馆长谨慎地回应，"女王对我的结论很满意，希望我能继续研究。她知道，我特别想请流失海外的二骏回国展览，于是设法说服了UPMA。"

"她是怎么让UPMA同意借展的？"袁枫吃惊。

"女王一直是UPMA重要的资助人之一。"吴谦说，"她曾经在那边留学，在著名的沃德商学院拿到过MBA学位。沃德商学院和UPMA有比较深的渊源。"

呵呵，号称什么都能查到的黑客，竟然忽略了这个细节？袁枫心想，还是他们故意隐瞒了什么？

"鉴于我们的安保设备有点落后了，女王捐了一些钱，帮我们更新。"吴谦没注意到袁枫的走神，"因为如果昭陵六骏出了问题，她这个保人会很没面子。"

"女王本人没有想过，要研究昭陵六骏吗？"袁枫向馆长确认。

"没有。"吴谦果断地回答，"你该不会真以为，昭陵石马是藏宝图，可以告诉你一笔巨大宝藏的下落？"

您这态度，明显是在说谎啊。袁枫决心抛出"炸弹"试一试。

"除了逝去的葛善亲王，我发现，还有一个人，对昭陵六骏有执念。"

"谁？"

"馆长您。"

黑客曾经说过，只要文史博物馆的人接触昭陵六骏，就一定会出事。仔细看，六年前和现在，出事的原因不在于文史博物馆，而在吴谦身上：葛善是他招来的投资人；葛善的姐姐，和他有不为人知的私交；昭陵六骏在文史博物馆的世纪展出，是他精心策划的。

在博物馆"打工"的这几个月，袁枫听到不少风言风语。流落海外的文物成千上万，昭陵六骏不是最值钱的，也不是最有研究价值的，可馆长偏偏对它们情有独钟。

六骏之二在国外，其他四匹在西安，原本和文史博物馆毫无关系。要促成展出，不仅要对外国合作方低三下四，还得和西安同行反复商谈。

有人说，馆长是为了高升一步，才要做一番"大事情"。然而袁枫很清楚，五十五岁的年纪，早就没有了"高升"的条件。馆长不可能为了所谓前途，做一些匪夷所思的事。老先生盯着六骏不放，肯定有其他理由。

糟糕，被他看穿了……吴谦心里一阵躁动。他故意抬头做思考状，想着该如何应付过去。

星空真美啊，和三十年前几乎一模一样。

……

那是2003年的中秋节，二十五岁的吴谦，刚拿到博士生的录取通知。他和教研室的师兄弟们聚集一堂，准备了葡萄酒、月饼和各自的家乡小吃，请老师一起来赏月。

酒过三巡，喝得满脸通红的大师兄随手打开电视，说看看晚间新闻。吴谦没有想到，这个不经大脑的举动，竟然会改变自己的后半生。

美丽又严肃的播音员在播报一条考古发现：西安的专家，在礼泉县九嵕山昭陵的庑殿内，挖掘出了一些石马的残块肢体。石雕上的线条清晰，甚至可以看出马的腿毛。可以断定，它们是在刚雕琢完不久后，就被打碎埋葬的。

考古学家发现，一部分新出土的石雕残块，居然和收藏于西安的昭陵四骏的局部完全吻合。另有几块石雕，找不到匹配的原型。据猜测，可能要到流失海外的拳毛䯄和飒露紫身上，去找答案。

所以，他们推测，留存于世的昭陵六骏，并不是最初的版本。初版应该是在雕刻完成后，很快就被废弃埋葬。

至于是什么人，在什么时间，出于什么原因，做了这样的决定，由于没有文献记载，专家不敢妄言。而且，挖掘出来的石块，并不能拼出完整的六骏形状。于是，六骏是整体重做了，还是局部加以改变，还无法说清楚。

"昭陵六骏竟然有过不同的版本！"

"可惜，被文物贩子抢走了两匹，卖到国外。不知道还能不能要回来。"

学生们七嘴八舌。

吴谦刚刚加入小团队，不好意思发表意见，只能默默地听着。他发现，老师的脸色格外落寞，嘴边浮着一丝苦笑。

"你们不知道，很多年前，海外那两骏差点就回归祖国了。"年近六十的老先生开口，语气中浸透了伤感。

1986年的夏天，通过一些知名考古学者的斡旋，外国方面曾经同意，将拳毛䯄和飒露紫"有条件地"还给中国。条件就是，需要用几件同等重量级的文物交换。

得到这个消息，国内业界欢欣鼓舞。西安精心挑选了两尊佛教造像，准备交换。那两尊造像，都是国宝级别的文物精品。对方接到消息，表示认可中方的诚意。

不料，就在这个节骨眼上，对方负责人突然收到了一封朋友来信。发信人提到,自己刚刚从中国访学归来,在西安参观博物馆时,发现昭陵六骏的解说牌上写着:"飒露紫和拳毛䯄被帝国主义盗走。"

发信人质问朋友,此言是否属实。信中写道"我为这样的行为感到羞耻万分。如果这是真的,请立刻将文物无条件地还给中国。如果有什么误会,也请和中国沟通,请他们停止这种谴责。"

对方非常气愤。他们专门派人,拿着当年购买二骏的票据,来中国要说法。中方为了不再节外生枝,只能将解说牌改为"流失海外"。但是,交换二骏的事,因此搁浅。

"写信的人是不是闲的!"

"对啊,没事找事。我看他是故意想把事情搅黄。"

"写信的人我认识。"老师制止了学生们的谩骂,"我在国外访学时,得到了人家的照顾。所以他来中国时,我全程陪同,包括带他去看了昭陵四骏。哎……"

"老师,您没对他解释清楚吗?"学生们窘迫万分,不知道该说什么了。

"我真不知道,他会义愤填膺地写那封信。"老师一脸忧伤,"等我得到消息,早就不能挽回了。"他摆摆手,阻止学生们的劝慰,"我有生之年最大的愿望,就是看到昭陵六骏在家乡团聚。想来,是不可能实现了。你们还年轻,也许能等到那一天。唉!"

……

三十年就这样过去了啊,吴谦的眼睛悄悄湿了。

星空还是那个星空,可当年坐在一起的人,早就天人两隔。老师不在了。去年大师兄因病离去。

吴谦知道,在很多人心里,他处心积虑邀请六骏来展览,是为了给自己的职业生涯添上光彩的一笔。但其实,他不过是想弥补,老师念叨了三十年的遗憾。谁知道,一石激起千层浪,六骏竟然被他的得意门生抢走,还牵扯出一堆他不曾想到的恩怨。如此种种,让吴谦陷入茫然、疑惑和深深的不安。

他本想在促成六骏展出后,约同门一聚。可现在,吴谦开始怀疑,自己是否能看到那一天。

"馆长您没事吧?"沙婕见老先生沉默半晌,有点害怕。

"你们啊,什么都不明白。"馆长停止了冥想,收起沙婕还给他的玉飞天。

"所以我们才需要您帮忙。"

袁枫没得到想要的答案,但馆长的表现已经说明了一切——这里面肯定有事。

"我帮不了你们。"馆长摇头,"且不说你们刚才所言真假各有多少,就算都是真的,你们捅出了天大的篓子,竟然还不知进退。我帮你们,就等于继续把你们往火坑里推。"

他的语气,让袁枫想起中学时,曾经没收自己漫画的教务主任。

"馆长……"沙婕一脸苦相。

"沙婕,我知道你现在身不由己。"馆长不给她开口的机会,"但继续和这种人混在一起,只能让你越陷越深。"

"我错了。"沙婕除了认错,无话可说。

"那么,能请您把这个还给女王吗?"袁枫掏出绿宝石戒指,"这是葛善亲王的遗物,交给他姐姐最合适。"

"这个嘛……"馆长接过戒指,像看炸弹一样仔细端详,思考这其中是否有诈。

"如果女王知道,这戒指在亲王死后,可能落在谁的手里,请她一定告知警方。"袁枫亮出最后的王牌,"找到那个人,就可以找到昭陵六骏。"

"好吧,我一定转交。"馆长的语气有所松动。

"我们该走了。"戴着金色面具的人从车边走过来。

他毫不客气地将两个布袋套在沙婕和袁枫的脑袋上,把一张字条塞到瑟瑟发抖的吴谦手中。

"您夫人刚刚报警了,教授。如果您那国王朋友愿意合作,可以给这个邮箱发消息。"

面具人拉着头戴布套的二人往回走,把他们推进车里。

吴谦看着吉普车远去。他站在一片漆黑中,身上一阵阵发冷,心里一阵阵地发慌……

不一会儿,手机铃声在口袋里响起。他心里一惊,犹豫了片刻,才接通电话。

"您跑到哪里去了?"电话那一头传来急促的询问。

"我知道家里报警了。"吴谦跺跺冻得发麻的脚,"你赶紧解释一下,就说我和你在一起,手机没开机。"

"这可……"

"总之你先编个说辞,安抚下家里。千万不要让警方介入!"

"好……"对方不情愿地回答。

"我把定位发给你。你找个车过来接我。最好你自己过来!嗯,见面再说。"

冰冷的河水奔涌向前,潺潺之音带走岸边的悲欢离合。

太阳爬上树梢,用它的光芒拥抱高楼大厦,还有换上厚外套的人们。再过几天就是国庆节,大街小巷已经挂起了鲜艳的彩灯。

然而在郊外,地下六七米深的地方,没人能感受到遥远的节日气氛。地堡曲折幽暗的通道中,只有日复一日的空气清洁剂味道,和机器微弱的蜂鸣声。

何诚打着哈欠走进中控室,给自己倒了杯咖啡。他凌晨三点才睡下,不到五个小时就被叫起来,加上胳膊的伤还没痊愈,一副萎靡不振的样子。

"付培五分钟前通报,他们马上就到。"孙冲敲击键盘,"你

第六章 弥天谎　159

先看看这个。我两分钟前收到的。"他点开一封电子邮件的附件,播放视频。

镜头里,一个三十来岁的男人坐在一把木椅上。他胡子拉碴,一只眼睛肿起来,嘴角有干涸的血迹,身上的灰色T恤亦是血迹斑斑。

"利维坦!"何诚马上精神了。

孙冲按了一下他的肩,示意他继续看视频。

"明天晚上七点半,南城十里台花卉基地。带上'潘多拉',在A区四号花房,多肉种植区交换人质。"

视频里,利维坦一字一顿地说完这段话,画面定格,随后变成一片漆黑。

看追踪结果,视频是用城西一家图书馆的公用计算机发出来的。馆内的摄像头拍到,操作电脑的是一个穿着套头毛衣、神色紧张的中年男性。

"利维坦刚刚说的'潘多拉'是什么?"孙冲问。

"等付培他们过来,再商量怎么救利维坦。"何诚没正面回答,"吴教授那边,有什么新消息吗?"

昨晚,他一直在监视吴谦的动静。

馆长夫人报警后不到半小时,他本人便联络警方,说自己只是压力太大,想去郊外散散心。馆长说,为了不被打扰,他关了手机,很抱歉一不留神忘了时间,害得大家担心。

警方肯定不相信馆长的说辞,但没法继续深究。

凌晨两点多,吴谦将手机恢复了出厂设置。黑客趁他叫车时,偷偷下载的监听软件失效了。

"这老先生,猫腻多着呢。"孙冲给何诚看他的发现,"手机信号恢复后,他接到两个电话。第二个是他夫人的。第一个联络教授的,就是开车去接他的人——他的外甥沈湘如。"

"这人什么来路？"何诚放下咖啡杯。

"我发现了金矿。"孙冲打开几个网页，眼睛笑成了一条缝儿。

沈湘如是吴谦太太的大姐的独子，今年四十岁。他在沃德商学院拿到MBA学位后，进入一家世界一流的船运公司就职。四年前，他升任印度洋事业群副总监后，他的公司就一步步垄断了印度洋上几个国家的船运业，其中包括迭戈科里亚。

"沈湘如和洛希娜女王是同届的同学，私交密切。"孙冲调出几张八卦网站的照片，"有谣言说，他是女王的情人。"

"只是谣言？"

"女王的丈夫可是军方首脑。乱说话的人，会被拉出去乱枪打死哟。"

两个人意味深长地相视微笑。

"吴馆长不仅瞒过了警方，还对家里人说了谎。他一定在和外甥密谋什么。"何诚思考。

自从利维坦决定要拿下昭陵六骏，事情的走向永远和他预料中的大相径庭。他猜不出，绕着那几匹唐代石马，还会发生多少古怪离奇的事件。

"昨晚，沈湘如送老先生到家后，坐了不到十分钟就离开了。"孙冲调出几张监控的截图。

"警察要上门，他怕被盘查。"

"对，今天一早，他再次登门拜访。二十分钟前，吴教授和他一起出门。上车后，教授给他最亲近的学生——科研处长张钧打了个电话。十分钟前，张钧买了去西安的高铁票。"

"这老先生在干什么？"何诚越发疑惑，"他和外甥一早出门，要去哪里？"

"他们还在路上。"孙冲给自己的马克杯里加了一些热咖啡，吃了一块百吉饼，"其实我能猜个八九不离十。沈湘如在西郊有一套小别墅，买了两年没有住过。但最近这一个月，别墅的用电量猛增。"

"女王驾临他的别墅？"何诚觉得不靠谱，"民宅的安保措施，怕是不够。"

"人家有卫队守着呢。"孙冲拿起第二块百吉饼，"洛希娜虽说是一国元首，毕竟是小国嘛，没多少敌人。而且沈湘如很有钱。他的别墅里，安保措施不比一些小国的王宫差。"

说话间，他们身后的门打开了，付培带着两个男人走进来。

他们都很高大，都戴着金黄色的面具。额头镶嵌蓝色宝石的那位，留着一头金色短发，面具的金色眼眶中露出漂亮的蓝眼睛。额头镶嵌绿宝石的男子，皮肤黑得发亮，卷曲的黑发紧贴头皮。两人都背着大号旅行包，耳朵里塞着翻译器。延伸到他们嘴边的智能麦克风，可以把他们说的话，准确翻译成中文。

"路西法、撒旦，你们总算是来了。"何诚上前和他们拥抱。

"找到利维坦的下落了吗？"金发碧眼问道，"你的伤怎么样？"

"我还好。你们来看。"何诚播放绑匪发来的视频。

所有人盯着屏幕，眉头紧锁。

"原来绑匪想要'潘多拉'。"撒旦的母语，是很多非洲国家通用的法语，"可以肯定，是那些人在作祟了。"

"我们不能把'潘多拉'交出去。"路西法卸下背包。

"但是人在他们手里。"撒旦接过付培递来的咖啡，"反正现在，那东西和废铁一样。"

孙冲一脸茫然，不知道他们几个在争论什么。

"真是头疼。"路西法和撒旦交换了一下眼色，对何诚说，"贝利亚，有件事，我们得和你单独谈谈。这是利维坦在行动前交代的，很重要。"

"去我房间吧。"何诚帮他拿着沉甸甸的背包。

"三个大佬这是怎么了？都在打哑谜。"等他们走后，孙冲用抱怨的语气对付培说，"什么是'潘多拉'？你知道吗？"

"知道，不过你先别问了。"付培露出疲倦的样子。

"你没事吧？"孙冲发现同伴的情绪不对劲儿。

"我去接应撒旦和路西法时发现，他们两个在一周前就入境了。"

"早就来了，为什么一直没露面呢？"

"我有一种很不好的预感。"付培沉着脸。

他们不再说话，只是看着眼前的屏幕墙上跳动变换着的画面、数据。

半小时后，何诚带着两个同伴回到中控室。他神色恍惚，好像刚刚经历了死里逃生，身体里的精力都被抽干了似的。

"锁定发件人了吗？"何诚勉强打起精神。

"他出入图书馆时，刷了手机。"孙冲把查到的身份证、住宅地址统统推上屏幕墙，"这人肯定是被利用的。真凶不会傻到用自己的真实身份发视频。"

"先查一下他的背景，看他最近和什么人联络过。"何诚说，"我们商量过了，同意和绑匪交换。"

"没问题吗？"付培担心，"可……'潘多拉'是非常危险的啊！"

"利维坦对我们才是最要紧的。"何诚还是一副要晕倒的样子，"当然，我们不会那么容易就范，对方也未必会遵守诺言。得想个法子……"他伸手揉脸，"吴教授和他外甥到哪儿了？"

"他们直接去了郊外别墅。"孙冲给他看监控结果，"洛希娜应该就在里面。"

"袁枫和沙婕吵吵着想见女王，不如给他们创造个机会。"何诚思索片刻，"你们能不能想办法，帮他们找一条进去的路？"

"这个不难。"付培敲了一会儿键盘，"别墅的智能厨房刚刚下了订单,要购买一批蔬菜和鲜肉。农场预计的送货时间,是今天下午两点。"

"送他们进去很容易。问题是,他们进去之后怎么办。"孙冲划了几下平板,"这是房子的地图。我担心,他们还没找到女王,就会被抓住。"

"那就要看他们的本事和造化了。"何诚的语调突然变得冷酷起来。

"我记得你说,和他们合作!"孙冲被他的变化吓了一跳。

"但我没保证过,合作的结果一定是好的。"何诚不看他,"如今,我们已经知道对手是谁,想要什么。袁枫他们在这里,只能碍手碍脚。"

"那也不必送他们去找死啊。"付培有点抵触。

何诚从口袋里掏出一件细小的东西,放在键盘旁边。

那是一截喝饮料的吸管,两头用卫生纸揉成的小球塞住,做成小瓶子的样子。吸管里面,装着三段带尖的竹签。

"这是昨晚去见吴教授时,袁枫丢下的东西。"何诚拔下一团卫生纸,把竹签倒出来,"前几天,他和咱们一起吃饭后,偷偷留下了咱们三个用过的牙签。"

"上面有咱们的DNA,好家伙!"孙冲露出怒容。

"我并不想为难他们,尽管他们并没安好心。"何诚伸手按了几下键盘,将画面切到关押袁枫和沙婕的两个单间,俯视躺在床上发呆的他们。

"我来安排。"付培下了决心,"需要告诉他们,吴教授和沈湘如的故事吗?"

"多留点空间,让他们自己去发现吧。"何诚说,"哦,还有,你抽空给孙冲讲讲'潘多拉'的事。"他扭头,朝静静旁听的两个面具人点头,"我们三个要出去一趟,可能要明天早上才能回来。"

何诚意味深长地和付培握手,转身带着轻装简行的撒旦和路西法离开中控室,没说要去哪里。

"你们在说什么?"孙冲觉得气氛不对。

"我慢慢给你解释。"付培定了定神,"你先查一下,给别墅送货的商家的物流记录。"

温暖的午后,张宝建从监控画面里,看着自家的蔬菜、肉类、禽蛋被机器人搬上贴着"有机农场"大标志的货车,心里美滋滋的。

二十年前,二十岁的他卖了家里拆迁分到的几套房子,在西郊买下这个农场时,所有人都说他疯了。因为那时,谁家在城里有三套房子,就可以靠收房租,过上衣食无忧的一辈子。

而现在,张宝建很得意自己的生意眼光。

农场每天都很忙碌。早上开始采摘、摘拣、清洗、包装。中午过后,普通的货物按照订单顺序,用大车运走,早就实现了无人化管理。要紧的客人,张宝建会亲自核对货物后,再用小车发出。好在,这样的单子并不多。

今天要伺候的,是西郊甘露别墅区的一个贵客。他必须亲自出马,才能放心。张宝建对着镜子打好领带,走出办公室,一路来到车库。

6号小货车已经装好货物:两箱草莓、两箱枇杷、两箱水蜜桃、八箱时令蔬菜、四箱鸡肉、两箱牛肉,还有两盆园艺金橘树。

张宝建看看车厢最里侧的两个大纸箱,低头查看手机上的订单。金橘树是这个季节最畅销的产品之一。金灿灿的一树佳果,摆在客厅或者庭院里,特别喜兴。可是他完全不记得,早上接到的订单里有金橘树。

看记录单上,真有这两件货物。嘿,人工智能绝对不会搞错,估计是他一忙,给忘记了。机器就是比人靠谱!张宝建关上车厢门。

第六章 弥天谎

他走到车前,坐进副驾驶座,指示无人驾驶小货车可以走了。

车厢内,蜷缩在大纸箱里的袁枫松了口气。

"到了别墅该怎么办呢?买家总要验货。"他按了按塞在耳朵里的微型通话耳机,小声说。

"别墅的后门会给你们坐的车放行。"付培的声音里,夹着敲键盘的咔咔声,"你们这两件货物,只会出现在押车人手中的清单里。我已经安排好了。别墅里的机器人,会把你们和农产品分开。收货的人不会留意到你们。"

"我们进去以后……"

"你能不能安静点?惊动了车里的人,我们可就管不了了。"

不等袁枫回答,黑客切断了通信。

十几分钟后,车开进甘露别墅区18号院的侧门。它慢慢地驶过青石板路,停在别墅一侧的厨房门外。车厢门缓缓地自动打开。传送机将货物轻轻托起,沿着伸出的滑道平稳地放在地上,排成一排。

两个家用机器人从厨房里"走"出来,把它们搬进屋里。

奇怪了,张宝建纳闷,今天从进门开始,竟然一个人都没遇到。他跟着机器人,走进比他家卧室大了三四倍的厨房,不知道该怎么办了。

就在他愣神的时候,机器人将两个装金橘树的大箱子推进厨房,立在门边。其他的箱子都被堆放在巨大的冰箱组附近。

"你怎么进来的?"厨师长出现了,身后跟着两个张宝建见过很多次的警卫,"还没到约定的送货时间。"

"我……进门时没人拦着。"

张宝建心想,是你们记错时间,出来晚了吧?我可是按照下单时间来的,从来不会错。

还好,厨师长并没有计较这三五分钟。他朝警卫们挥挥手,示意他们验货。

"我还带了一盒新引种的蓝莓。"张宝建微笑着,将厨师长拉到稍远点的位置,递上包装精美的小纸盒,"请您家主人尝尝呗。品质保证比市面上的大路货好得多。"

"主人很喜欢你家的水果。"厨师长打开盒子看了看。

他们说话的时间,警卫已经拆开一个个纸箱,核对和检查里面的农产品。

七八分钟后,张宝建的手机上收到了签收信息。咦,他们没检查放在几米外的两棵金橘果树。要不要提醒下?张宝建犹豫片刻,觉得还是算了。他已经在这里耽误得够久了,多一事不如少一事。

张宝建不知道,此时此刻,闷在纸箱里的人正忍受着煎熬。

他们在做什么?会不会打开纸箱?怎么还没磨叽完?袁枫抱着膝盖,坐在黑暗的箱子里,听着外面的动静。他好几次都忍不住,想要跳出去。

一个世纪好像就这么过去了,厨房里安静下来。

他忐忑地伸手,托起从头顶盖下来的纸箱,试图站起来。因为保持一个姿势太久,袁枫两腿麻痹,身体一歪,摔在地上。

他手脚并用,扒拉开困住身体的箱子,爬起来,帮沙婕拆开"包装"。

"再关一会儿,我就要断气了。"她跪坐在地上,捂着胸口,用力吸气。

"我们该走哪个方向?"袁枫按了按耳机。他看到房间里不同的墙上,分别有三道门。

耳机里没有任何动静,连电波杂音都没有。

"听得到吗?付培?"他试着再次呼叫,仍然只听到一片静默。

耳机故障?袁枫慌了神。

"他们说什么?"没有戴耳机的沙婕干着急。

第六章 弥天谎

袁枫不敢告诉她，他们和黑客失去了联络。他强压着慌乱，走向最大的一扇门。拉开门的瞬间，他的脸色突然变得惨白。

"快跑！"袁枫大喊。极度的恐惧，让他的大脑停止了转动。

话音未落，一记重拳撞在他的脸上。袁枫的身体被打得原地转了半圈。紧接着，碳钢防身棒呼啸而至，抽中他的后背。

脊梁骨是不是断了……他疼得失去知觉，扑倒在地。

尖叫着跑向另一扇门的沙婕，迎面撞上一个身穿黑色制服的男人。她还没反应过来，就被防身棒横着抽在腹部，身体弹起来，飞出一米多，砸在地上。

沙婕蜷成一团，连哭喊的力气都没有了。警卫上前，一脚踢在她的腰上，踢得她就地翻滚两下，趴在地上没了动静。

击倒袁枫的警卫掏出两副简易手铐，锁住俘虏们的双手。

此刻，别墅一条街外的路边，停着一辆不起眼的厢型车。

"我们走吧。"坐在副驾驶座上的孙冲关上监控画面。

坐在驾驶座上的付培没说话，瘦长的脸上飘过一丝犹豫。他从置物格里拿出便携式笔记本，打开虚拟拨号软件，伪造了一个手机号码，拨打"110"。

电话接通了，付培用软件模拟出一个女人的声音。

"您好，我经过西郊的甘露别墅，听到了奇怪的声音从18号院里传出来。我怀疑是枪声。请你们查一查吧。"

语音播放完毕，他迅速挂断电话，收起电脑。

"你也算仁至义尽了。"孙冲戴上墨镜，挡住午后的阳光。

厢型车离开树荫，消失在风景绝美的林荫大道上。

第七章
白女王

袁枫迷迷糊糊地，被两个人架着拖行。

疼得睁不开眼，疼得喘不上气，鼻子里有黏糊糊的血往外流……他连害怕的力气都没有了，只是隐约地能感受到，四周的光线从明亮变得昏暗，脚尖脚背在和有棱角的东西不断地磕碰。他知道，这是在下楼梯。

周围开始有了脚步声的回音……楼道变窄了……随着金属门轴摩擦的声音，袁枫感到身体被蛮力推搡，像麻袋一样摔在地上。

片刻，另一个"麻袋"砸在他身上。

袁枫模糊的视线中，有几个人影在晃荡。他们说着他听不懂的语言，语气让人胆寒。

令人窒息的几分钟后，门被猛烈推开的声音传来。一个新的声音急速冲进来，用急躁的语气说了一句话。

短暂的寂静，杂乱的脚步离开，门被撞上。

袁枫勉强睁开双眼。他看到周围都是盖着苦布的杂物堆。一道阴森的防盗铁门，锁住这不到二十平方米的储藏室。

他哼哼唧唧地翻身，看到趴在身边、嘴角流着血的沙婕。

竟然一进门就被逮住了！袁枫咬牙靠墙坐起来，感到脑袋里还在嗡嗡乱响。

中午时分，按计划，黑客已经接管了别墅里的监控系统。他和沙婕装作果树混进来，本来是要靠付培指路，躲开巡逻的警卫和来往的仆役。他们的目标是，争取以最快的速度，潜入女王的办公室。

袁枫考虑再三，觉得和女王正面对质不是好主意。但是在她的电脑里，一定有他们想知道的秘密。考虑到国家安全，这类设备通常不会接入网络。但只要能找到它们，破解一两个密码，复制出里面的数据，不算难事。

窝囊死了……袁枫说不清心里是害怕多一些，还是懊悔多一些。他伸手抹鼻子。这几天，身上的血好像就没擦干净过。这一次，不知道还能不能熬过去。

唉，怎么会被卫队堵在厨房呢？他闭上眼睛，努力让嗡嗡乱叫的脑袋平静下来。一个可怕的念头闪过，让他哆嗦了一下：莫非是人家请君入瓮，故意放他们进来，然后切断通信，把他们分而治之。想到这里，他起了一身鸡皮疙瘩。

不知道付培和孙冲的境况如何。然而，在这叫天天不应，叫地地不灵的鬼地方，除了等死，他不知道还能干什么。

"这是哪儿……"沙婕微弱的声音传来。

袁枫默不作声地扶她坐起来。

接下来的时间里，两人就这么坐着，谁都不说话，因为身上疼痛难忍，也因为没人想讨论做阶下囚的感想。绝望在昏暗中蔓延，吞噬着他们仅剩的心力。

约莫过了半个小时，开锁声传来，紧接着是开门声。

袁枫不由自主地往后靠，身体紧贴墙壁。沙婕靠着他，用畏惧的目光，注视着走进来的几个大汉。

他们都是东南亚人的模样，身材高大粗壮，穿着黑色制服，戴着帽子、耳机、手套。每个人腰间的皮带上，都插着匕首和防身棒。

带头的一个壮汉，面沉似水，一对深邃的眼睛像饿狼一般，盯着袁枫和沙婕。他靠近几步，打了个手势。四个黑衣人上前，架起俘虏，像拖死狗一样，拽着他们往外走。

这就到时候了？连遗言都不让留哇……

袁枫无力反抗，只能心如死灰地被他们拖着，上楼、再上楼……

穿过两边挂着鲜花壁饰的走廊，他们的面前出现了一道实木大门。古铜色的实木门板上，镶着华丽的金线和珍珠母贝。它向两侧徐徐打开，阳光和香气扑面而来。

眼前的房间足有一百多平方米，铺着整块的淡绿色绣金波斯地毯。房间南侧有三扇巨大的落地窗，都可以通往花团锦簇的阳台。中间的窗户前，横着红木软榻，上面铺着薄荷绿色的丝绒垫子。踏脚旁的小桌上，紫铜香炉冒出袅袅香烟。

房间东侧的一面墙，被做成大型珍宝阁，错落有致地摆着瓷器、玉器……一棵一米多高、红艳似火的珊瑚树站在珍宝墙正中的位置。在它的前方，则是堆满文件的写字台。

房间西侧是休闲区。占据房间西北角的吧台后，摆着各种酒水饮料。在房间的西南角，靠近落地窗的位置，贝壳形状的薄荷绿色皮沙发围成一圈，把做成珊瑚丛状、摆着青花瓷茶具的红木茶几围在中间。

一位身穿黑色连衣裙的中年女士站在门口。她长着亚裔面孔，身材不高。黑衣女士挺直腰杆，一脸嫌弃地挡住进门的路。她把手指横在鼻子下，叽里呱啦地朝警卫的头头抱怨着什么。

很快，两个穿着浅蓝色针织上衣、卡其色长裤的男仆，抬着一大卷足有两米宽的帆布，吃力地走过来。他们将它从门口展开，铺到软榻前两三米的位置。

第七章 白女王

呵呵，原来是怕我们弄脏了金贵的地毯。袁枫吸了吸血迹干涸的鼻子，想表现得视死如归，可惜力不从心。

他被警卫推着，蹒跚地向前走了几步，跪在帆布尽头。

黑衣女士用不屑的眼光打量了他和沙婕一番。她转身拉上轻薄的纱帘，挡住落地窗外的景色，随即离开了房间。

又过了一盏茶的工夫，袁枫听到身后传来高跟鞋的声音。

穿着水绿色手绣长裙的洛希娜，从他们身边走过。她径直走到软榻边，一拉裙角，坐下来。

女王表情从容，画着几乎看不出痕迹的淡妆，长发挺随意地披在肩上。一条纤细的金项链，在她白皙的脖颈上绕了三圈，坠着一朵钻石四瓣花。

黑衣女士上前，替主人整理好裙摆，垂手站立在一旁。

"你们这些黑客，真是无法无天。"女王靠在软垫上，声音柔和。

袁枫想说点什么，但被她鹰一样的眼睛盯着，感觉舌头像被大石头压住似的，根本张不开嘴。

难怪迭戈科里亚的反对派称呼洛希娜为"白女王"。不是夸她肤白胜雪，而是说她的血管里流淌的，都是白色的冰。就算是支持她的人，也不得不承认，洛希娜的手段极其强硬，比起她那个"大独裁者"父亲，有过之而无不及。

"刚刚贵国警方来访，说是有人举报，在别墅附近听到枪声。"洛希娜接过女仆奉上的茶杯，优雅地喝了一小口，"是你们的同伙在捣鬼吧？可惜，让他们跑了。"

跑了就好，袁枫心想。看来，付培和孙冲发现计划失败，设法引来了警察，想帮他和沙婕摆脱被外国警卫打死的厄运。这么说，洛希娜是要将他们交给警方了？

袁枫看看周围，又觉得气氛不太对。

"不必找了，我让他们回去了。"女王冷笑，"枪声纯属无稽之谈。贵国的警察，素质就是高，没有真凭实据，不会搜查民宅。"

完了，袁枫心里咯噔一下，而女王接下来的话，更是让他震惊万分。

"你们来得正好。我有个问题，希望你们能老实回答。"洛希娜放下茶杯，脸上的表情从平淡瞬间转为愤怒，"六年前，你们为什么要杀了我的弟弟？"

袁枫怀疑自己产生了幻听。全世界都知道，你弟弟是被你发动政变杀掉的，你来问我们？但是看女王的表情，肯定不是在和他们开玩笑。

"你们若是如实交代，我可以放你们走。"洛希娜换上和蔼的表情，语气推心置腹。

这个女人好厉害，袁枫心里嘀咕，今天算是见识了什么叫变脸比翻书还快。

见他们瞠目结舌，不知所措的样子，洛希娜淡淡一笑。

"想不起来了啊。我可以给你们一点提示。"她竖起一根玉雕般的手指，"2027年9月15日，毛利特里斯来多桑斯国际机场，因为你们的病毒攻击，陷入瘫痪。我弟弟葛善的私人飞机，无法按时起飞。当天夜里又赶上台风过境，他和随行人员都被困在了机场。"

六年前的机场大风暴啊！袁枫惊诧万分。葛善当时在毛利特里斯机场？这也太巧了！

"这么多年了，世人都认为，你们释放'安魂曲'，是为了炫耀技术。"女王继续，"其实，你们的目标是我弟弟！在将他困住后，你们潜入一片混乱的机场，杀死了随行的高瑞平，开枪打伤我弟弟。怎么样，还要我讲下去吗？"

袁枫的脑子里顿时乱成一锅粥。机场大风暴竟然是行刺葛善的阴谋！这说明错觉方程式和葛善，早在六年前就有着你死我活的恩怨。然而黑客们对这一切，一直守口如瓶。他们假装什么都不知道，

第七章 白女王　173

甚至假装没听说过葛善这个人!

"还打算装傻?"女王的眼睛里浮现出残忍的火焰。

她一挥手,警卫头头上前揪住袁枫的衣领,朝着他的右脸就是一拳。袁枫被打得眼冒金星,一口鲜血裹着脱落的臼齿,吐在帆布上。

"请住手!"沙婕喊道,"女王陛下,我们不是错觉方程式的人。"

"你当然不是。"洛希娜冷眼看她,"你是吴教授的学生。看在他的面子上,我不会把你怎么样。但你的男朋友如果不说实话,是一定要吃苦头的。"

又是两记铁拳打在袁枫的腹部。他呕出一口血块,疼得缩成一团。

"不,不,请您听我解释。"沙婕哭得嗓子都哑了。

她抽抽搭搭地把昨夜对吴谦说过的话,又重复了一遍。沙婕为了不把事情搞得太复杂,略去了和葛善有关的部分。

女王听得很专注,一直盯着她的眼睛。那犀利的目光,让沙婕感到心里一阵阵发冷,牙齿不受控制地相互磕碰。

不动声色地听沙婕唠叨完,洛希娜将目光移向紫铜香炉。

房间里没人说话,只能听见袁枫呻吟和沙婕的抽泣声。

"您可以去问吴馆长。"沙婕对女王哭诉,"我和袁枫昨天见过他。"

"今天一早,吴教授急匆匆地跑来求见,提到了和你们见面的事。"洛希娜不为所动,"但他不能确定,你们有没有说谎。"

"我们没有说谎。"袁枫用手撑着身体,喘息片刻,吐出一口血沫子。

"原来如此。"女王突然笑了,"这么说,错觉方程式虽然暂时收留了你们,却没有对你们讲实话。"

袁枫苦不堪言。这女人比想象中的还要聪明。她说得没错,黑客们对他们隐瞒了天大的秘密。

等一下！如果是黑客杀了葛善，他们应该能想到，一旦派人来见洛希娜，肯定不会有什么好下场。女王和弟弟纵然关系不好，但谁都不可能容下杀害亲人的凶手。

难道说，这才是黑客想要的结果？袁枫想起失灵的耳机，还有突然出现的警卫。他感到心肺被刀扎了一般难受。如果女王不相信他们的辩白，此时此刻，他和沙婕的脑袋已经掉在帆布上了。

又被耍了！他心里又气又怕，不是气错觉方程式使诈，是气自己为什么那么容易地就信了他们。

在他走神的时候，女王招手叫黑衣女士和警卫头头过来，对他们交代了几句。

警卫们割断沙婕和袁枫手腕上的简易手铐，架起他们往外走。

袁枫紧张起来。尤其是当他看见沙婕被拖着，走向反方向，心里就更慌。只可惜被两个壮汉夹在中间，他根本动弹不得。

"你们干什么？"沙婕努力挣扎。

她被拽着下到一楼，推进一个小套间。

黑衣女士跟了进来。她不理会沙婕的大喊大叫，径直走进浴室，打开水龙头接了满满一浴缸的热水。

她该不会是要淹死我，然后弃尸河边，制造溺水假象吧？沙婕再次尝试挣脱未果。咦？她往水里撒了很多浴盐。

一个穿白衬衣和卡其色长裤，外罩浅蓝色针织衫的女孩走进来。她的脖子上系着蓝白格子丝巾。女孩将一摞衣服和毛巾交给黑衣女士，半蹲一下行礼，一声不吭地出去了。

"你差不多的尺寸。"黑衣女士的中文很生硬。

她把衣物和毛巾放在洗脸台上，只递了一个眼神，警卫们就放开了沙婕。

"给你十分钟。"黑衣女士带着警卫走出浴室，从外面锁上门。

哦，要洗干净了再杀。沙婕愣了一会儿，才发觉自己已经进入杯弓蛇影的状态，不管看见什么，都觉得是要弄死她。

能洗个澡也好。她扒下运动衣和很久没换的内衣扔在地上，扶着浴缸小心地爬进去，泡在香气四溢的热水中。

洛希娜相信我们了。不，还不是高兴的时候。和心狠手辣的她比起来，那些说谎不脸红的黑客，只是幼儿园水平。

沙婕对着镜子搓掉嘴角的血污。

不一会儿，她的身上开始微微流汗，被打伤的地方更疼了。

咚、咚、咚！

听到有人敲门。沙婕忙不迭地抓过毛巾，擦干身体。

不等她穿好衣服，黑衣女士就打开门走了进来，用命令的口气说："跟我走。"

沙婕乖乖地跟着她走出套间，一边扣上衬衣的扣子，套上罩衫。她学着女仆们的样子，把丝巾围在脖子上，打了个蝴蝶结。

两个警卫一路跟随在她们身后，倒是没再动手。

再次走进女王的办公室时，沙婕注意到地上的帆布已经撤走。窗上的纱帘拉开了，阳光洒满金光闪闪的地毯。

洛希娜还坐在软榻上，一边吃水果，一边和站在面前的男仆交谈。

看错了，那是穿着男仆衣服的袁枫。他脸上的血迹都已经洗干净，肿起的青紫脸颊和鼻梁上的伤痕，却显得更加触目惊心。

"你和我弟弟有过来往。"洛希娜抬起头，对沙婕说。

"啊，是的，葛善亲王他……他是个……"沙婕琢磨该怎么措辞。

"不必拘泥于'人都死了，要多说好话'的社交礼仪。"女王摆摆手，"我亲弟弟是什么德行，我很清楚。"

"葛善亲王是被错觉方程式杀害的吗？"袁枫对这个消息依然困惑不已，"但是看各种媒体的报道，说他……他……"

"说他是被我杀死的。"洛希娜的情绪毫无波动，"葛善是个善于异想天开的混球。杀死他,对我而言,没有任何好处。"

杀了他,你才能得到王位,袁枫心想。

"很多人愚蠢地认为,葛善死于权力争斗。"洛希娜看穿了他的心思,露出鄙视的神色,"就因为他是男人,我是女人,所以你觉得,他是理所当然的王位继承者。"

"我……不……呃……"袁枫踯躅半天,赶紧换话题,"那么亲王的离世,究竟是怎么回事呢?"

"有些事,我一直没弄清楚。"女王沉着脸,陷入回忆,"2027年9月16日凌晨五点多,我被电话叫醒,得知葛善在毛利特里斯遭遇了枪击。"

"我当年关注过新闻。"袁枫提出疑问,"关于毛利特里斯机场有客人身亡的报道不少,但都说死者是东南亚商人。"

"因为我弟弟是15日一早,用假身份进入毛利特里斯的。"洛希娜皱眉,"9月16日凌晨,他在中枪后被送入医院。随从们知道事情兜不住了,才向毛利特里斯警方交代了葛善的身份。"

接到消息,洛希娜立刻联络迭戈科里亚驻毛利特里斯的大使,请大使亲自去解情况。

大使冒着大雨,驱车前往医院,却发现本该在重症监护室的亲王失踪了。守在门外的两位葛善的随从,当即被警方扣押。但他们一再表示,自己什么都不知道。

诡异的是,几乎在葛善失踪的同时,有人闯进了停在机场的私人飞机。

可惜,机场的人工智能系统完全废了,查不到一丝关于入侵者的痕迹。根据机组人员回忆,行李中少了一个大件。但没人知道,小偷运走一箱高尔夫球球具,是什么意图。

无奈之下,毛利特里斯警察在军方的配合下,冒着狂风暴雨,展开了全岛大搜索,却一无所获。

三天过去,大自然恢复了平静。一位进山巡视的护林员在密林中,发现被分割成碎块的尸体。虽然死者肩部以上的部分至今没有找到,但经过比对DNA,可以证实,尸块正是失踪多日的葛善亲王。

"什么人下手这么狠?"袁枫听着都觉得恐怖。

"尸体残缺不全,死因一直没查清。"女王却是在说别人家事的样子,"葛善被送进医院后,医生断言,腰部中枪的他会全身瘫痪。其实死掉对他来说,是一种解脱,只是这样的手段,太过分了。"

迭戈科里亚压下了新闻,是因为这等荒唐事传出去,王室的脸面没地方搁,也是因为不想破坏和毛利特里斯的外交关系。在洛希娜眼里,人死不能复活,于是尽可能考虑活人的利益,才是最理智的。对于王室来说,他们更在意的,是政局的稳定。

"亲王以假身份进入别国,被杀后碎尸丢弃,这样的事决不能传出去。"洛希娜的表情似乎在说:平日里不着调就算了,死了还搞出那么多麻烦!

"凶手一直没查到吗?"袁枫的额头冒着冷汗。

"错觉方程式一定知道些什么。"洛希娜站起来。

她迈着坚定而优雅的脚步,走到办公桌后,从抽屉里取出绿宝石戒指。

"我一直以为,它落在了凶手手中,这么说是搞错了。"洛希娜低头看着弟弟的戒指。

"也许,亲王把它交给了某个亲信。"袁枫问女王能否理出头绪。

"我想不出会是什么人。"洛希娜不假思索地说。

"但是在他死后多年,还随身带着戒指的人,绝不可能是酒肉朋友。"袁枫提醒女王,"亲王曾经的随从,还在为您工作吗?"

"那两个人已经死了。"女王平淡地说,"他们被押送回国受审时,知道自己犯了不可饶恕的错误,两个人都自杀了。"

真的是自杀?袁枫没敢问。那两个人无疑是葛善的心腹,知道很多内情。随着他们的死,寻找真相的希望石沉大海。至于是谁下的手,那可不好说啊。

"您提到在机场风暴中,还有一个人被杀。"他问女王,"高什么……"

"高瑞平是个假名。他在死前两年多移居毛利特里斯。没人知道他的真实身份。"女王回到软榻上坐好,"葛善化名进入毛利特里斯,是为了和他见面,并且把姓高的带回国。我不知道他为什么要这么做。"

又一个未解的谜团。袁枫相信,错觉方程式肯定知道答案,否则他们不会发动大规模攻击。如果说,六年前的往事和现在发生的事有关……嗯,一定是有关系的。

"陛下,您听亲王提过昭陵六骏吗?"他问洛希娜。

"我知道。资助各种研究是他的兴趣。"女王问沙婕,"葛善真的没对你提过,他对研究的设想吗?"

"他曾说,有个题目想让我做,但一直没说做什么。"沙婕如实回答。

"肯定又是那些疯子才会干的事。"女王露出愁容。

"资助学术研究,是做善事。"

"不,我弟弟绝不是个慈善家。他从不给穷人或者遭受饥荒、战乱、自然灾害的地方捐助一分钱。"女王打断袁枫搜肠刮肚想出的恭维,"葛善是个很危险的人。在他眼里,地球上的大部分人,活着就是浪费资源。"

"浪费粮食的人""没有用的人",袁枫想起葛善对沙婕的大放厥词。

"算了不提了。"女王不想再继续这个话题。

她招黑衣女士附耳过来,吩咐了好一阵子。

"事情查清楚之前,我希望你们待在这里。我可以保证二位的安全。"女王根本不给他们商量的余地。

两个警卫及时靠近。黑衣女士做了个请的手势。

袁枫拉着沙婕,在警卫的簇拥下走向门口。没走几步,他突然捂着肚子,扑通一下跪在地上,不住地呻吟。

"怎么啦?"沙婕脸色发青,抱住他颤抖的身体。

"疼得厉害……"袁枫从牙缝里挤出几个字,"可能是被打……哎哟……内伤……"

"让王医生给他看看。"女王满不在意地挥挥手。

一个警卫帮沙婕架起哼哼唧唧的袁枫,在黑衣女士的引导下,走出办公室。守在门边的男仆,毕恭毕敬地关上厚重的大门。

洛希娜吃了一颗草莓,朝紫铜香炉笑了笑。她伸手捏住香炉的两个铜耳,用力向上一提。香炉的炉膛原来是里外两层,内层装着点燃的檀香粉。内层和外层之间,有一个夹层。

关上装在夹层里的针孔摄像头,洛希娜舒了口气。

"里瑟,让你查的事怎么样了?"她问卫队长。

"刚刚查到一个可疑的人。"里瑟恭敬地走上前,深邃的眼睛里依旧布满阴霾,"他不可能是袁枫描述的蒙面人,但可能知道一些内情。需要我带他过来吗?"

"在大国的领土上,要格外小心行事。"女王摇头,"你容我再想一想。先不要对任何人提起此事。"

"明白。"里瑟敬礼,大步走出办公室。

脱掉高跟鞋,洛希娜赤脚走到沙发旁。

两个男仆已经将果盘和巧克力搬到茶几上。有人在敲门。他们一个去开门,一个钻到吧台后,重新沏茶。

吴谦走进女王的办公室。身穿墨绿色针织衫和牛仔裤的沈湘如紧跟其后。他比姨夫高出一头多。长期的锻炼,造就了他匀称的身材,看起来比实际年龄小了三四岁。

"您打算怎么处置他们？"吴谦关切地问。

刚才，他和外甥在隔壁房间，通过香炉里的摄像头，窥视女王和袁枫、沙婕的谈话。

"那就要看他们自己了。"女王示意他们落座。

"看样子，他们确实不清楚黑客的目的。"沈湘如说，"葛善当年钟情于昭陵六骏，仍然解释不通。"

"我大概知道亲王要做什么了。"吴谦挺直腰板。面对女王和外甥投来的怀疑目光，他脸色微红。

"我不太明白……"沈湘如眨眼。

"别急，等张钧从西安回来，或许就有答案了。"吴谦笃定地说，"如果我没猜错，葛善亲王，还有那些目的与他相同的人，是注定要失望的。"

"为什么？"

"等张钧回来，我慢慢给你解释。"吴谦笑了，"不是深入搞过研究的人，不会知道一些藏在犄角旮旯的细节。"

"教授，那几匹石马是怎么回事，我完全不懂，也不想知道。"洛希娜让仆人端来三杯红茶，"只要贵国警方能把它们找回来，安全地还给 UPMA，就够了。不然，我没法和他们交代。"

"都是我的学生惹了祸，给您带来这么大的麻烦。"吴谦低头致歉。

"他们真有胆子。"女王的语气，不知道是夸奖还是揶揄，"光天化日就敢闯进别墅。用在正道上，会前途无量。"

"是我教导无方。"吴谦继续道歉。

"关于他们提到的蒙面人，你能想到几个名字吗？"沈湘如问。

直接称呼"你"不合适吧。吴谦腹诽外甥的冒失，但他见女王并不介意，便没有多嘴。

"没有头绪。"洛希娜摊手。

第七章 白女王

"早跟你说过,这次的乱象,肯定是叛乱余党作祟。"沈湘如推测,"博物馆的仿生人事件,肯定也是他们搞的鬼。"

警方分析了怪物大脑里的芯片,发现它在进入博物馆后,接到过两次远程指令,全部来自甘露别墅18号院。

"但它手上的符号如何解释呢?"洛希娜压低眉毛,在手掌上画了个倒着的"8"字,"葛善的余党,不可能画错国王徽章。"

这个漏洞也让警方百思不解。经过一番调查,别墅内部人员的嫌疑,已经被排除。

"仿生人进入博物馆的动机,还不能确定。"吴谦说,"再说,如果葛善亲王的人对昭陵六骏有兴趣。他们就不会在展出前兴风作浪,引起警方的注意。"

"我也这么想。"洛希娜点头,"还有,制造仿生人的成本特别高。葛善的那些死忠分子,没那么富有。所以我觉得,放出怪物,想把我牵扯进进来的,另有其人。很难说这个人,和带着葛善戒指的蒙面人,是否是同伙。"

"姨夫,关于怪物动过的古籍,您有什么发现?"

"我仍然搞不懂,他要干什么。"吴谦摘下眼镜。

警方这几天一直在催促,希望他能提供分析的思路。

一个没有灵魂的仿生人,怎么会对古丝绸之路上消失的文明有兴趣呢?不可思议。吴谦思量再三,仍然想不通这里面的门道。

"仿生人的事先不提,就说蒙面人。"洛希娜用手指梳理长发,"我在想,会不会……"她突然变得拘谨起来,"会不会就是……他?"

"你还是放不下啊。"沈湘如担忧地看着女王,"我不太明白,你为什么坚持认为,葛善还活着。"

什么?吴谦差点失态喊出来。

"葛善消失在医院,还有凶手碎尸的动机,都令人费解。"洛希娜不太自信地说,"六年了,尸体的头一直没找到。"

"已经做过 DNA 分析了。"

"为了保持王室的隐私，我不能提供血样。毛利特里斯警方从飞机上取样，和尸体进行了对比。鉴于飞机曾经被莫名其妙地闯空门，很难说，他们采集到的头发是什么人的。"

"DNA 造假确实可行。"沈湘如承认，"葛善不是找某个研究机构，做过基因测序嘛。你问过他们没有？"

"我问过。但他们要保护客户的隐私，所以没留着唾液样本和检验结果的副本。"

"葛善被送入重症室时，生命垂危。"沈湘如提醒洛希娜，"他不可能策划这么周密的失踪计划。除非你认为，机场的袭击，是苦肉计。"

"葛善重伤瘫痪，是千真万确的。任何人都不会搞这样的苦肉计。"洛希娜苦恼，"但是他遇害的疑点太多。"

"你已经钻进牛角尖了。"沈湘如的语气颇似小孩子撒娇。

他接过男仆手中的茶壶，给女王倒茶，手指上的绿宝石戒指熠熠生光。

这孩子，真是胡闹！吴谦心里不免担忧。夫人曾经拜托他，劝劝年过不惑的外甥，不要再做封侯拜相的春秋大梦，早点找个老实本分的女人成家。可是，拿人家的手短。当年葛善的资助，是沈湘如牵线搭桥；如今博物馆拿到女王的巨款，也是靠外甥穿针引线。吴谦只盼念过名校、很有生意头脑的沈湘如明白"伴君如伴虎"，不要在这笔"政治风险投资"上孤注一掷。

"我这个弟弟啊，从来就没干过一件能让我高看他一眼的事！死了六年，居然还能惹出这么多是非！"洛希娜一只手捂着额头。

沈湘如知道，她一直以有这么个亲弟弟为耻。

葛善被杀时，他在主持东非分公司的工作。接到洛希娜求助的电话，沈湘如等风暴稍停，就包了架小飞机，直奔路易斯港。在毛利特里斯，他设法打通各种关系，包括收买当地媒体隐瞒真相。事后，他亲自送亲王的遗体回国。至今，沈湘如还记得，洛希娜见到弟弟的尸体时，那厌恶的眼神。

"你是不是听到什么风声了？"他觉得，今时今日，她突然关心葛善的死，必定事出有因。

"你记得他资助的那位脑科学家吗？"洛希娜问。

"约翰·马丁内斯先生，他在业内很有名气。"

这名字听着耳熟，吴谦想了想，哦，给沙婕做手术的医生也姓马丁内斯。但那是一位傲慢无礼的女大夫。她一直不许他们探视病人，找各种借口，不同意沙婕转院治疗。要不是和事佬张钧拼命拦着，吴谦一定会投诉她。

"马丁内斯先生在一年前，突然联络我，想寻求保护。"洛希娜仍然捂着额头，"他托人给我带话说：'我知道你弟弟在哪里。'"

接受女王密令的里瑟，立刻坐专机去找马丁内斯医生，可惜还是晚了一步。

警方的报告说，马丁内斯医生醉酒后在家中小睡，死于突发的心脏病。诡异的是，医生在死前，清空了家中和办公室里所有的电子设备。

"知道葛善在哪里，是指尸体没找到的部分？"沈湘如明白，这个推论是错的。

"人都死了好几年，再找到残块，也没什么用。"洛希娜终于放下搭在额头的手，"我想，或许葛善还活着。马丁内斯医生发现了他的下落，才被杀人灭口。"

"我真是被您给说糊涂了。"吴谦头疼不已。

"我有一个猜想，葛善可能是在重伤之际遭人绑架。"洛希娜吩咐男仆，去厨房拿一些糕点过来，"有人抓走他，制造了他已经死亡的假象。"

若是如此，在毛利特里斯山中找到的尸体是谁的？绑走葛善的人居心何在？为什么六年时间，一点消息都没有？问题接踵而来，让洛希娜感到茫然。不为人知的真相，至今仍然沉睡在浩瀚的印度洋上。

门开了，进来的不是端着点心的男仆，而是黑衣女士。

"他们跑了。"她站定行礼，丰满的胸口在激烈起伏。

原来，黑衣女士送袁枫和沙婕到二楼的一个套间后，便唤来随侍女王的医生，给他治疗。她命令两个警卫在门外伺候。

警卫们站了二十多分钟，不见医生出来，觉察到了异样。他们踢开被椅子顶住的门，发现两个俘虏早就放倒医生，用床单做成绳子，爬窗户逃遁了。

"他们这又是在闹什么？"吴谦气得差点背过气去。

"别急，教授。"女王倒是一脸平静，"艾米，安排好了吗？"

"他们拿着王医生的手机呢，随时可以定位。"黑衣女士露出让人生畏的笑。

"你该不会……"沈湘如和洛希娜相识多年，立刻明白了什么。

"那两个年轻人，是不会甘心做阶下囚的。"女王微笑，"我只是顺水推舟。"

"我去挑两件他们换下的衣服，交给警方。"艾米向女王请示。

用不了多久，"通缉犯试图闯入郊外别墅，被警卫发现后逃逸"的新闻就会见诸报端。错觉方程式知道袁枫和沙婕从别墅逃走，肯定会有所行动。盯着袁枫他们，就有机会发现黑客的踪迹。

"再等一小时，让他们跑远点。"女王看表，"该处理的烧干净，别让警察发现破绽。他们下午刚来过一趟，连着出警，肯定会起疑。"

"千万别伤害他们。"吴谦无力地恳求。

"放心吧，教授，我是在保护您的学生。"

第七章 白女王

别墅区一天到晚都是静悄悄的,鸟鸣比人声更常见。能并排跑六辆车的道路两旁,栽满梧桐、银杏和高矮错落的灌木。

袁枫紧贴着路边,疾步向前,肩头挂着从医生那里抢来的医药箱。沙婕双手抱着他的胳膊,努力迈开一双短腿,跟上他的步伐。没走多久,她已经是一身透汗。

"快点。"袁枫低声催促。按着抢来的手机。他已经用医生的虹膜解锁手机,并且取得最高权限,换了密码,免得它动不动自动锁屏。

有电子地图指路,他们很快找到通往公路的捷径。两人一口气往东南方向跑了两公里多,上气不接下气地来到一个岔路口。袁枫用软件叫来的无人出租车,已经等候在路边。

"先回城再说。"他推沙婕上车。

"进城怕是躲不过严查。"沙婕害怕。

"警方认为,我们还在错觉方程式手中。他们应该会对郊外展开搜索。进城反而更安全。"

"为什么非要进城?"已经钻进出租车的沙婕又跳了出来,"我们找个安静的地方躲一躲吧。比如……去水镇如何?"

"你忘了,我们的行李还在城里。"袁枫催促她,"不管去哪儿,咱总得带上换洗的衣服。没有安全的手机,也是麻烦。"

"好吧。"沙婕知道他说得有理,虽然不太情愿,但还是上了车。

袁枫给出租车报了北郊外火车站的地址。因为怕路上遇到关卡,他要求出租车不要走高速路。

袁枫打开手机浏览器,输入 URL 地址,登录用假身份注册的云盘。下载了几个程序到手机,他开始以最快的速度编写代码。

"这是要干什么?"沙婕看不懂他敲出来的字符。

袁枫没空回答。错觉方程式和迭戈科里亚人的种种怪异举动,让他感到昭陵六骏和葛善之死的背后,必定有什么隐情。关于戒指背后可能牵扯的人,女王没说实话。也许,迭戈科里亚人很清楚蒙面人的身份。

这个世界真可怕!

曾经他以为,从博物馆中运走昭陵六骏,会是他今生面对的最大难题。可现在,这个难题中又冒出几个从未想过的变量——目的诡异的黑客,尘封多年的谋杀,遥远异邦的神秘人物——摇身一变成了他看不懂的迷局。

逃出别墅时,他们没有遇到任何障碍,袁枫就知道,这里面有鬼。院子和楼道里装了那么多摄像头,女王的警卫不可能毫无察觉。唯一的解释就是,有人下了命令,放他们顺利跑掉。洛希娜是想用他和沙婕做诱饵,找到错觉方程式。

好吧,看谁玩得过谁!袁枫知道,是祸躲不掉,要想活下去,唯一的办法就是找到蒙面人,终结这场闹剧。

他编了一条带木马的信息。他用软件生成了两个假的手机号,用它们把木马分别发给王医生通讯录里的两个紧急联络人。他们在医生手机里的备注,分别是"A"和"R"。

没过两分钟,手机提示音响起。"A"和"R"没想到袁枫能来这一手,已经陆续点开了他发的信息。他们的手机已经被木马程序接管。

呵呵,我虽然比不了错觉方程式,但对付你们还是绰绰有余的,袁枫内心窃喜。

"A"应该是黑衣女士。她邮箱里的私人邮件,十有八九是亲友拜托她——安皮克女士——帮忙"美言"或者"引荐"。不少人许诺,只要能给女王捎个话,就可以支付黑衣女士丰厚的"回报"。

"R"和"A"互为紧急联络第一人,于是他的身份很容易猜到。"里瑟先生"是消息记录中,其他人对"R"的称呼。他比黑衣女士谨慎得多,每天定时清理邮件和信息,从不使用社交软件。里瑟平日里浏览的网页,主要以武器、健身、国际新闻为主。他的相册里没有一张私人照片,只存着一张地图截图,坐标显示在花溪路附近。

袁枫把地图传到自己的云盘。他启动恢复软件,打算深挖一下警卫队长的邮箱。

看他忙得不亦乐乎,一点帮不上手的沙婕只能干瞪眼,时不时焦虑地叹口气。

还好,他们的运气不错,一路上没遇到丝毫麻烦。四十分钟后,出租车停在火车站外的广场旁。

下车前,袁枫给木马发送了自毁程序。他迅速清理掉手机里的使用痕迹,把它扔进垃圾桶。

想追踪我们是吧?拜拜了您嘞!

节日前的火车站人潮拥挤。他们戴上王医生医药箱里的口罩,躲开无处不在的面部识别系统。

"东西在街对面的大厦一层。你找个地方躲一下,我去看看。"沙婕低头指了指天桥,扯下脖子上的丝巾递给他。

行动之前,她用假身份将他们的备用行李托运到郊外的自助寄存柜。

袁枫叮嘱她两句,步行穿过广场,绕过候车楼。

车站旁的快餐厅里,很多旅客在排队等食物。袁枫跑进男洗手间,找了个空的隔间。他把丝巾夹在门缝里,露出一个蓝色的小尖角。

十几分钟后,行李箱滑过瓷砖地的声音靠近。

沙婕敲了两下门,挤进隔间。

"没被查到,谢天谢地。"她和袁枫合力,将箱子搬到马桶盖上,刷指纹打开密码锁。

箱子盖的内侧有一个夹层,藏着三个硅胶面具和手套,还有对应的假身份证件。

他们不敢出去照镜子,只得互相帮忙贴好面具。两人戴上手套,激活箱子里的两部新手机,迅速离开快餐厅。

"我们去哪儿?"沙婕察觉到,袁枫并不想出城。

"先去花溪路,我发现了一条线索。"

他们往西走了约莫半公里,找到郊区线的地铁站,买了两张车票。

与世隔绝三四天,突然陷在晚高峰的人流之中,袁枫感到浑身不舒服,有一种周围的人马上要识破他们的错觉。

排了半天队,两人努力挤上一列地铁。袁枫拉着沙婕,钻到车厢最里面的角落,扶她坐在行李箱上。他打开手机,查找花溪路附近可供出租的房子。

不,他当然不会联系中介去看房子。袁枫只是想知道,哪些房子现在是空着的。

转了两次地铁,步行十几分钟,他们找到今天的栖身之所。

袁枫启用解锁软件,很快搞定大门的密码锁。他们提着在路边无人便利店买的晚餐,走进落满灰尘的三室一厅。

"这一路,连累带吓,我出了一身的臭汗。"沙婕揭下面具,掀开沙发上的苫布,躺了上去。

"你先吃点东西。"袁枫把装着汉堡的纸袋放在茶几上。

他走上阳台,看着对面的高楼。

那就是里瑟手机中,地图定位的地方。

袁枫查到,今天一早,里瑟在吴馆长求见女王后不久,给几个匿名邮箱发了邮件。他设法恢复的邮件内容不全,只知道里瑟在利用各种渠道,找一个叫"慎澜"的人。

袁枫没查到此人的信息。

继续检查邮件,他发现有人在回复中提到"新京地质研究院"。他查了研究院最近六年的新闻,只有一条引人瞩目。

事件发生在2027年12月中旬。研究员龚郑和一个朋友驾车游览塔什库尔干。他们的车子落入山谷,发生了爆炸。因为自然条件险恶，救援人员只找到了烧焦的吉普车残骸。

新闻中没有提到，龚郑的"朋友"是什么人，但事发时间以及二人至今下落不明，都令人生疑。

这些，会不会和里瑟定位的地址有关联呢？

袁枫抓出了最近六年间，对面那栋楼的所有房屋租赁和买卖记录。他用自己编写的程序，将买家和租客的名字提取出来，在所有可以接入的数据库里做检索。这事要是交给人做，可能得做上几个月甚至几年。

很快，他查到一个可疑的人。

5单元204的租户名叫郑龙。此人在附近一家私立补习班教授数学课，五年前入住。他四十五岁，年纪与死去的龚郑相仿。在过去的五年里，每个月会有五千元现金，从城里不同地方，存入他唯一的银行账户。

郑龙会不会就是里瑟的目标？袁枫查到，他今天一早买了去南方的高铁票，这会儿，应该还没下车呢。

天色已经彻底暗下来。袁枫叮嘱沙婕躲在屋里，除了他，任何人敲门都不要理会。

小区里，到处是饭后出来散步的居民。他戴上帽子，低着头跑进对面的楼门。

两室一厅的公寓中一团漆黑。街灯的黄色微光从窗户透进来，照亮窗边的花草。袁枫怕引来注意，没敢开灯。他打开手机的电筒，调到弱光模式。

整洁的客厅里，只有简单的家具。他在卧室和书房找了一圈，毫无线索。但他知道，自己找对了地方，因为他在郑龙的家中，没有看到一张照片。

这个人从不用社交账号，没有家人，每个月有一笔来源不明的现金存入账户。袁枫开始怀疑，郑龙就是失踪多年的龚郑。他在塔什库尔干制造了自己死亡的假象，整了容，换了身份，继续生活。

只是，好好的一个研究员，为什么要装死？袁枫唯一能想到的是，此人和里瑟要找的"慎澜"有关。说不定，那就是和龚郑一起去塔什库尔干的所谓"朋友"。

空气中飘来一股子淡淡的烟味，袁枫吸了吸鼻子，确定这不是饭菜烧煳的味道。

他摸黑跑进厨房。打开吸顶灯，袁枫一眼就看到水槽里烧得焦黑的手机，和一部迷你笔记本电脑。他用指尖扒拉开被水冲刷过的灰烬，挑出已经烧变形，但还能分辨出来的芯片和元件。找来几张厨用纸巾，袁枫将它们仔细包裹起来。

看来，郑龙知道有人会找上门，于是逃跑了。离开家之前，他肯定已经清理过各种证据。所以在这里，不会找到更多的线索了。

想到这里，袁枫火速离开了公寓。

他没有回到对面楼上的避难所，而是跑到小区的西门外，找到智能快递柜。他在 LED 面板上选择发送一份到付的邮包，在收件人的位置填上："国家文史博物馆，吴谦馆长，转专案组。"

袁枫手里没有任何工具，根本没法研究烧坏了的芯片。他想着，警方拿到这些元件，也许有办法，提取出一些有用的数据。既然郑龙可能就是龚郑，而此人和死去的葛善有似是而非的联系，查清他假死的原因，或许对找回昭陵六骏有用。

为了引起警方的注意，袁枫特意把"龚郑"填在了发件人的位置。

他按下发送键，看着机器慢腾腾地把纸巾包扫进一个小纸盒，盯着机器手给小盒子裹上胶带，将它收入后仓，袁枫悬着的心这才落在肚里。

噼啪！

他突然感到后背传来一阵刺痛，电流在体内粗暴地乱窜，恐慌还没来得及涌上心头，世界已经陷入无边无际的黑暗。

第七章 白女王

第八章
惊魂夜

秋日暖阳下,街边的鲜花争奇斗艳。节日临近,临街的店铺开始装饰橱窗,贴上五颜六色的贴纸、摆出大减价的招牌。还有一些商户,别出心裁地挂上了智能控制的、可以变出不同图案的花灯。

文史博物馆西配楼,馆长办公室里,吴谦坐在办公桌后,端起一杯清茶,面对电脑屏幕。

他在和张钧通视频电话。

"你好好跟他们解释。"他呷一口浓茶。

"好吧,我再试试看。"小窗口里的张钧,一个哈欠接着又一个哈欠,"您知道,咱们博物馆刚出了大事,同行们都不太乐意和咱们沾上关系。"

"昨晚没睡好吗?"吴谦问他。

"抽空见了两个老熟人。"张钧揉眼睛,"我想请他们帮忙做说客,一不小心,喝到半夜两点多。"

"啊,那你先休息吧。"

"我下午去考古所。"张钧的眼睛快睁不开了。但是看老师一肚子话说不出来的样子，他不敢下线。

"尽人事，听天命吧。"吴谦不知是在安慰张钧，还是在自言自语。他说一句再见，关上视频窗口。

馆长起身回到床边的小桌旁，低头看着下到中盘的棋局。

"今早，警方又问我，张钧去西安的目的。"刘赫坐在对面，揉捏着掌心的一颗黑棋。他心里搁不住事儿，忧愁都写在脸上，一对大眼睛被浓重的黑眼圈包围。

"他们没要求张钧立刻回来，说明已经排除了他的嫌疑。"吴谦执白子，轻拿轻放。

那天被错觉方程式绑架到河边，着实把他吓得够呛。

吴谦知道，向警方汇报，只能把这潭水搅得更浑。他不希望警察坐实"沙婕是黑客帮凶"的判断，更不想让刚刚抽身事外的外甥再度卷入风波。

不过，馆长虽然责怪沙婕多想，但自己不由自主也开始思索，这乱纷纷的一切背后，会不会另有隐情。

昨天，在甘露别墅，吴谦能感觉到，洛希娜也好，袁枫和沙婕也好，都藏着一些没有说出口的话。这……都是因为昭陵六骏吗？

吴谦搞不懂，那几匹石骏，是否真藏着什么天大的秘密。但他很清楚，没有人比他更了解它们的底细。此刻，他越发相信，自己当机立断，派张钧去西安是正确的。虽然馆长心里也没谱，是否能找到他期望的答案。

其实，眼下最让他疑惑的，还是悬而未决的仿生人事件。

在吴谦的心中，已经有了内奸的人选。他不会是幕后黑手，只是拿钱办事，顺便夹带私货。让吴谦想不通的是，为什么要弄个仿生人，混入博物馆？

表面上，怪物的目的是破坏展出。但既然内奸可以在博物馆内自由活动，让他在保卫处全面检查后，随意放置几个3D打印的炸弹，岂不是更好？牺牲一个昂贵的仿生人，真是不值得。

更让人费解的是，怪物手上的重要符号画错了。仿生人的主人，肯定和迭戈科里亚有关，只是他的动机，是否真是嫁祸呢？

怪物动了西域古籍这一点，同样难以理解。

作为一项文化工程，文史博物馆早就将古籍库里的所有文献电子化。任何人都可以免费查阅。再说，有内奸帮忙，去古籍库拍照，甚至把书偷出来都没问题。为什么非要让怪物去动抽屉？

吴谦曾经担忧，坏人是不是要毁了古籍，但细想也不对。仿生人在古籍库躲了很久，要毁古书，它早可以动手了。而实际上，它只是把抽屉拉回来，又推回去。除了留下痕迹，啥都没干。

痕迹……有意无意的痕迹；引起怀疑的痕迹；错的痕迹……

吴谦心里一动。一直以来，大家都以为，沙婕去古籍库撞见仿生人，是个巧合。但细想一下，接待西安同行的新闻，就在博物馆主页上。可以想见，那天一定会有人去提取古书。当然，去提书的可以是任何工作人员。沙婕只是倒霉，赶上了。但怪物会袭击取书人，并非巧合！

莫非……怎么会这样！馆长明白了什么，顿时心乱如麻。

"馆长？"刘赫看吴谦如入定一般，不禁心里发慌。

"不好意思。"吴谦回过神。他观察一下棋盘，迅速点下一颗白棋。

"据我观察，警方已经锁定了咱们内部的嫌疑人。"刘赫想让他放宽心，"但是苦于没有直接证据，他们只能按兵不动。"

"是谁？"吴谦翻起眼皮。

"他们不会告诉我的。"刘赫琢磨着怎么落子。

"旁敲侧击一下嘛。"吴谦对这个答案不满意，"你不是说过，你和秦局长的夫人很熟嘛。"

"我们约了下午喝咖啡。"刘赫一招失算，被吴谦占了上风,撇嘴。

"好机会啊。"吴谦乘胜追击。

"您不知道,局长夫人是国际刑警组织的高级顾问。"保卫处长苦笑,"我和她见面,只有被套话的份儿。我不想去,又不敢推脱。"

"啊,难为你了。"吴谦刚平静一些的心绪又乱了。

很多年以前,他就明白,人们高调举起"男女平等"的大旗,只是顾及政治正确罢了。其实,不论在哪个年代,世人对女性的苛责都远大于男性,留给女性的上升通道,一直比给男性的狭窄得多,也崎岖得多。

男人统治了世界几千年,不可能轻易让穿着裙子、围着家务打转的女人来抢地盘。所以,能和男性分庭抗礼的女性,都是经过残酷的搏杀,才能站稳脚跟的。毫无疑问,这些女人,可以用"可怕"来形容,比如,永远让人琢摸不透的洛希娜。

昨天下午,女王挽留他喝下午茶。第二轮茶点上桌不久,大总管安皮克女士一脸惊慌地带着警卫队长里瑟跑进来。洛希娜优雅地起身致歉,坚持不让客人回避,自己带着两个心腹去了对面的小房间。

五六分钟后,女王回到桌边,继续谈笑风生。好几次,吴谦想问问,是不是沙婕和袁枫出了什么事,但洛希娜一直没给他开口的机会。

老天保佑,女王不要再派人去对付沙婕。

心一乱,馆长的棋路就乱了。刘赫趁机开始反攻,连着攻克两片领地。吴谦没办法,只得投子认输。

"破案的事您别操心。另一件事,您得加个小心了。"刘赫帮忙收拾棋子。

"杨卉又干了什么?"

"她这几天,带着周昊,拜访了好几位市里的老领导。"刘赫犹豫着说，"周昊约我中午一起吃个饭。我跟他说，我上午要见公安局的同志，不知道能不能忙完。"

"吃饭不积极，思想有问题。"吴谦用白丝绢盖住棋盘，"有人请客，当然要去。"

"哦……"刘赫不知道馆长是真心，还是在赌气，只能含糊地应付。

他举棋不定地起身告辞。吴谦送他出门。

办公室里安静下来，馆长回到窗边的小桌旁，端起半杯茶送到嘴边。

刚才刘赫提到，警方已经盯上了嫌疑人，但没有证据。那不如……他丢下茶杯，拿起棋盘旁的手机，拨通张钧的号码。

"喂，老师……"电话另一头传来沙哑的问候。

"不好意思，把你吵醒了。"吴谦走到写字台后，打开电脑，"你能借到3D打印的设备吧？"

"应该可以……"张钧不明白为什么要因为这点事，打扰他的清梦。但老师开口，他不能不毕恭毕敬地听着。

"我这儿有几个3D模型。我发给你，你打印出来。"吴谦在电脑中搜索。

"咱们馆里有3D打印机啊。"

"我需要你把打印出来的东西带回来。让你去找的东西……如果有3D模型，让那边的同行帮忙发个邮包吧。"

"嗯……"

"记住，随身带着我发给你的模型的打印件。下高铁后，直接来博物馆。回来我再跟你解释。"

"好，明白了。"张钧本也没打算多问。

这下应该可以了。吴谦挂断电话，把精力集中到电脑屏幕上。

在这个秋意盎然的正午，心事重重，没空考虑过节的人，不止吴馆长一个。

城里某个地方，不到十平方米的小房间里，光线暗淡。白色的天花板上，方方正正的吸顶灯显得无精打采。贴在电灯旁的球形摄像头上，小红点一闪一闪，像精明的眼睛。房间的四面墙都刷着白色涂料，没有窗户，只有一扇白色的门。

房间的正中央，摆着一只银色的单腿小方桌。桌面上，一小两大 LED 屏幕呈品字形排列。

袁枫盘腿坐在地板上，背靠着墙壁，喝了两口盒装牛奶。一片寂静中，他只能听见空调出风口发出的嗡嗡声。

几个小时前，他苏醒过来时，就躺在这铁桶一般的房间里。牛奶和一块面包放在他的脚边。

袁枫抬头，盯着摄像头。他不知道现在几点了，不知道这里是什么地方，但他能想到是谁把自己带过来的。他手里的牛奶和面包，和前几天在黑客补给站拿到的一模一样。

这群阴魂不散的家伙！就不能好好说话，上来就放电！袁枫伸手摸摸后背，被电击器戳中的地方。

他开始怀疑，自己是不是掉进了电子游戏里，刚闯过一关，体能还没补充好，就又被玩家操纵着，跳入另一个困境。更让人哭笑不得的是，他居然曾经以为，自己才是玩家。呵呵，玩脱了吧？活该！

让他不解的是，他和沙婕已经戴上硅胶面具，改头换面，黑客是怎么找到他们的？还有，错觉方程式把他们送入甘露别墅，说明他们对黑客已经没有利用价值。既然如此，为什么还要继续纠缠呢？沙婕也不知道怎么样了。想到这里，袁枫忍不住唉声叹气。

门开了，穿着一身灰色休闲装的付培走进来。他没有戴组织的面具，手里推着袁枫和沙婕的行李箱。

"沙婕在哪儿？" 袁枫跳起来，向黑客扑过去。

第八章 惊魂夜　197

在距离付培不到一米时，他突然感到脚腕像通了电似的，浑身不受控制地战栗一番，"扑通"一声跪在了地上。这时，袁枫才注意到，自己的脚腕上，贴着一片一寸见方的贴片。

你是属电鳗的吗？用电跟不要钱似的。袁枫抬头，气鼓鼓地盯着付培。

"你靠近我一米之内，就会被电击。"付培后退了一步，晃了晃手里的遥控器，"我也可以在五米之内，手动攻击你。但是我不希望那么做。"

"你要干什么？"袁枫狼狈地扶着桌子，爬起来。

"我只想和你聊聊。"付培把行李箱立在墙边，走到小桌旁，"你女朋友不在我手里。"

昨晚捉住袁枫后，黑客破解了他口袋里的手机。他们找到了他和沙婕的栖身之所。但沙婕不在屋里。

"估计是她担心你单独行动，给你打电话，想问问情况如何。"付培说，"沙婕发现你的手机打不通，知道肯定出事了。于是，她在我们上门前，跑掉了。"

她一个人在城里乱转，也很危险啊。袁枫忧心忡忡，沙婕要是遇到警察，算是最好的结果，至少不会有性命之忧。她要是遇到蒙面人……他不敢想。

"行了，你先替自己打算吧。"付培从口袋里掏出袁枫的手机。

他伸手按一下桌上的小屏幕，在弹出的窗口中输入密码。两个大屏幕亮了起来。付培用蓝牙，把袁枫手机里的数据，全部传到自己的电脑。

"你和郑龙是什么关系？"黑客问袁枫，"你在查一个叫龚郑的人。我发现，他已经失踪六年了。这个人是谁？慎澜又是谁？"

说罢，他掏出一个塑料袋放在桌上。袋子里装着袁枫从郑龙家找到的电子元件。

"原来你们是去找郑龙的！"袁枫恍然大悟。

黑客上门找郑龙，却发现他潜入公寓，于是暗中盯上，伺机下手。

"郑龙和利维坦被劫持有关系，对不对？"袁枫兴奋地问付培，"现在，你们应该顾不上其他的事。哈哈，你们错觉方程式神通广大，居然连郑龙的真实身份都不知道！"

"瞧你这幸灾乐祸的样子！"付培敲了下桌面，"我确实查不到这个人的来路，所以才希望你能合作。"

"合作，我呸！你们害得我和沙婕差点没命。"袁枫双手抱在胸前，"我是不会再相信你们了！"

"你要是这样，我就只能把你带回去，交给何诚。"付培换上阴郁的表情，"他可不会对你这么客气。"

袁枫一愣。

"我让孙冲回基地了。"付培缓缓地说，"他答应我，先不告诉老何，我们逮住你了。"

"为什么？"袁枫不知道该不该相信他。

"这几天的事，总让我感到不安。"付培一脸严肃，"虽说我从没打算像普通人那样，过安生日子，但我也不想被人蒙着眼睛，摸黑走路。"

袁枫观察着黑客的表情，看得出来，他很烦躁，也很迷茫。

"我不明白，利维坦为什么非要得到那几匹石骏。曾经，我相信他自有安排，于是没有多问。但如今火烧眉毛了，何诚明明知道了什么，却开始吞吞吐吐。我不喜欢这种感觉。尤其他要送你和沙婕去死地，让我更加不痛快。"

"是你报警，说甘露别墅18号有枪声的？"袁枫紧绷的心放松了一点。

"我没想到，洛希娜轻而易举地支走了警察。"黑客说，"没想到你们能活着出来。更没想到，你居然跑去了郑龙家。"

"所以你要逮住我们，问个清楚。"

"你帮我理清这团乱麻，我可以帮你安全离开。"付培提议，"看得出来，你对自己的处境，也是摸不着头绪。"

袁枫承认黑客说得没错。这几天，他已经厌倦了逃跑。他不想再像没头苍蝇似的，四处乱撞。但是他也不想跟着别人的节奏，被牵着鼻子走。

"我和你一样，想搞清事情的原委。"他对付培说，"既然你想合作，那就先告诉我，你们为什么要找郑龙。"

黑客低头盯着电脑屏幕，露出犹豫的神色。

"付培，既然咱们都讨厌被蒙在鼓里，彼此就要开诚布公，对吧。"袁枫看一眼电脑的时钟，此刻已经是下午三点。

付培点点头，把郑龙的大头照推上屏幕。

"昨天早上，他在一家公共图书馆的电脑上，给我们发了一段视频。视频里提到交换利维坦的时间、地点和要求。我们利用图书馆的登记记录，找到这个人。但我只查到，他是个补习班的老师。"

黑客们本以为，郑龙只是被人利用。可是付培很快查到，他在离开图书馆后，立刻去了高铁站，买了去南方的车票。

他查到了郑龙检票和上车的记录。但郑龙上车后立刻关了手机，进入静默状态。开车一个多小时后，黑客利用高铁车厢里的摄像头，已经找不到他了。

孙冲设法控制了沿途停靠车站的监控。他们在滚滚人流中，好容易分辨出郑龙的影子，但没过多久，就彻底跟丢了。

现在，无法判断郑龙是留在那个小城市里，还是又搭乘其他交通工具，去了什么地方。因为郑龙所有可供追查的账号，比如邮箱、信用卡，在二十四小时内都毫无动静。

干得漂亮！袁枫在心说。郑龙知道，他肯定会遭遇错觉方程式的追杀，于是干脆停止了虚拟空间里的一切活动。他应该随身带了不少现金,甚至可能利用伪装改头换面,在未来一段时间内,不会上网和使用电话。黑客本事再大,离开这些工具,没有任何线索,就没法找到他。

"郑龙肯定是蒙面人的同伙。"付培用商量的语气说,"如果你们知道他的底细,请告诉我们。"

他特意加重了"请"字。

"好吧……"袁枫从付培手里,拿过自己的手机,"我认为,郑龙的真实身份,是失踪了几年的地质研究员龚郑。关于这个人,以及他的失踪,有挺多的疑问。我只能说,他很可能和一个叫'慎澜'的人有关系。但是这个名字,我查不到任何记录。"

他简单地给黑客讲了挖出这两个人名的过程。付培立刻开始搜索。

"郑龙发的视频是什么内容?"袁枫问他,"蒙面人要怎么交换利维坦?"

"交换时间就在今晚。"付培闷闷不乐地打开屏幕上的一个视频图标。

利维坦带着伤痕的疲惫面容,出现在视频播放器的窗口中。

"天哪!"袁枫大叫一声,后退三步,"他!怎么是他!"他指着屏幕,脸色都变了,"他是利维坦?"

付培瞪着袁枫,怀疑他是不是精神错乱。

"他是莱纳德·王啊!失踪了六年的UPMA保安,莱纳德·王!"袁枫不敢相信自己的眼睛。

神秘失踪的保安,竟然是天下第一的黑客?难怪利维坦会对昭陵六骏有兴趣。当年,葛善三天两头围着石骏转悠,都被他看在眼里。沙婕和葛善之间的小恩怨,说不定也早被莱纳德·王察觉。正因为如此,利维坦才能监控到沙婕和宁嫣的通信往来。

莱纳德·王的失踪,原来不是被灭口,而是他自己躲了起来。

第八章 惊魂夜　201

也难怪这么多年,警方一点线索都找不到。

"大惊小怪。"付培冷笑。

"'潘多拉'是什么?"袁枫看了一遍视频,"蒙面人要用利维坦交换的东西,其价值肯定不能用金钱来衡量。因为只要把利维坦交给国际刑警组织,至少可以换来上千万美元的赏金。"

付培又陷入沉默,似乎有千言万语,但不知道该不该说。

"我已经对你知无不言。"袁枫知道自己问到点子上了,"你想要救利维坦,最好别再有什么隐瞒。说出来,也许我能帮上忙。"

一阵漫长的沉默后,付培长叹一口气。

"只有三个人知道'潘多拉'的真相。"他竖起手指,"利维坦,葛善,还有一个叫高瑞平的男人。"

"所以洛希娜说的,都是真的。"袁枫苦笑,"你们明知道,她见了错觉方程式的人,必定会痛下杀手,却在送我们去火坑的路上,假惺惺地说什么,保持通信畅通。"

"先不提那些。"付培用追问掩饰心虚,"洛希娜是怎么对你们说的?"

"说你们杀了葛善和高瑞平。"袁枫复述了女王的说辞。

没想到,黑客听完一脸怒不可遏,差点砸了电脑屏幕。

"她血口喷人!什么绑架、碎尸!那娘们儿太能编了。"

"我知道,洛希娜没有告诉我们全部真相。"袁枫平静地说,"但是在葛善之死这件事上,她没必要说谎。那可是她的亲弟弟!"

"葛善只是受了伤!我们离开毛利特里斯时,他绝对还活着。"

"六年前的机场大风暴,背后的真相到底是怎么回事,你仔细说说看嘛。"袁枫做出好奇的样子。

"2027年9月14日傍晚,利维坦突然联系何诚,让他立刻带一个可靠的人,飞去毛利特里斯。"

付培进入回忆模式。

……

事发突然，何诚拉上和自己关系最好的付培。他们黑了航空公司的系统，搞到了直飞毛利特里斯的机票。幸好，毛利特里斯对中国公民免签，否则他们还得和大使馆的信息系统斗争。

"事关人命"，"无论如何，不能让那架私人飞机离开毛利特里斯"，在付培的印象中，利维坦从没说过这么严重的话。他们的行动也从没有过"事后再细说"的先例。

十小时后，飞机降落在来多桑斯国际机场。付培发现，在到达大厅和他们会合的，竟然是创立错觉方程式的元老之一，非裔黑客"撒旦"。

"撒旦"旅居澳大利亚多年。他是受利维坦之托，特意赶来东非岛国的。这让何诚和付培更加觉察到，事态严重。尤其是撒旦和他们抱怨，利维坦并没有向自己通告行动细节，只说要"不惜一切手段"，阻止葛善和一个名为"高瑞平"的人会面。那时，他们都是第一次听到这两个名字，对二人的底细毫不知情。

他们下飞机时，撒旦已经找到了高瑞平的栖身之所。遗憾的是，葛善的私人飞机在几个小时前已经降落。亲王进城，和高瑞平密谈了两小时后，带着这位神秘人物前往机场。

除了一只银色小手提箱，高瑞平没有携带任何行李。

那只小手提箱就是"潘多拉"。它其实是一只白金级密码箱。高瑞平用它做投名状，投奔了葛善，想跟他一起去迭戈科里亚。

那天，毛利特里斯大雨倾盆。台风很快就要登陆。人工智能指挥系统建议，各航班等台风过境后再起飞。但葛善特别着急，他和塔台反复沟通，坚持要立刻起飞。

得到消息后，刚赶到毛利特里斯的利维坦决定，使出撒手锏"安魂曲"，彻底搞乱机场的调度系统。

在一个小国搞这么大的动作，肯定会引起怀疑。于是黑客们一不做二不休，一口气黑了全世界几十个机场。

利维坦向同伴们提出两个要求：第一，必须不惜一切代价，拿到潘多拉；第二，决不能让高瑞平活着离开毛利特里斯。

付培等人被他的决绝给吓坏了。他们是黑客，不是杀手，别说动手杀人，连想想的胆子都没有。

在众人的逼问下，利维坦交代了高瑞平的真实身份。得知那个人确实是个大祸害，黑客们也同意，老大的决定是不得已而为之。但是对于"潘多拉"，利维坦不愿意再多说什么。于是，其他人一直不清楚个中玄机。

考虑到大家连打架都没多少经验，利维坦提出，由他亲自解决高瑞平。其他人则混入被困机场的游客中，寻找机会，夺取"潘多拉"。

利维坦从北美出发时，已经利用暗网中熟悉的军火贩子，预定了一支手枪和两发子弹。那是毛利特里斯当地黑市上流通的，一支警用左轮手枪。考虑到枪声过于引人注目，他临时决定，换用撒旦带来的一柄防身用的陶瓷匕首。

夜幕降临，台风如约而至。黑客们潜入来多桑斯国际机场。因为"安魂曲"的威力，机场当时已经失去防御和监控能力。

他们潜入 VIP 休息室，等了几个小时，终于等到了机会。利维坦跟着姓高的进了浴室。

十几分钟后，发现高瑞平尸体的葛善惊恐万分。随从为了保护他，没心思照管放在沙发上的"潘多拉"。

看准机会，何诚抓起箱子就往外跑，挤进门外乱哄哄的人群。

葛善发现宝贝被抢，发了疯似的追过来，差一点就要抓住他了。

两声枪响。很多人的宿命，就在那一刻发生了彻底改变。

第二天，有关"安魂曲"的新闻席卷世界。宣布对此事负责的"错觉方程式"很快成了热门话题，阴差阳错地一战成名。

……

"谁开了枪？"袁枫睁着惊恐的眼睛，问付培。

"是利维坦。"黑客说，"何诚当时已经吓傻了。直到被大家拉着跑出机场，被大雨浇得透心凉，他还死死地抱着那该死的密码箱。"

"你们没去医院绑走葛善吗？"袁枫问。

"目的达到，我们只想尽早离开。"付培说，"我们一直认为，重伤的葛善被接回迭戈科里亚，死于政变。我们能查到的所有消息，都是这么说的。"

"洛希娜设法掩盖了真相。"袁枫皱眉，"那么，劫走葛善，还把他大卸八块的，究竟是谁？他这么做的目的是什么？"

电脑发出嘀嘀的提示音。

"稍等一下。"付培低头按屏幕，打开几张照片和文字材料。

一张照片引起了袁枫的好奇。

照片是婚礼上的合影，背景是棕榈树和大片花草。身穿礼服的新人站在正中间。在他们身边，站着一位西装笔挺、相貌英俊的青年，还有一对身穿唐装的老人。

"这个人看着眼熟。"他指着新郎，但想不起来在哪里看到过此人。

"他是葛善的随从，名叫朱亚敏。"付培松了口气，"之前在地堡，我们找到很多葛善的照片上，都有他。朱亚敏旁边的年轻人就是慎澜。他是马来西亚籍华人。他的姐姐慎小茜嫁给了朱亚敏。之后，他们一家入籍迭戈科里亚。"

"郑龙和他什么关系？"袁枫问。

"如果你的判断无误，郑龙就是龚郑……"付培拉过另一张照片，"他是朱亚敏母亲那一边，在国内的亲戚。"

从付培找到的资料上看。六年前，慎澜在毛利特里斯的一家贸易公司做保安主管。令人生疑的是，葛善死后不到两个月，他就坠海失踪了。

更诡异的是，在慎澜失踪的前几天，迭戈科里亚的新闻，报道了一件可怕的灭门案。

慎澜的姐夫、葛善的随从朱亚敏，被捕入狱后畏罪自杀。在他死后，慎小茜带着父母移居到海边的一座小房子。不久，邻居在早起锻炼时，听到枪声。警方赶到后发现，她们一家三口连同帮佣的小姑娘，都被残忍地杀死。家中的细软被洗劫一空。

"案件被定性为劫财杀人。"袁枫看着网页冷笑，"只怕凶手的真正目的，是杀人灭口。慎澜担心，自己会遭遇同样的事，跑掉了。可是，什么人会这么狠？帮工都不放过。"

"还能有谁？"付培觉得他不该问这个问题。

"我不信是洛希娜干的。"袁枫直面他投来的鄙夷目光，"你别乱想。我没说洛希娜不会杀人。她一直想搞清葛善的死因。葛善失踪，两个随从肯定知情。在没得到自己想要的回答前，洛希娜不会杀人。"

"不是她，那会是谁？"

"我想，是杀死葛善的人。"袁枫说，"说不定，慎澜和他的家人知道什么，所以才惨遭毒手。"

慎澜失踪后，毛利特里斯警方曾经朝着谋杀的方向调查过，但一直没有结果。

"我们可以认为，慎澜就是蒙面人。"袁枫说，"他和龚郑都没有死。慎澜一家的遭遇，虽然不是错觉方程式所为，但是这一连串事件，都是由你们在毛利特里斯的行动引发的。他恨你们是必然的。"

"慎澜来中国找龚郑。两人一起去了塔什库尔干。车祸又是怎么回事？"付培提出新的疑问，"龚郑隐姓埋名多年，是在躲避什么人？"

"也许他们知道，是什么人杀了葛善。为了躲开这个人，龚郑才会假死、改变身份。"

"我们还不清楚葛善之死的真相。"付培提出异议，"他们在躲避的，说不定就是洛希娜。我仍然认为，她是杀死朱亚敏，还有慎澜家人的嫌疑人。"

"也有这个可能。"袁枫同意，"可为什么过了这么久，慎澜突然不躲了，跑出来想要'潘多拉'？"

"这个嘛……"黑客摇头。

"那密码箱里装的是什么？"袁枫问。

"我真的不知道。"付培继续摇头，"'潘多拉'是白金级密码箱。刀劈、枪击、炸弹都无法破坏它。那箱子设置了脑纹密码。作为高瑞平给葛善的投名状，只有葛善的脑纹才能打开它。"

"以利维坦的能力，这么多年也没法破解？"

"利维坦也是人，不是神仙啊。你知道，脑纹类似脑电波。每个人的脑纹都是独一无二、无法复制的，比指纹、虹膜的保密性好得多。"

"利维坦知道打不开密码箱，还非要抢走它不可？"袁枫不信。

"他只说，盒子里的东西可以'改变人类的宿命'。"付培敲击键盘，调出几份新的文件，"你听说过十年前的'印第安天花事件'吧？"

当年，一伙极端分子侵入某国卫生部的秘密实验室，抢走被封冻多年的天花病毒原体。他们对病毒重新进行基因编辑后，在几个大城市释放，造成数千人染病，上百人死亡。

之所以称之为"印第安天花"，是因为经过重新编辑的病毒，只会在具有印第安血统的人群里暴发。

"那次恐怖袭击的元凶，已经被抓起来了。"袁枫记得，当时

第八章 惊魂夜　207

有个自称"红狮子"的组织,宣布对此事负责。这伙人随即被几国警力联合剿灭。

"但有人逃出来了。"付培用力按一下键盘,"高瑞平,原名易青华,病毒基因编辑专家。他是制造印第安天花的元凶。既然'潘多拉'是他的杰作,那么里面装的,很可能是更可怕的玩意儿。"

"葛善和这种人联系,是要干什么?"袁枫浑身发冷。

"迭戈科里亚的亲王,一向喜欢结交这类人。"付培打开一份通信录,挨个画圈,"这位约翰·马丁内斯医生,研究大脑移植,据说2025年就有成功案例,但谁也没见他公开发表任何数据;这位更厉害,研究能植入大脑、控制人思维的芯片;这位,研究怎么利用电磁辐射,对人类进行催眠。"

"葛善是真有病啊。"袁枫惊讶。

"我查过葛善和高瑞平的来往邮件。他们在加密邮件里,经常提到'终结者半成品'这个词。"

"那是什么意思?"袁枫困惑。

"我想高瑞平说的,应该和他的研究内容有关。"

"比'印第安天花'还可怕的病毒?"袁枫听见自己脑中响起的警报声,"难道,那就是'潘多拉'里的秘密?"

如果是这样,葛善以假身份潜入毛利特里斯,索取"投名状";利维坦说的"为了几十亿人性命,不能让高瑞平活着离开";错觉方程式不惜代价的行动,就都有了合理的解释。

葛善生前对昭陵六骏念念不忘,和"潘多拉"有关系吗?

因为昭陵六骏重聚,失踪多年的慎澜浮出水面。除了要向黑客们复仇,夺回"潘多拉",不知道他是否还有别的目的。不过,既然"潘多拉"必须用葛善的脑纹打开,慎澜就算知道里面有什么,也没用啊。

"难道说,还有其他打开密码箱的方式?只是你们没有发现。"

袁枫猜想，"其实你们也有这种担心吧。不然这么多年，利维坦不会一直留着已经没用的箱子。"

"这就是最让我恼火的。他什么都不肯说，不知道是在担心什么。"付培皱眉，"眼下，为了救利维坦，我们没有别的选择，只能交出密码箱。我们在明处，慎澜在暗处。他手里抓着利维坦，很不好对付。"

"我还是觉得，有什么地方不对。"袁枫琢磨。

慎澜是担心自己被黑客追踪到，于是让龚郑出马发送视频邮件，然后帮他隐身。从龚郑的行动看，他们这伙人不太懂得如何清理电子痕迹。也就是说，他们的技术水平很低。可是，之前慎澜明明能够追踪到利维坦，并且成功地将他劫走。拥有无数技术专家的国际刑警，都没这么大的本事。

当然，龚郑玩消失，要躲避的应该不仅仅是黑客。六年来，他一直在躲着什么人。慎澜一直保持沉默，可能与此有关。现在，慎澜打算和错觉方程式正面交锋。他知道自己现身，一定会重新引来对手的关注。于是，他先让龚郑脱身。他们要躲避的人或者组织，当真和葛善的惨死有关吗？这两个人，究竟身负什么样的秘密呢？

这些问题，只有见到慎澜本人，才能找到答案。

"花卉基地内外，有好多摄像头。"他对付培说，"以你们错觉方程式的能力，不难找到他的踪迹。"

他想到一个可能：把交换人质的地点选在花卉基地，是不是说明，慎澜对那里的环境非常熟悉呢？

"我能从慎澜的照片上，提取出他的体貌特征。"付培已经开始行动，"不过，对比花卉基地所有工作人员，还有他们的关系网，还需要一些时间。"

其实，在收到视频后，黑客们就对和花卉基地沾边的所有人员做了筛查。

因为精减人员的缘故,花卉基地里,只有十五个签约的工作人员。基地的大部分工作,已经由机器人代劳。清洁、安保也都承包给了大量使用机器人的私人公司。按理说,从这十几个人里找出一个可疑的人,一点都不难。但忙了一天,他们连花展的赞助商都查了一遍,竟然毫无收获。

"这里面,能找到什么线索吗?"袁枫用两根手指捏起桌上的塑料袋。

"我试过了。数据毁得非常彻底。"付培摇头。

就在他们两个发愁的时候,门突然开了。何诚大步走进来,一脸怒气。

付培的脸上闪过慌乱的神色,但立刻恢复了常态。他用疑惑的目光,瞟向跟着何诚走进来的孙冲。孙冲脸色微红,半低着头,神色窘迫。

袁枫丢下手里的塑料袋,下意识地后退了几步,靠墙站定。

"你别想多了。"何诚对付培说,"孙冲没有出卖你。但是我知道,你一直不回基地,肯定有事儿。"他看看四周,"搞得不错嘛。"

"你怎么找到这里的?"付培冷着脸问道。

"你说呢?"何诚耸肩,"咱们都是干这个的。"他抬起手,"我不是来吵架的。付培,咱们得谈谈。"

付培不吭声。

"利维坦留下的指示,你也不想听吗?"

老大的名号,果然比千言万语都好使。付培迟疑片刻,关上电脑,跟着同伴们走出小屋。

听到锁门的声音,袁枫两步跑到小桌边,抓起自己的手机。

可惜,信号被黑客屏蔽了。怎么办?得想办法联系沙婕。他在小屋里一圈圈地转悠,脑子里却是一片空白。

过了好一会儿,何诚和付培回到房间里。一高一矮的两个人面色阴郁。付培看起来像是挨了当头一棒似的,眼神在四处游移,似乎不愿意直接面对袁枫。

袁枫上前两步,想问个究竟。突然,他感到一股强劲的电流从脚踝迅速传导到全身。

电上瘾了是吧!当我是家用电器?一句国骂涌到他的嘴边。可他没来得及骂出口,便晕了过去。

再次睁开双眼时,袁枫发现自己坐在一辆轿车的驾驶座上。看车窗外,是黄昏下一条幽静的小巷。

他伸手拉车门,徒劳地猛拽把手,又把能摸到的所有按钮,统统按了一遍,连点烟器都没放过。然而,车子没有一点反应。

"有人吗?"袁枫放弃了和车较劲,扯着嗓子大喊。

他明白,黑客把他弄来这里,肯定有目的。徒劳的挣扎,只能浪费体力,既来之则安之吧!抱定破罐子破摔的心态,袁枫倒是觉得轻松了一些。

"闭上嘴!听我说。"何诚的声音,从车载收音机里冒出来。

袁枫揉揉耳朵,等着他继续开口。

"袁枫,只要你按我的指示做。事后,我保证放你一条生路。"

袁枫很想说,我信你个鬼!你们这些倒霉的黑客,一肚子坏水!但他知道,嘴上痛快没什么用。

"现在,请你穿上副驾驶座上的工作服。"

这是一套灰绿色的连体工服。胸前绣着花卉基地的LOGO。

袁枫知道自己别无选择。他脱下衣裤,套上工服。按何诚的要求,他打开副驾驶座前方的置物格,从里面拿出硅胶手套和蓝牙耳机,将它们一一戴好。

第八章 惊魂夜

"很好。"何诚顿了顿,"'潘多拉'在你的座位下。你把它拿出来。"

袁枫弯腰,从驾驶座下抽出一只半尺见方的小手提箱。

这就是"潘多拉"啊。利维坦口中"可以改变人类宿命"的魔盒。为了它,已经牺牲掉了几条人命,还可能把更多的人拖入深渊。

箱子并不沉,只是它冷冰冰的身躯,让袁枫仿佛摸到一条毒蛇似的,一阵心慌。黑客们竟然把这么要命的东西交给他,绝对没安好心。

"非常好。我下面的话,你要记清楚。袁枫,你下车往前走,出了巷子,过马路就是花卉基地的后门。你用硅胶手套右手食指的指纹,可以刷开员工通道的门。进去之后,你一直走,走到第四个路口向右拐,再一直走。走到路的尽头,就是A区四号花房。记住了吗?"

"你们……想让我去交换利维坦?"袁枫明白了黑客的用意。

错觉方程式担心,慎澜会设下圈套,于是把他当成了探路的炮灰。

"你按我说的做就行。"何诚不耐烦地说,"你进入花房后,找到多肉种植区,等我的下一步指示。"

黑客话音刚落,轿车发出一声轰油的闷响。车子已经被远程激活。车厢里,顶灯和面板上的灯一下子都亮了。空调开始呲呲地吐出暖风。紧接着,咔嗒一声,紧锁的车门打开了。

"可是,基地周围到处是摄像头。"袁枫咽唾沫,"我这张脸被扫到……"

他不明白,黑客既然搞到了某个基地员工的指纹,做了硅胶手套,却为何没给他准备一副硅胶面具。

"放心,摄像头我们都搞定了。现在,你下车吧。"

袁枫无奈地推开车门。

他提着"潘多拉"下了车,快步走出小巷,看到对面街边,路灯下的 LED 指示牌显示,现在是晚上七点二十分。

十里台的花卉基地,是两年前在老花卉市场的原址上重建的。它从城里最落后的"大集市",摇身一变,成了"最智能化""最绿色"的"零排放"花卉培育、交易、展示基地。

基地里整齐地排列着几十个大小各异的温室。温室内的光照、温湿度、噪声、能耗、空气质量,还有土壤肥度、酸碱度等,都用人工智能进行检测和调控,正在逐步实现彻底的无人化管理。

按照何诚的指示,袁枫顺利地进入基地。一路上,他警惕地观察周围,但除了偶尔和他擦肩而过的机器警卫,空荡荡的园区里,没有任何动静。

他身上的衣服里,封装了带有员工身份的芯片。机器警卫隔着几米远,就能扫到芯片信息,自动给他让路。

袁枫一路走到 A 区附近。他注意到,路边种着观叶植物的露天花坛里,铺了一些亮闪闪的锡箔纸。这是农学家搞出的新技术,可以在秋冬季节给植物增加光照,并且有驱虫的效果。

他走到路口的位置,立刻蹲下来,迅速扯下一小块锡箔纸。袁枫把锡箔塞在袜子里,用它挡住脚踝上的电击贴片。刚才他已经观察过,每个拐角的位置,都会有一小片的监控盲区。

必须想办法逃出去,袁枫打定主意。他已经受够了错觉方程式的出尔反尔,受够了被各路人马当枪使。不过现在,他暴露在黑客的监控之下,居心不良的慎澜也不知道藏在何处。袁枫只能提醒自己,随机应变。

他走进四号花房,穿过一排排铁架中间的小路。按路牌的指示,他很快找到了多肉种植区。

这一片的面积,大概有三四亩。所有多肉植物按品种分类,种在一块块用人造水渠分隔开的土地上。在夜晚昏暗的灯光下,看着

第八章 惊魂夜

还挺壮观。因为没有花架，多肉植物又都是贴地生长，视野中没有任何遮挡。

袁枫站在景天科多肉的牌子旁，看一眼挂在房梁上的时钟，交易时间到了。

嗡嗡嗡……

一架无人机从他身后飞了出来。它飞到袁枫的面前，挂在悬臂上的一支手枪对准了他的脸。手枪上方，一只摄像头在监视着附近的环境。

袁枫浑身僵硬，不明白这是什么套路。

"让他先交代利维坦的下落。"何诚在耳机里催促道。

"摘下耳机，扔在水渠里。"无人机用电子音命令袁枫。

"你……先告诉我，利维坦在哪里。"袁枫的声音在发抖，"我得确认，他没有生命危险。"

"摘下耳机，扔在水里！"无人机开始围着他慢慢转圈。

袁枫跟着它，转动身体，眼睛紧盯着枪口。他知道再这么下去，慎澜一定会操纵无人机开枪，而错觉方程式，才不会在意他的死活。

只能这样了。他摘下耳机，丢在水渠中，举起双手。

"把'潘多拉'放在地上。"无人机命令。

"请让我先看一眼利维坦。"袁枫用恳求的语气说。

这可糟了！他看到，挂枪的悬臂后还有个爪钩。看来，慎澜是想用它抓走小手提箱。

交出"潘多拉"，利维坦必定没救了。那样一来，就算慎澜不杀他，黑客们也会下毒手。不交？子弹一秒钟就能打穿他的脑袋。完了，完了，完了……濒临绝境的恐慌让袁枫冷汗淋漓。

哔哔哔哔……

一个机器警卫从花架中间穿出来。它滑到多肉区附近，扫描到"被枪口挟持"的员工，立刻激活了基地的报警系统。

伴随着响亮的警报声，机器警卫朝袁枫的方向冲过来，向无人机弹出捕捉网。

慎澜显然没想到，还会有这一出。他慌忙操纵无人机，躲开攻击。

好时机！见枪口偏离自己的脑袋，袁枫立刻抡起"潘多拉"，铆足了力气，砸向不到半米外的无人机。

白金密码箱的材料果真不是吹的。无人机顿时被砸掉一个叶片，掉进水渠。随着一片骇人的电火花在水面闪过，它冒出一缕臭烘烘的黑烟。

袁枫火速拉开连体工服的拉链，将"潘多拉"塞在衣襟里。他扑上前，抄起"死掉"的无人机，拼了命地往外跑。

响彻园区的警报声震得他耳膜疼。袁枫一路狂奔，一边打开悬臂上的搭钩，从无人机上拆下手枪。

不断有警卫机器人迎面飞速滑来，冲向A区四号花房。多亏了工服里的芯片，它们把他当成了紧急避难的员工，没有加以阻拦。

袁枫一口气跑到后门附近，耳边依稀传来警笛声。他已经顾不上刷指纹，踩着闸机翻墙而出。

袁枫跑了没几步，被两个戴面具的身影挡住去路。他先发制人，举枪就打。看到付培躲到树后，掏出电击器的遥控器，袁枫一甩手，像丢沙包一样，把烧得黑乎乎的无人机砸到他的身上。

趁黑客们一愣神的工夫，袁枫穿过街道，跑进小巷。

车仍旧停在他出发时的位置。他钻进驾驶舱，一枪打烂电脑系统。这样，自动驾驶失灵，没人能远程接管这辆车了。他拧一下插在钥匙孔里的钥匙，发动了车子。

花卉基地里的警报一响，街上的车流立刻接到智能交通系统的疏散指令，朝着一个方向加速离开。

袁枫驾驶轿车，果断地汇入疏散的车流中。

警车和警用无人机接二连三地出现在视野里。稳住，稳住，袁枫低着头，控制着不断颤抖的手，攥紧方向盘。他一路向北开，每过一两公里就变换路线，在小巷里穿梭，避免被满街的电子眼盯住。

过了一个多小时，夜色下的道路两旁，已经是树林和田野。袁枫稍稍加快车速。这时他才发现，身上的工服早被汗水浸透了。

他继续往前开。又跑了几十公里，前方的一片黑暗中，终于出现了目的地的轮廓。袁枫把车停在一片苇塘边，徒步走进寂静的水镇。

水道、码头、小楼，一切看起来和几天前没什么不同。他推开房门，小心翼翼地踏进一只脚，停下来侧耳细听。

警察已经对水镇内外做过地毯式搜查。搜查队伍离开后，短时间内应该不会再回来。人们总说，最危险的地方，也是最安全的。再说，除了水镇，袁枫想不出，他还能在哪里避一避风头。

夜风吹过，窗棂吱吱响了几声。黑洞洞的小楼又恢复了平静。

袁枫暗暗舒了口气，走进堂屋，慢慢地关上房门。

他一转身，呼！只见一把木椅子劈头盖脸地砸过来。他向一旁躲闪，抬腿踢中面前黑影的肚子，顺势举起了枪。

"哎哟！"熟悉的喊叫声传来。

"沙婕？"袁枫赶紧收起枪，把趴在地上的姑娘扶起来。

"你怎么在这儿？"沙婕喜极而泣，"你跑哪儿去了？电话不通。这都一整天了！"

"嘘，小点声。"袁枫按了一下她的嘴唇，"你怎么会在这里？"

"我没地方可去啊。"沙婕拉着他，快步穿过堂屋，走进后院。

她掀开地上的一块钢板，带着袁枫走下一段石阶。

这个地窖，面积大约四十平方米。曾经，他们想过把昭陵六骏藏匿在这里，躲过警方的搜捕后，再转移到别处。于是，在行动前几天，沙婕从城里运了些瓶装水和方便食品过来。谁承想，现如今，这里成了他们唯一的避难所。

"昨天，我等了你好久，不见你回来。"沙婕拉着袁枫坐下，身边的应急灯照亮她焦虑的脸，"给你打电话，发现你手机关机了。我当时害怕极了，想着该不会出什么事了，我就……"

"幸好你跑掉了。"袁枫拉开衣襟，取出"潘多拉"。

"这是什么？"沙婕好奇，"我找不到你，也不知道该怎么办。在城里转到半夜，才想起可以来水镇这里。"

"先不说这些。"袁枫接过她递来的瓶装水，喝了两口，"你的手机还在身上吧？"

"给你。它快没电了。"沙婕掏出手机，"和你失联后，我每次开机一小会儿就关上，怕被追踪。"

"我得看一下城里……"袁枫起身，走到敞开的地窖口下方，搜索网络信号。

突然，沙婕的惊叫和急促的哔哔声打断了他。

袁枫回身，看见沙婕因为害怕而扭曲的脸。地上，"潘多拉"箱体和箱盖接缝处的面板上，一个红色的小灯在飞快地闪烁，而且越闪越快。

"它……它怎么……"脸色铁青的沙婕抓住袁枫的手，"快跑！"

两人手脚并用爬上石阶。袁枫抱着沙婕，扑倒在院子里。他抬脚猛踢支撑着钢板的拉杆。翻起的钢板应声落下，扣住地窖口。

随着一声闷响，地窖口周围的泥土，陷下去足足半尺多。啪啪！几块瓦片从房顶脱落，摔成碎片。墙边的柿子树摇晃几下，熟透的果子纷纷落地，变成一摊摊烂泥。

不一会儿，扬起的尘土被夜风吹散。月光下，地面上触目惊心的大坑，好像怪兽张开的大嘴，露出令人生畏的狰狞。

第九章
叛逆者

晨曦初现，大地未醒。

走下火车的张钧打了两个喷嚏，朝站在月台前方不远处的老同学招手。

"瞧你选的这车次。凌晨开车！多遭罪。"周昊上前，帮张钧拉行李箱。他身上裹着一件厚外套，短粗的脖子全部淹没在高高的毛领里，头显得更大了。

"只有这趟车的票价，卡在咱们馆里的报销上线。"张钧冷得直搓手，"我昨天下午吃过饭，倒头就睡，睡到半夜，爬起来赶车。"

"你……和杨副馆长打个招呼，超个两三百，能处理。或者走我这边的，招待费什么，也能报销。反正……你是替老师办事，没必要委屈自己。"

"还是按规矩来得好。"张钧露出腼腆的苦笑。

"你呢……就是太老实。"周昊慢条斯理地说。

两人乘电梯，来到地下一层的停车场，找到周昊的轿车。张钧弓着腰蹲在车边，打开行李箱的密码锁，从里面拎出一只沉甸甸的手提箱。周昊帮他把行李塞进车子的后备厢。

车开出火车站,向北走了一公里左右,路边有一家名为"石拱门"的中式快餐连锁店。周昊指示无人驾驶车停靠在外卖点餐口。他买了两份加煎蛋的烧饼夹里脊肉。

两人继续上路,边吃边聊。

"警察昨天还问,你为什么偏挑这个时候出差。"

"老师让我去西安,要一份微缩模型。"张钧打开放在膝头的手提箱。

箱子里,平放着六个大小一样的木框。3D打印出的不规则小块,用黏合剂拼接在木框里,看起来像没完成的拼图。

"缺的这几块,是怎么回事?"周昊指着每块木框中的空缺。

"挖出来的时候就不全。"张钧用手指戳一下骏马的尾巴。

"老师居然还有心思做研究。"周昊做出苦闷的样子,"还不知道上面打算怎么问责呢。"

"你是不是听到什么风声了?"张钧试探道。

"这话,你可别……传出去。"周昊故作神秘,"上面打算,给咱们馆里换血。你……是候选人之一。"

"我不行。"张钧忙不迭地摇头,"我干不了行政。"

"你别谦虚。大家都说,你最像老师。"周昊脸上的笑容一闪而过。

"咱们馆里那些破事,你不是不知道。我觉得吧,上面想换人是真的,但实际情况这么复杂,他们未必下得了决心。"

"我也不希望老师被换下来。"周昊表露心迹,"你有空,真得劝劝他,别那么较劲。就说这次,他老人家突然派你去西安,实在欠考虑。"

"我估计,这玩意儿和那个匿名赞助人有点关系。"张钧拍一下手提箱,"不然,老师不会在焦头烂额的时候,心血来潮,要研究什么石雕残片。"

"你……见过那个赞助人?"周昊忙问。

"没见过。你也别多问。好多事,咱们不知道更好,落个清静。"

车拐了个弯,文史博物馆高大的主楼出现在眼前。远远地,他们看见刘赫正靠在喷泉的水池旁抽烟。

周昊指示汽车靠边停下,帮张钧搬出行李箱。

"你先上去,我把车挪到地下停车场去。"他朝刘赫挥挥手,晃两下大脑袋,钻进车厢。

"你可算回来了。"刘赫掐灭烟头,大步上前帮张钧拉箱子。

两人一起走进西配楼,乘电梯上了二楼,敲开馆长办公室的门。

"巧了,你俩赶一起了。"吴谦接过张钧手里沉甸甸的箱子,"辛苦了!张钧,你先坐会儿,泡壶茶。我去把它收进库房。"

"我帮您提着吧。"刘赫主动干体力活。他跟着馆长走出办公室。

早晨七点刚过,保安们已经完成交接。穿制服的小伙子们带着机器警卫,开始今天的第一次巡逻。

这几天,博物馆陷于停滞,每天都空荡荡的,和鬼楼差不多。但保安巡逻的密度,比原来增加了一倍。

吴谦和刘赫来到地下一层。楼道顶端的智能电灯感应到有人来了,次第亮起。

走到三号库房门口,吴谦伸手按住门旁的扫描面板,扭脸对准面部识别摄像头。

验证身份成功,馆长推开铁门。库房里的灯自动打开,照亮一排排的铁架。铁架上,摆满大大小小的纸箱。

刘赫跟着馆长,穿过铁架之间的通道,一直走到库房最里面。一个两米高、三米宽的四开门保险柜出现在他们的面前。

吴谦转了几下保险柜的密码盘,用力向下按金属手柄。"咔嗒"一声,他拉开了柜门。

这只机械密码锁保险柜，是馆长想方设法保留下来的。很多人不明白，在智能化泛滥的年代，吴谦为何坚持要留着这个老古董。他们曾经私下嘲笑馆长，对"文物"有偏爱。不过现在，在受够黑客的欺负后，应该没人敢发笑了。

吴谦自认为对高科技没有任何偏见。他不相信的，是掌握科技的"人"。

刘赫按馆长的指示，将手提箱放在钢铁隔板上。

"这就行了？"他不懂老先生的葫芦里卖的什么药。

"撤吧。"吴谦咣当一声关上铁将军。

一切安排妥当，剩下的，就是耐心等待。

太阳越爬越高，照亮繁忙的城市，也给孤独的远郊小镇增添了些许暖意。

泛着绿波的平静水道，空荡荡的灰墙院落，时间好像绕过了这寂静的一隅，将它抛弃在荒凉之中，等着被遗忘。

袁枫推开冰凉的木门。一束耀眼的阳光唤醒他迷糊的大脑。看着眼前荡漾的绿水，他仍然不敢相信，自己又逃过了一劫。

"潘多拉"几乎炸塌了地窖。昨晚，他拉着沙婕一口气跑出水镇。两人在车里躲到天微微亮，才提心吊胆地摸回来。

还好，厚厚的泥土和钢板挡住了爆炸的声浪，没人注意到这里发生了什么。

白金密码箱怎么会爆炸呢？袁枫坐在堂屋冰冷的地板上，一直到天亮，仍然想不明白其中的原委。

他知道，慎澜没打算和错觉方程式交换人质。他只想将黑客引入花圃，利用远程操控的无人机抢走"潘多拉"。

让袁枫不明白的是，错觉方程式居然也在耍心眼。何诚交给他的，并非"潘多拉"的真身，而是外观一模一样的仿制品。手提箱里装了炸弹。黑客们是想在换回利维坦后,送慎澜一伙人上西天。

他们这么做很冒险啊,袁枫心想,一旦被慎澜识破,利维坦必死无疑。

更让他想不通的是,装在假"潘多拉"中的炸弹,是怎么被引爆的。黑客不可能安装定时炸弹,因为他们无法估算慎澜拿到密码箱后,何时与同伙会合。但如果是遥控炸弹,总有个距离的限制。袁枫确定,黑客并不在水镇周围。

理不清乱糟糟的大脑,让他感到一阵心烦意乱。

沙婕曾经提议,去找洛希娜求助。但袁枫更希望,暂时远离缠斗不休的各方势力,安静地想明白,这场风波的来龙去脉。

风吹得木门吱吱地晃动。

枯叶掉落在绿水的褶皱里,被卷入漩涡,摇摇晃晃地漂向远方。

四五十公里外的城市中,又是另一番景象。彩旗、霓虹和音乐,企图用热情给街道加温,对抗老天送来的寒流。盆栽鲜花用炽烈的香气为它们助威。满载海鲜、蔬果和节日礼品的无人车、无人机穿梭在大街小巷。

文史博物馆虽然闭门谢客,暂停一切工作,但为了配合节日气氛,还是打开了门前的音乐喷泉组。

馆长办公室内,一场鏖战正酣。刘赫持黑子,发起猛攻。吴谦执白子,步步为营,坚守阵地的同时,屡屡偷袭得手。张钧不着急回家,搬了沙发和茶具过来观战。

突然,尖厉的警报声响起,打乱了战局。人工智能报告,三号库房内发生爆炸。

爆炸?吴谦一时没反应过来。

爆炸!他跳起来,撞翻了桌子。馆长顾不上撒了一地的棋子,冲出办公室,一口气跑下几层楼梯。

几个机器警卫已经堵在库房门口待命。发生意外事件时，要进入上锁的库房，必须输入馆长才掌握的应急密码。

吴谦用颤抖的手戳着电子屏上的虚拟键盘。他不等铁门完全打开，就要闯进呛人的白烟中。追来的刘赫见状，赶紧上前，死死地拽住馆长。他把吴谦拖到一边，给机器警卫让路。

一直听到警报解除的提示音，保卫处长才松开手。

"出什么事了？"张钧也跑了下来。

三个人一起走进弥漫着火药味的库房。消防喷头喷出的白烟仍未散去，好像清晨树林中的浓雾，散发着干冷的气息。

靠近保险柜的铁架，在气浪的推搡下，如多米诺骨牌一般倒了三四排。架子上的纸箱滚落一地。

保险柜的铁门，被炸开一个直径一尺多的黑窟窿。破烂的铁皮向外翻卷，夹层中的特种陶瓷被炸成粉末，和各种材质的碎片混在一起，撒得到处都是。

机器警卫们在保险柜前围成一圈。它们探测到有人进门，才按指令散开。

地板上，一个落满白色粉尘的人形露了出来。

"是周昊！"刘赫大惊失色。他的喊声差点把吴谦的耳膜震破。

周昊的大脸，只剩下一半能辨认出模样。他浑身插满锋利的小铁片和瓷片，衣服被爆燃的火焰燎焦，腹部和胸前几乎没有完好的皮肉。

馆长感到心口像被人狠狠地踩了一脚。他知道，周昊会来库房。但眼前的一切，和他想象中的完全不同。

"警察什么时候过来？"张钧颤抖着，跪在已经断气的同学身边，捂着眼睛。

"他们五分钟内就到。"刘赫努力不去看尸体，下意识捂住了怦怦乱跳的心脏。

两小时后,吴谦半躺半靠在办公室的沙发上。他腿上盖着大衣,两眼失神地看向阳光明媚的窗外。

地板上,翻倒的桌子、摔裂的棋盘和棋子没人收拾。张钧双手捂着脸,在行李箱旁席地而坐,时不时地发出一声叹息。

敲门声响起,两个人都毫无反应。

刘赫推开门,钻进屋,用后背把门关上。

"从监控上看,周昊是从地下车库去的库房。他进门不到两分钟,就发生了爆炸。"保卫处长嗓音嘶哑,好像没电的机器人似的,"刚完成取证。人已经没救了,和物证一起拉回警局去了。"

"为什么会爆炸?"吴谦像是在问自己。

"这是在周昊的上衣口袋里找到的。"刘赫拿出手机,给他们看照片,"初步判断,是个引爆装置。周昊要打开保险柜,但不知道密码,所以装了炸弹,不小心,炸死了自己。"刘赫耷拉着脑袋,"馆长,警方要您提供保险柜里的物品清单。"

"我电脑里有。"吴谦挣扎着起身,调出单据,"记得有四五件唐宋陶器,两只明代镶嵌金丝和红宝石的和田玉瓶。"馆长开始流泪,"我真是没法交代了。"

"这里面少写了一件吧。"刘赫看着从打印机中吐出的清单,摇头,"张钧今天一早拿回来的箱子里,装着什么?"

"是2003年在西安出土的,几匹唐代石马残片的3D微缩模型。"张钧回答,"老师可能忘了登记。你补写在后面吧。"

"你核对周昊提过箱子里的东西吗?"刘赫警觉起来。

"回来的路上,我给他看过模型。其实……"张钧欲言又止,看向老师。

"有什么你赶紧直说,别等警察来审你。"刘赫烦躁地催促道。

"这才是西安出土文物的模型。"吴谦吃力地从办公桌下搬出一只黑色手提箱，平放在桌上，打开，"那边的研究所直接给我发了快递。张钧提回来的，是用我昨天下午传给他的模型打印的。"

"您这是在干什么？"刘赫露出忧惧的神色，"这些模型，到底是啥？"

"我放入保险柜的，其实是昭陵六骏存世版本的模型。我去掉了其中的几个部分。"吴谦扣上手提箱。

"您让所有人以为，那是西安2003年出土的残片。"刘赫脸色铁黑，"周昊就是为这个，才去库房的？您……是故意引他去开保险柜的？"

"我跟你去警局，亲自和他们解释吧。"馆长阻止保卫处长继续发问，"这事和昭陵六骏被劫，还有咱们馆里遭遇仿生人袭击有关系，三言两语说不清。"他用颤抖的手拿起大衣，"你们要相信我。我从没想过，周昊会用炸弹。"

"我也去录个口供？"张钧站起来，握紧行李箱的拉杆。

"你别添乱！先回家吧。"刘赫心烦意乱，"我送馆长去公安局。"

三个人穿上外套，一起乘电梯下楼。张钧佝偻着身体，走在最后面。来到一楼，他跟着吴谦和刘赫穿过门口的安检仪时，嘀嘀嘀的报警声响了起来。

已经走下台阶的吴谦猛地转身，脸色煞白地盯着愣在大门口的张钧。

张钧扫一眼火速靠近他的机器警卫，脸立刻变成粉红色。突然，他用力推开刘赫，丢下行李箱，三步并作两步跑向大街。

机器警卫飞快地追了出去，抛出电击器。张钧的后背被勾住，大叫一声，浑身战栗地向前扑倒在地。

刘赫赶开警卫，上前将他翻过来。只见一道鲜血从张钧的嘴角流出来。

不好！他肯定知道自己逃不掉，吞了什么毒药！

刘赫急得满头大汗，掏出手机召唤救护车。他一转脸，看见吴谦要打开张钧的行李箱。保卫处长跳起来，几步窜过去，抓住馆长的手。

"别动，不知道里面有什么！"

"我知道触发警报的是什么。"吴谦坐在地上，手和嘴唇都在发抖。"是我放的超薄磁扣。"

"什么？"刘赫一脸问号。

吴谦泪流满面地打开张钧的行李箱。他掀开最上层的睡衣，几块嵌在木框中的3D模型露出来。

"您到底让张钧打了多少模型？"刘赫彻底懵了。

"这才是西安研究所发给我的模型，本来放在办公室里。"吴谦将胸口的衣服揪成一团，"张钧打印了两份假模型，一份交给我，放入了库房。另一份，应该藏在他的行李箱里。他趁你我去三号库房时，用自己留下的那份假模型，替换了我放在办公室的真模型。"

"他为什么要这么做？"刘赫更加茫然。

"他想让我用假模型做研究，得到错的结论。"吴谦哭诉，"怎么会是张钧呢？我怀疑周昊，怀疑杨卉，我怀疑过很多人，但唯独没有怀疑过他。"馆长用袖子抹脸，"出了那么多事，我真是怕了。所以拿到快递后，在真模型的背面贴了超薄磁扣，想着以防万一。我怎么会想到……怎么会这样啊……"

"张钧就是内鬼？"刘赫觉得自己快疯了，"他帮着外人搞破坏，图什么呢？他和周昊不一样，一向专心做研究。"

"他和他背后的人，并不是要搞破坏。"吴谦露出苦涩的表情，快把胸前的衣服抓碎了，"你真的不明白吗？他们其实是要……"

馆长发出痛苦的呻吟，慢慢趴在地上。

"您不要吓我！"刘赫扑通一声跪倒在地，抱起脸部肌肉抽搐、嘴唇变成紫色的吴谦。

警笛长鸣，救护车飞驰而来，靠边停下。

两个急救员跳下车，拉出担架。他们看见口吐鲜血的张钧和面无人色的吴谦，情急之下，不知道该先抬谁才好。

几个路人被鸣笛声吸引，停下脚步。他们举着手机，想拍几条能发到网络上的视频。

很快，救护车尖叫着离开。保安在机器警卫的协助下，关闭博物馆的所有出入口。看热闹的人群意兴阑珊地散去，没过几小时，就将这一幕彻底忘掉了。

节日里，总有很多有趣的活动：花车游行，古典和摇滚音乐会，郊外赏红叶……十天的公共假期，转眼过去一大半。没玩够的市民开始收拾行囊，打算去远郊享受新鲜空气，还有金秋肥美的螃蟹。

北郊外，冷清的水镇里，却只有一日冷似一日的空气。它告诉躲在小院中的人们，时间的流逝，比他们想象得更快。

捏着发烫的手机，袁枫焦虑地看着电池图案旁的数字，慢慢升到百分之九十。凑合着用吧，他拔下充电线。

水镇早就没有了电力供应。这几天，他们全靠从轿车里拆下来的蓄电池，让自己不至于与世隔绝。但这样的日子，也撑不了几天了。

自从逃离花卉基地，错觉方程式便销声匿迹了。袁枫知道，黑客为了躲避警方的调查，会保持一段时间的静默。于是，他们暂时不必担心，再和这伙人遭遇。

袁枫想，作为葛善曾经的亲信，慎澜在捉住利维坦后，肯定会设法问出昭陵六骏的下落，并且将它们转移到其他地方。找到慎澜的踪迹，说不定会有转机。只可惜，他大海捞针似的找了五六天，进展寥寥。

昨天，他已经翻出龚郑失踪前使用过的社交账号。看得出来，龚郑曾经是个热爱生活的人。他每天都会发一些美食和四处游玩的图片。袁枫打算换个思路试试看,一定要找到他们。

他举着手机,推门走进信号最好的西厢房,看到沙婕趴在窗台上。她对着阳光举起手。在她的手指之间,什么东西在闪闪发亮。

"我在砖缝儿里找到的。"沙婕把闪闪发亮的小圆片放在他的掌心。

它有成年人的小指甲盖大小,大约一毫米厚,边缘打磨得非常光滑。这是某个小镜头上的镜片。它看着很新,肯定不是前些年留下的。

一道光打在镜片上,折射进袁枫的眼睛。

难道说……光好像穿过了他的脑子,让他茅塞顿开。原来是这样的,彻底被耍了!袁枫一气之下,把镜片狠狠砸在地上。

"怎么啦?"沙婕被他懊恼的表情惊到。

"我明白了。"袁枫捡起镜片,"错觉方程式就是利用它,骗过我们,抢走了四骏!"

"真的吗?"沙婕不敢相信。

"你记得吧,我们离开博物馆后,需要从陆路换水路。"袁枫唤起她的记忆,"我们不能把车直接开到码头或者船坞,因为目标太大。"

"对,所以我们要先把车藏在安全的地方。找到船之后,再把它们开过去,搬石骏上船。"

"我去取船,来回大概四分钟时间,你呢?"

"六七分钟。你是说,他们趁着我们取船时,从车上挪走石骏?"沙婕摇头,"不可能。你推它们上船前,没检查过?我可是掀开保护套看过的。"

"我也掀开保护套,确认过石骏。"袁枫说,"但时间紧急,我们都不可能把套子拆下来,认真检查。天又那么黑。错觉方程式利用了这一点。他们已经知道咱们的计划,于是准备了外观一样的磁浮底座、罩上玻璃罩和保护套。"

"但我确实看见,白蹄乌和特勒骠在玻璃罩里。"沙婕坚持,"我没瞎啊。"

"你看到的是它制造的假象。"袁枫举起镜片,"黑客在玻璃罩里,装了裸眼3D发射装置!"

"我的天……"沙婕呼吸急促起来。

"因为有磁浮底座,我们完全感受不到石骏的重量,一心只想着赶紧逃跑。"袁枫几乎把镜片捏碎,"他们在镇口袭击宁嫣,是为了吸引我们的注意力。趁那个时间,黑客溜进这里,扯下保护套,拿走发射装置。这个镜片,是他们离开时,不慎脱落,掉进砖缝的。"

他一直觉得奇怪,黑客们为何只带走了石骏,却留下磁浮底座、玻璃罩和保护套。原来这一切都是障眼法!

"现在知道这些,已经没用了。"沙婕很快从激动陷入失落。

"我这不是在想办法嘛。"解开一个谜团,袁枫感到心里舒畅了一些。

他席地而坐,打开手机里设置好的检索程序。

龚郑失踪前的最后一条社交网状态,是一张在大排档吃烤肉的照片。仔细看就会发现,这张照片和他平时发的不同。龚郑之前发的照片,都带着定位。而最后这张照片,虽然是桂林的街景,但没有定位。

按时间推算,他发这张照片时,人已经在塔什库尔干。他故意说在旅游,是为了制造烟雾。

他继续往前翻网页。2027年12月初,龚郑请了一个星期的病假。他每天发蓝天、白云和水杯、药瓶的照片,说自己在调养。但连着三天的照片,同样没带定位信息。不用问,他没病,而且想隐藏那几日的行踪。

第九章 叛逆者　229

龚郑不会隐藏自己的 IP，或者伪造网络地址。他发送的照片的元数据里，带着 IP 地址信息。三条状态中的两条，是从银川发出的。

龚郑很快就要去塔什库尔干，所以秘密的银川之行，不会是无的放矢。他可能是要见什么人，打听高原之行的重要情报，或者去找什么重要的东西。

龚郑使用的 IP 地址分配给了会展中心。他发状态的时间，是晚上九点多。

他是住在那里，还是去拜访那里的住客？袁枫觉得后者可能性更大。因为会展中心不同于普通的酒店，只接待大型会议的参会者入住。

2027 年的会议登记资料不好查，但重要会议，媒体都有报道。袁枫在搜索框里输入龚郑发状态的日期和"银川会展中心"两个关键词，找到十七八页相关的结果。

翻到第六页时，一则题目为"首届古丝绸之路城市史国际研讨会"的新闻，让他大喜过望。塔什库尔干古称葱岭，正是古丝绸之路的一脉啊。然而点开新闻，第一张照片就让袁枫双手一抖，差点摔了手机。

照片上，一个熟悉的身影坐在主席台靠近正中的位置。袁枫放大图片，盯着正襟危坐的吴谦。

不可能有这样的巧合！龚郑去银川，肯定是见吴馆长的，除非参会嘉宾里还有另一个人，与葛善亲王有牵连。

曾经袁枫以为，身边的乱局是因为他们抢走昭陵六骏而激起的波澜。然而经历了种种匪夷所思的惊险后，他开始相信，这光怪陆离的一切，早在六年前就已经拉开了帷幕。

黑客回忆，痴迷六骏的葛善被困于机场时，在看《大唐西域记》；两月多月后，慎澜和龚郑秘密前往帕米尔高原，随即神秘"死亡"；六年后，警方发现，闯入博物馆的仿生人翻过唐代西域的文献。所以,西域、古丝绸之路和昭陵六骏之间,很可能有什么关联。"

"吴馆长一定知道些什么。"袁枫说,"我得找他当面问个清楚。"

"你只要进城,一定会被捉住。"沙婕听了他的分析,半信半疑。

"前几天有新闻报道说,吴馆长突发疾病住院,不知道现在好些了没有。除了他,没人能解答我的疑问。"

"馆长住在哪家医院?"

"他和张钧教授,都住在401医院。"

"张钧老师怎么了?"沙婕吃惊万分。

"不清楚。警方压住了消息。只知道,他们两个同时被送进医院。"

"要潜入医院,很难啊。"沙婕想起上次在911医院的遭遇,仍然不寒而栗。

"我有个办法。"袁枫拍一下手,"后天,是公共假期的最后一天,全城要举办国际马拉松比赛。我记得,赛程是从西郊的森林公园出发,途经市中心,一直跑到东郊的新卫星城。"

"你想混在人群里,跑进城吗?"沙婕觉得不靠谱。

"别忘了,市里的大医院,都会派出医疗车和医护人员,配合马拉松的保障。"袁枫催促自己的脑子转得更快一些,"如果能查到401医院派出的医疗车在什么位置待命,我是可以顺利进入医院的。"

医院的防火墙,应该很容易绕过去。袁枫可以从他们的调度系统里,查到派车的信息。进入医院后,他换上白大褂,戴上口罩,可以暂时躲过监控。现在唯一让人担心的是,馆长的病房外会有警察值守。

"就算没人值守,馆长见到你,会不会报警呢?"沙婕越想越害怕。

"走一步看一步吧。"

第二天一早,凌晨五点刚过,一辆无人驾驶急救车在郊外空旷的道路上飞奔。

车厢里,睡眼惺忪的急救员打开药箱,再次检查常见药品是不是配齐了。马拉松赛八点开赛,他们得在早七点前就位。

急救车发出"前方有异常"的警报,减速停下来。急救员看到车头前方两三米外,一辆破旧的无牌照轿车横在路上。一个身穿脏兮兮的蓝色针织衫、卡其色长裤的男人,趴在轿车的前机器盖子上。

急救员提着药箱下车检查。他们要确认男人是否活着,还得判断这是不是事故,或者案件现场,是否需要报警。

噼啪!电流袭来。

刚伸出手,要把男人翻过来的急救员惨叫一声,倒了下去。他的同伴下意识转身,肚子被电击器戳中,全身一阵发麻。但他并没有失去行动能力,于是使出吃奶的力气,用药箱砸中偷袭他们的人。

脑袋挨了一下的沙婕一阵眩晕,向后跌倒在地。急救员把药箱丢向她,跑向急救车,一边拔出腰间的呼叫器,想报警求救。

躺在机器盖上的袁枫跳起来,一脚将他踢倒。

呼叫器摔在地上,滑到车下。

袁枫骑在急救员的背上,想捂他的嘴,被一口咬住手掌,疼得直掉眼泪。

沙婕爬起来,抓起药箱,照着急救员的脑袋砸下去。不料急救员往旁边一躲,铁家伙刚好砸到袁枫。

"救命……"急救员大喊着爬向车门,脖子上又挨了一下,瘫倒在地。

"你到底和谁是一伙儿的?"袁枫捂着被砸青的额头,站起来。

"谁知道你做的这玩意儿,电量一会儿大、一会儿小!"沙婕捡起电击器。

"用破车里拆下的零件做的,你能指望啥?"袁枫和沙婕合力,将急救员们捆起来,放进轿车的后备厢。

"你把他们送到安全的地方,然后赶快去甘露别墅18号院。"袁枫对沙婕说,"你把慎澜和龚郑的事告诉洛希娜,她应该不会为难你。等我见过馆长,就过去和你会合。"

他换上急救员的衣服,戴好帽子和口罩,钻进急救车,接入车内系统。

刚才,袁枫用自制屏蔽器拦截了急救车的信号,否则打架的一幕,早被车载摄像头拍下来,传回指挥中心了。

他向指挥中心发送请求,报告车内设备检测故障。他请求回医院检修,并派备用车执行马拉松保障任务。

两分钟后,得到"同意"的回复,车子自动关门,掉头朝医院的方向驶去。

401医院是距离文史博物馆最近的一家三甲医院。三楼的加护病房里,吴谦按动床边扶手上的按钮,帮自己坐起来。他用语音遥控关上窗帘,挡住上午灿烂的阳光,又命令电视机开机,调到新闻频道。

入院几天,医生命令他,不许碰手机和电脑,每天只能看两小时电视新闻,尽量减少会客。

楼下重症监护室内,张钧尚未苏醒。

警方在周昊家,找到了制作炸弹的工具和图纸。但谁都知道,那是张钧找人放进去的。周昊一直想找馆长的把柄,好逼迫老师下台,取而代之。他想去库房看看,匿名捐助人和馆长在捣鼓什么秘密,结果中了张钧的计。

张钧知道馆长怀疑周昊,也知道警方在加紧调查,于是想到用周昊做替罪羊。但他一个人做不了这些事,然而他背后牵扯哪方势力,仍然没有线索。

警方已经确定,周昊口袋里的引爆装置启动后,如果接近放在手提箱里的炸弹,在距离小于一米时,就会遥控将其引爆。

国际刑警的专家说,他们见过类似的炸弹,已经启动协助调查。

真不该自以为是地去引蛇出洞啊……想起周昊,吴谦依旧感到心头隐隐作痛。天地良心,他只想抓住周昊吃里爬外的证据,帮警方找到突破口。没想到,竟然害死了他。如果……晚了!根本没有什么如果!

见戴着大口罩的医生推门走进来,吴谦抹抹湿润的眼角,打了个手势,关掉电视。

医生走到床边,按遥控器,拉上楼道那一侧窗户上的百叶窗。

这人的眉眼看着好眼熟啊……袁枫!吴谦算是经过风浪的人,见到熟人摘下口罩的瞬间,没有失声喊出来。

"馆长,我们只是想和您打听点事。"袁枫作揖如捣蒜,"您千万别叫警察过来。"

昨天他黑入医院的系统,查到馆长已经住进不设警卫的加护病房。

"你是怎么……"吴谦抬头看墙角的监控探头。

"我屏蔽了它的信号。"袁枫走到床边,"馆长,我的时间不多,希望您别再隐瞒下去。"

他拿出手机,给吴谦看照片。

"这个人叫龚郑。2027年12月,他曾经在银川会展中心和您见过面。我想知道,你们谈了什么。我猜,是和塔什库尔干有关系。"

机关枪似的说完这番话,袁枫停下来,观察吴谦的表情。

"我记得见过他。"吴谦已经不想问他是从哪里打听来这些消息。馆长只希望,失控的世界能早点恢复平静。

"龚郑是吗？我记不清他的名字。"馆长回忆，"只知道他是个地质学家。那年他突然来找我，问了一个非常古怪的问题。"

"什么问题？"

"他向我打听，葱岭玉是什么。"吴谦皱眉，"据传说，塔什库尔干一带，曾经出产这种稀有而奇特的宝石。"

"葱岭玉，很值钱吗？"袁枫有点失望。

慎澜和龚郑神神秘秘地去塔什库尔干，是要挖宝石？这两人一会儿假死，一会儿跳出来闹事，也是因为宝石？葛善的亲友团，不会财迷到这种程度吧。

"葱岭玉的价值，不能用钱衡量。"吴谦轻声道，"在葱岭上，曾经有个小国，名曰'揭盘陀'。这个国家的王室，持有一种奇特的绿色宝石。相传它熠熠发光，美艳绝伦，而且具有灵性。据说葱岭玉可以辨别人的贤愚，智者得之可以保佑福寿安康，愚者遇之则会玉石俱焚。"

"那只是传说吧。"袁枫觉得难以置信。

"也许吧，毕竟没人见过葱岭玉真身。"吴谦说，"一千多年前，只有揭盘陀王室才有少量的葱岭玉。这种宝石极其罕见，数十年都找不到一颗。"

"现在还能找到这种宝石吗？"袁枫记起，仿生人在古籍库里动过的抽屉上，就写着"揭盘陀"。当时他不会念这个名字，向馆长请教过，但因为太生僻，转脸就忘了。

"没人知道。"吴谦摇头，"最后关于揭盘陀国的记载，是在北宋初年。这个丝绸之路上的小国，有很多未解之谜。根据玄奘法师书中记载，他们的祖先，可能是从中原迁徙过去的汉人，更多的就不清楚了。"

"这个国家消失后，没人找到过葱岭玉了？"

"葱岭玉是否真的存在，一直是个疑问。"吴谦解释道，"相传在唐贞观年间,朅盘陀王族的人,曾经由一位粟特商人引路,去朝拜唐王,献上了葱岭玉。因为它灿若星辰,一时间轰动京城。但是进贡的宝石在哪里呢?史书没记载,考古没发现。一切都好像被时间吞没,没有任何痕迹。"

"或许,那也只是传说。"袁枫说,"馆长,龚郑跑去银川见您,就是想找到葱岭玉?"

"对,朅盘陀的故地在塔什库尔干附近。龚郑对那里出产的矿物,做过系统研究。"

现在已经探明,塔什库尔干出产两类绿色的宝石。其一是绿柱石,也就是人们常说的祖母绿。但是塔什库尔干出产的祖母绿,品质并不好。另一种被称为"冰翠"的宝石,根本不值钱,其真身,是天然形成的绿色火山玻璃。

在龚郑看来,这两种绿色宝石,都不可能是传说中美丽又有灵性的葱岭玉。

"绿色的漂亮宝石,翡翠吧?"袁枫猜测。

"帕米尔高原没有翡翠矿藏。"吴谦露出温和的笑。

"那……会不会是绿色的和田玉?"

"汉代时,中原人就知道'玉出莎车'。那时,和田玉已经传入中土了。"吴谦摇头,"唐朝人认得和田玉,还有蓝田玉之类的绿色玉石。别瞎猜了,葱岭玉不是现代宝石学上的任何一种矿物。所以,地质学家才会来找我这个学历史的打听。"

"龚郑为什么会对传说中的神秘宝石有兴趣?"袁枫问。

"不知道。"吴谦回忆,"我还曾经问过他,为什么偏偏来找我。他说,他的一个朋友认为,我可能知道答案。"

"他说的可能是葛善。"袁枫随口而出。

"真的吗?"吴谦颇为意外,"葛善怎么会知道葱岭玉呢?"

"或许昭陵六骏和葱岭玉有什么关系。"袁枫突然觉得,快摸到门道了。

"年轻人,不要再瞎猜了。"吴谦疲惫地劝诫。

警报声骤然响起。屋里的两人顿时手足无措。但仔细一听,是通知警卫去一楼的重症室。

"张钧在那里。"吴谦掀开被子想翻身下床。

夹在他身上的仪器嘟嘟嘟叫了起来。

"馆长,张钧教授怎么了?"袁枫扶他回去躺好。

"没时间细说,你赶紧……"吴谦指着病房里的一个小门,"快!躲起来!"

他话音未落,门外传来脚步声。袁枫慌忙钻进卫生间,贴着门站定,屏住呼吸。

五六分钟后,闻声前来查房的医生和护士离开。他们临走时不忘叮嘱馆长,不要把窗户关这么严,对身体不好。

这时,刘赫急匆匆跑来,在门口和医生聊了几句客套话。

"出什么事了?"吴谦恨不得立刻跳下床。

"警方在查监控。"刘赫急得满脸通红,"馆长,张钧不见了。不知道他是自己醒来跑掉了,还是被人劫走。重症室门口的保安被打晕了,还没醒过来。"

一定是给张钧炸弹的人干的!他们是要救他出去,还是杀人灭口?吴谦紧张得直冒汗,但他立刻想到自己多虑了——如果是灭口,不需要把人带走。

"您没事就好。唉,我得上个厕所。"刘赫大步奔向卫生间。

吴谦阻拦不及,吓得揪住了被子。

叮咣!没关好的卫生间门后发出一阵响动。几秒钟后,袁枫狼狈地跑了出来。

"馆长,拜托您帮我向刘处长道个歉。"袁枫作揖,"没时间解释了,等找回昭陵六骏,我当面给他赔罪。"

看他戴上口罩，夺门而出，吴谦只能对着天花板唉声叹气。

跑出病房的袁枫以最快的速度穿过楼道，钻进楼梯间。突然，有人从背后紧紧地勒住了他的脖子。

谁又偷袭我！还有完没完了！

倒在地上时，袁枫没有听到自己的喊叫，甚至没感觉到疼痛。颠倒扭曲的世界里，最后的画面是一双穿着黑色皮靴的脚。它们散发着令人作呕的鞋油味，从他脸上跨了过去。

第十章
二重身

好冷……空气中是呛人的香烟味。

袁枫睁开眼,看见脏兮兮的玻璃窗,还有贴满简报的墙壁。他发现自己躺在地上,身上只剩下内裤,手腕和脚踝缠着胶带,嘴里塞着棉纱。

一个人背对着袁枫,坐在对面墙边的电脑桌旁。听到呻吟声,他回过头,丢来冷酷的一瞥。是慎澜!他看起来比照片上更瘦,眼睛里布满红血丝。

完了,这回是真的完了!袁枫很想让自己冷静下来,但大脑已经完全被恐惧占领。

慎澜悠闲地吐出一口烟圈,掐灭手里快燃尽的香烟。他起身走过来,丢了一块毯子,盖在袁枫的身上。

袁枫用疑惑的目光,看着他套上从自己身上扒下来的脏衣服,对着镜子梳理头发。

电脑旁的机器呜呜作响,几分钟后,发出"嘟"的一声。换好衣服的慎澜慢悠悠地走到机器旁,取出一只打印好的硅胶面具,蒙在脸上。

他的脸变成了袁枫的样子!为了掩饰完好无缺的耳朵,他戴上一顶蓝色的针织软帽,将两边向下拉。

打扮停当,慎澜往一支小手枪里填入五颗子弹,提着一只饼干盒大小的箱子,走出房间。

糟糕!袁枫被刚刚的一幕吓得魂不附体。任何人用脚指头都能想到,慎澜肯定要去做什么伤天害理的事。该怎么阻止这个家伙?可惜,他的思绪好像也被胶带捆住了,完全转不动。

袁枫带着最后的倔强,拼命挣扎,但无济于事。

寒风掠过村镇,在田野卷起金色的巨浪。向日葵枯萎的花瓣被吹落一地。

甘露别墅18号院,温暖的会客室里,花香四溢。沙婕陷在宽大的皮沙发中,啜饮加了薄荷叶的红茶。因为急着赶路,她出了一身透汗,头发湿嗒嗒地贴在额头上,看起来疲惫不堪又满心焦虑。

"果然是慎澜。"洛希娜听过她杂乱无章的叙述,闪过一丝忧虑的表情,随即恢复了扑克脸。

女王穿着白色丝绸马蹄袖立领衬衫,墨绿色丝绒马甲和阔脚裤。她的长发梳成高马尾。白皙的手指上,鸽蛋大小的绿宝石戒指,在阳光下闪闪发亮。

"慎澜的家人是怎么死的?"沙婕放下韦奇伍德的金丝雀茶杯。

洛希娜摇摇头,冷若冰霜的脸上看不出任何反应。

一身黑色衣裤、外罩灰色开衫的安皮克走进来。见女王朝她点头示意,大总管心领神会,欠身向沙婕行礼。

"沙女士,请跟我来。"她努力说好中文,表情谦和,语调却是不容反抗的意味。

"你去休息一会儿。"女王端茶送客,对房内的两个男仆摆手,

"你们也都下去吧。午饭给我送到办公室来就行。"

听到门关上的声音，沈湘如快步从绿檀木屏风后面走出来。

"你相信她的话吗？"他问洛希娜。

"她说的，和里瑟查到的差不多。"女王将茶杯放在手边的小圆桌上，"慎澜和朱亚敏一样，是头脑简单的蠢货。他们唯一的优点，就是忠心。"

"只有蠢货，才会崇拜葛善那样的自大狂。"沈湘如端起茶壶，给她倒茶。

"对，只有那样的人，才会天真地以为，找到一个可以充当救世主的大人物，就可以带着他们走向幸福和快乐。"

"我在非洲工作时，和几个军阀统治下的部落打过交道。"沈湘如给自己也倒了杯茶，"我始终搞不懂，部落居民为什么会顶礼膜拜奴役他们的人。那些孩子，从小就被训练成杀人机器。"

"错觉方程式总担心，机器会统治世界。但他们不明白，这个世界，早就把很多人变成了机器。"洛希娜皱眉。她不喜欢茶里有太多的薄荷。

"没想到，你也会说这样愤世嫉俗的话。"沈湘如微笑。"里瑟还没找到慎澜？"

"他半小时前接到一个消息，出去核实了。"洛希娜心烦地掐下一朵无刺蓝玫瑰，"葛善一定策划了什么见不得人的事。不管他是否还活着，六年来，这个计划一直在进行着。"

"但你仍然不打算和警方谈谈。"沈湘如放下茶杯，神色严肃，"我知道家丑不可外扬……"

"不，没那么简单。"女王把鲜花丢在地毯上，"葛善如果做了出格的事，影响的是王室的名誉，败坏的是我国的名声。现在，迭戈科里亚和贵国建交，已经走到最关键的一步了。我们和欧美之间的贸易合作协议，也在稳步推进。我怎么能让那个混蛋，毁了这一切!"

冬日的太阳,如迟暮的美人一般暗淡无光。接近中午时分,它才勉强在堆满杂物的小房间里,洒下一圈暖色调的光晕。

袁枫狼狈地躺在电脑桌下,喘息着。

他从墙角滚过来,沾了一身的土。毯子热乎乎地缠在腰上,他的腿和肩却像泡在冷水里似的,不停地发抖。

不能认输,袁枫给自己打气,无论如何,不能躺在这破屋子里等死。

他蹭着桌腿让自己坐起来,奋力向上一顶。沉甸甸的电脑桌晃了两下。咣!塑料烟灰缸和打火机滚了下来。

袁枫笨拙地转动身体,艰难地伸出被捆在身后的手,够到打火机,打出火苗。

火舌舔着胶带和皮肉。灼热的剧痛让他几次差点忍不住,想要放弃。如果不是嘴里的棉纱,他一定会咬烂舌头和牙床。

啪!疼得快失去知觉的手腕感到了轻松。

袁枫丢下滚烫的火机,挣脱绑缚,扯出嘴里的棉纱。他顾不上血淋淋的手腕,咬牙撕开腿上的胶带。披着毯子站起来,他抽了几张纸巾裹住手腕,转身掀开笔记本电脑的盖子。可惜,没有任何工具,要解锁电脑是痴人说梦。

得赶紧找到慎澜的去向!

袁枫抬起头,努力让自己镇定下来。贴了半面墙的简报和贴纸吸引了他的目光。他看到宁嫣的照片贴在靠下的位置。旁边的一张贴纸上,用红色的签字笔,潦草地写着她就职公司的办公邮箱和电话号码。袁枫的照片,连同他家人的联系方式,贴在宁嫣照片的上面。

慎澜去故宫博物院的官网,下载了六骏图的高清版本。他把它们打印出来，贴在简报墙最高的位置。在昭陵六骏图旁边，贴着唐代疆域图。慎澜用黑色的记号笔，勾出了葱岭的位置。现代帕米尔高原的卫星遥感地图、地形图、矿物分布图，贴在古地图的右侧。

袁枫低头，看到电脑桌上还有一沓从各个渠道收集来的研究论文。他翻了几页，找到几份带吴谦馆长署名的文章。

看着这些，他感到迷茫。慎澜为什么锲而不舍地盯着遥远的传说不放呢？

大脑突然加速运转，让袁枫感到一阵头晕。他伸手扶住墙。沾了血迹的手指，在墙皮上画出一片漩涡的形状。

指纹……对啊！蠢死你算了！

他从桌上找了一支烟，点燃，被呛得眼泪鼻涕俱下。撕下一张干净的便利贴，他把烟灰轻轻地弹在上面，堆成一小堆。袁枫屏住呼吸，把大片的烟灰碾碎，像撒盐一样，撒在慎澜的电脑键盘上。他轻轻吹走表面的一层灰烬，键盘显露出一片片灰白色的旋涡。

袁枫捡起用来捆绑自己的胶带，小心翼翼地平贴在键盘上，再以极快的速度揭下来。他把胶带贴在打印机的扫描窗口上，设置好参数。

等指纹膜片打好的工夫，他从衣柜里找了一身灰色的套头线衣和运动裤穿上，又从床下的鞋盒里，搜出一双大了两号的运动鞋。

衣柜最下层的抽屉里，有一卷绷带和半瓶酒精棉。袁枫匆匆缠上手腕的伤口，回身继续研究墙上眼花缭乱的贴纸。

方才浮光掠影浏览一遍，他没看出什么端倪。只是，不知为什么，一个声音告诉他，有什么地方不对。

再仔细看一遍，没有什么不对啊……

没有……这两个字在脑海里闪过，他只觉得一股寒流在心里翻腾。答案竟然如此简单，他却在一瞬间被吓得六神无主。果真如此，许久以来的很多疑惑就可以解释通了。

嘟嘟嘟……机器提示他，打印完成。

袁枫将膜片贴在手指上。他伸出右手食指，按住电脑屏幕上的指纹密码解锁框。

嘀嘀两声，解锁成功。

他先输入关键字，检索硬盘上的文件和图片。搜索结果为零！所以，他的推测没有错。这实在是难以置信！

打开浏览器，他检查慎澜最近登录过的网页。

暗网中有代号为"T"的物品的购买记录，就是那饼干盒一样的东西。它的全名叫"声波麻醉枪"，可以释放出特定的声波，使附近二十平方米之内的人，失去行动能力。慎澜购买"T"的时候，还买了一支手枪、五发子弹，都是前天到的货。

袁枫继续往前翻记录。

一个月前，慎澜买了一只迷你激光防身器、手枪和二十发子弹，还有两架小型无人机，和两只闪光弹。

一条条购买记录，让袁枫感到心慌意乱。

咣！就在他不知所措的时候，门被蛮力踢开。

袁枫惊恐地盯着黑漆漆的枪口，后退几步，举起双手。

"你是他的同伙！"高大健壮的里瑟面露凶光。

"别误会！我是被慎澜抓来的。"袁枫恨不得缩进墙里去，"你赶紧通知手下的卫士们，千万不要让'我'进门！"

甘露别墅18号内，此刻诸事升平。

洛希娜坐在办公桌后，研究几份法案的草稿，时不时露出不满意的表情。

时针指向中午十一点，安皮克敲门进来，报告袁枫在大门外求见。

"放他进来吧。"女王头也不抬地说，"你去把沙婕带过来。"

"我回避一下?"坐在会客区,戴着耳机听音乐的沈湘如起身。

"不必。"女王扣上电脑,随手摘下戒指,丢在桌上。

没过多久,华丽的大门无声地开启。沙婕进门,看看左右。

"安皮克呢?"沈湘如奇怪,她为何一个人进门。

"厨房好像有什么急事。她让我自己下来。"沙婕耸肩,"袁枫来了?"

"厨房什么事?"洛希娜也感到气氛不对。

不仅是安皮克,本该迎客的仆役,和门口的警卫也都没有出现。她下意识看向窗外。花园里,不见园丁的踪影。偌大的别墅中,好像只剩下他们三个人。

"不好意思打扰了。"袁枫小跑进门。

他还穿着前些天在别墅里换上的男仆便服,头上戴着一顶软线帽。朝表情放松下来的沙婕点头,袁枫伸手关上了背后的大门。

"你是谁?"洛希娜脸色一变。

她腾地从沙发上站起来,又在枪口的威逼下,缓缓落座。

"您的眼睛很毒啊,尊敬的陛下。"揭开面具,那张多年不见的脸朝她冷笑。

"慎澜。"女王镇静地回应,"我和袁枫不熟,但记得他惯用右手。你刚才,却用左手关门。"

"没办法,不借用他的脸,我没法安全进来。"慎澜上前半步,"怎么,你不问问,你的爪牙们为什么不来救驾吗?"

"你能站在这里,我就不需要问了。"洛希娜手插在裤子口袋里,"你要干什么?"

"要一个答案。"慎澜突然一转枪口,扣动了扳机。

枪声在办公室里回荡。沈湘如捂着腹部流血的小洞,倒在手织波斯地毯上。

让慎澜措手不及的是,洛希娜没有惊叫和惊慌。银光一闪,藏

第十章 二重身 245

在她裤袋里的小巧手枪，瞄准了他的额头。

震惊让他的身体忽然僵硬，忘了怎么躲闪。

啪！骨瓷茶杯打中女王的手腕。枪口一歪，子弹哗啦一声，击碎墙边昂贵的青花瓷器。

"您果然不是池中之物。"回过神的慎澜大步上前，用枪口抵住洛希娜的额头。"英明神武的陛下，咱们换个地方聊聊吧。"

郊外公路上，越野车在飞驰。车轮和地面摩擦，抛出细小的沙石和刺鼻的雾气，好像车子马上就要腾空而起似的。

"警方已经到别墅了。有人中弹，生命垂危。"里瑟关上蓝牙耳机，用尽力气踩油门，"这个混蛋，用安皮克的手机召集所有人到厨房！该死！"

"陛下呢？"

"不见踪迹。"里瑟破口大骂，"我要捏碎那个杂种！"

"去城北水镇。"袁枫指着车内导航仪，"如果慎澜绑架了女王，他很可能带她去那里。"

"都是你这家伙，不自量力瞎折腾。"里瑟咬牙切齿，"我刚才就该一枪打死你。"

"等救出你家主人，要杀要剐都随便。但是现在，咱们商量下对策好吗？"袁枫收住纷乱的心绪，低头敲打膝盖上的电脑。

"你在干什么？"

"看看能不能请来外援。"

正午的晴空下，水镇依然沦陷在无边无际的寂寞中。

慎澜推着洛希娜走进灰色小楼的堂屋。他按住她的肩膀，迫使双手被绑在身后的女王跪坐在地上。

"今天，我要为全家报仇。"他举枪顶住洛希娜的额头。

"我没杀你的家人。"洛希娜抬起下巴,不卑不亢地对慎澜说,"朱亚敏一定清楚葛善死亡的内幕。在他说出一切之前,我没理由杀他。他知道自己在劫难逃,畏罪自杀。人都没了,我更没必要杀你全家。"

"那是谁干的?"慎澜满腔怒火。

"我不知道。"

"说谎!"慎澜抬手想打洛希娜,被一旁的沙婕拦住。

"跟你说过很多次,不能对女士无理!"沙婕一把将慎澜推到一旁。她语气冷冰冰的,还带着一丝不耐烦。

沙婕转身俯视洛希娜,双手很随意地背在身后。她的嘴角微微向下勾着,下巴向前伸,头有意无意地偏向一边,一副得意扬扬的面孔。

"你什么时候被他收买了?"洛希娜诧异地盯着她。

"他?收买我?"沙婕放肆地大笑起来。她矮小的身躯随着狂躁的笑声不停地晃动,仿佛随时会有个怪物破壳而出,吞下整个房子。

"你到底是谁?!"洛希娜感到完全不认识眼前这个女人。

沙婕一边笑,一边抖着肩膀蹲下来,靠近女王的脸。她阴森的眼神,让洛希娜下意识地躲避。

"你真聪明。"沙婕脸上的笑凝固住了,眼神越发狰狞,"我亲爱的姐姐,好久不见。"

"是你!"洛希娜露出难得一见的恐惧表情,"我应该早点想到!你和沈湘如说话的表情,就像认识他好久了。葛善!你怎么变成了这个样子!"

葛善!她是葛善!猫腰在窗外,打算伺机而动的袁枫惊呆了。他身边的里瑟也是一脸震惊。

在慎澜的小屋里,袁枫就惊讶地发现,沙婕有问题。

慎澜对他和宁嫣，都做了详尽的跟踪调查。看得出来，他已经掌握了他们的计划。但奇怪的是，他的电脑里没有一丁点沙婕的资料。慎澜为何不需要调查她呢？一个合理的解释是，沙婕和他是一伙的。

袁枫在错愕之余，想到沙婕是不是早被收买了。她和葛善的关系，或许没有她自己说的那么糟糕。他知道这个解释有漏洞，但又想不出其他理由。

方才洛希娜的一声惊呼，就像晴天霹雳，炸得袁枫头昏脑涨。这个女人是葛善？那沙婕在哪里？

屋内，洛希娜换上了平静的表情。

"你对沙婕做了什么？"她追问道。

"那个女人讨厌死了。"葛善摸摸自己的脸，恶狠狠地说，"想当年，我是想说服她合作的。没想到，她深夜跑去博物馆，触动了压力传感报警器。"

"我知道那件事。"洛希娜微微动了下眉头，"那是沙婕做的？"

"她是要引起警方的主意，让博物馆收起那两匹石骏。哼，她不知道，我让朱亚敏盯着她呢。"

"你就对她下了毒手？"洛希娜很了解自己的弟弟，语调中夹着怒气。

"我认为，她可能已经发现了昭陵六骏的秘密。于是，我从约翰·马丁内斯医生那里，搞了点药物，放倒她。我本想带她回国，问个清楚。"葛善换上怒容，"谁知道会在毛里特里斯，遭遇该死的错觉方程式！"她的脸变得扭曲。"我若是全身瘫痪，躺在床上不能动，还怎么干大事？我别无选择，只得让朱亚敏叫来慎澜，并且通知了马丁内斯医生。"

"你叫个脑外科专家……"洛希娜瞬间明白了什么，"你……你侵占了沙婕的身体！你这个疯子！"

窗外，袁枫差点被这个噩耗吓晕过去。如果不是里瑟捂住了他的嘴，把他拖到一边，袁枫一定会喊出声。

沙婕在六年前，就被葛善杀死了！

她死得不明不白！他却一直和杀死她的凶手在一起，还冒天下之大不韪，帮她偷出六骏，活生生把自己变成了通缉犯！屋里那个怪物说的每一个字，都是在袁枫心上戳进一把尖刀，让他痛不欲生。他只觉得浑身的血管都要炸开，恨不得连抽自己十几个嘴巴。

袁枫强忍着伤心，一只手抠住青砖墙的裂缝，几乎要把手指插进墙里去。指甲裂开的疼痛让他清醒了一些。

一切都说得通了！所有的疑问在这一瞬间，都化作云烟，留在他心中的，只有痛苦和满腔的仇恨。

此时此刻，堂屋里的葛善并没有察觉到异样，依旧端着胜利者的姿态。

"我很感激你啊，亲爱的姐姐。"葛善咯咯咯地笑着，"六年啦，我以为我的大事业难以为继了。谁承想，你帮吴馆长说服 UPMA，让昭陵六骏在文史博物馆团聚。真是天助我也！"

"不要再说疯话了！"洛希娜已经怒不可遏，"袁枫是你的同伙？"

"不，那傻小子，可以帮我搞定运出石骏的计划。"葛善站起来，"更重要的是，他好骗。"

"你无耻！"里瑟看准机会踢开门。

慎澜举枪要打，被里瑟踢中手腕。枪滑到墙边。警卫队长左右开弓，挥拳进攻。慎澜不到十招就落了下风，被逼得步步后退。

袁枫跟着他冲进堂屋，举起板砖砸向葛善的脸。他要把所有的愤恨，一股脑全拍在她身上，打得她粉身碎骨。啪！板砖打在墙上，断成两截，震得袁枫虎口裂开，鲜血直流。他忍痛转身，将半块砖头丢向葛善。

只见她身子一缩,以他没见过的灵活姿态,倒地翻滚两下。她抄起慎澜落下的手枪,对准洛希娜的太阳穴。

"都别动!"葛善一声号叫。

将慎澜打晕在地的里瑟,已经掏出腰后的手枪,但投鼠忌器不敢妄动。他只能用埋怨的眼神,瞟向袁枫。袁枫刚才向卫队长保证,可以缠住葛善,让里瑟腾出手对付慎澜。

"你!你!"袁枫指着葛善的鼻子,气得说不出一句话。他真希望手指可以发射子弹,把葛善打成筛子。

葛善只是哼了一声,目光早没了沙婕特有的温和,取而代之的是鄙夷,还有他最拿手的傲慢。

"放开陛下!你逃不掉!"卫队长踩着慎澜的脖子怒吼。

"别虚张声势,傻大个儿!"葛善不屑一顾,"我的身份,是中国公民沙婕。你一个外国人,敢在这里开枪?"

"你已经承认你是葛善。是你杀了沙婕小姐!"里瑟脸色铁青。

"谁能证明我说的话呢?省省吧。"葛善讥讽地挑眉,"只要我能安全离开,就不会为难我姐姐的。"

葛善抓着洛希娜的胳膊,想把她拽起来。

咻的一声,一个黑影从后门的门缝里钻进来。它以迅雷不及掩耳之势扑到葛善的面前。他躲闪不及,抬手去挡。

里瑟眼疾手快,借这个空当上前一脚,踢飞葛善手中的枪。他抓住亲王的手腕,用肩膀一顶。刚刚还扬扬得意的葛善,狼狈地摔在地上。

袁枫一个箭步冲上去,捡起手枪,对准了亲王的眉心。

这时,盘旋了几圈的黑影慢下来,呜呜呜地落在青砖地上。原来是一架造型怪异,颇似小燕子的无人机。

"你们打得挺热闹嘛。"身穿黑色休闲服、头戴黄金面具的何诚走进堂屋。

但袁枫的目光，完全被他身后的人吸引过去。

一袭黑衣，脸上的黄金面具熠熠生光，额头上闪耀着一颗璀璨的钻石。是利维坦！不对！那披在肩上的乌黑长发……

一只白皙的手揭掉面具，笑盈盈地看着傻眼的众人。

"闭上嘴巴，小保安。你口水流一地了。"宁嫣收起笑脸，"付培看到了你发的求救信。我认为，还是我亲自过来，和大家谈谈比较好。"

"你还活着！你怎么在这里？你加入了错觉方程式？"袁枫彻底懵了，"你……怎么戴着利维坦的面具？"

"自从创建错觉方程式的那一天起，我就是利维坦。"宁嫣莞尔，"然而，不明真相的世人一提起利维坦，自然而然地就会用'他'这个代词。组织里的成员，一个个也都想当然，以为我是男人。"

"因为在很多人看来，有Y染色体的人，才能干惊天动地的大事。"洛希娜露出深有感触的笑意。

"人们早该想到！"葛善一副恍然大悟的样子，"《圣经》里写过，耶和华创造的两只巨兽，雌兽叫利维坦，生活在深海；雄兽叫贝希摩斯，生活在伊甸园东边的旷野登达烟。你叫利维坦，就是在暗示，自己是女人！"

"嗯哼，但就是没人听得懂我的暗示。"宁嫣无奈，"每年最让我头疼的，就是写信宣称要嫁给我的，无数疯女人。"

"你是利维坦。那莱纳德·王是怎么回事？"

袁枫看看半跪在墙边的葛善，再看看傲然站立在面前的利维坦。他感觉自己熟悉的世界在迅速崩塌。真不敢相信，他和这两个人一起生活了这么久。就算是做梦，眼前的一幕也太让人难以置信了。

"莱纳德是我招募的。"宁嫣回答，"除了他，没有人知道我的真实身份。因为沙婕要去做交换生，我请他打入UPMA，帮我关照她的安全。"说到这里，她呼吸急促，"没想到，葛善还是下了毒手！而我竟然完全没有察觉。"

"昭陵六骏在哪里！"袁枫把枪口顶在葛善的额头。

"你问她！"葛善丝毫没有阶下囚的不安，反而死死地盯着宁嫣，"利维坦！你害我变成这副德行！我迟早亲手弄死你！"

宁嫣冷冷一笑。

"你杀了我最好的朋友，骗了我六年。"她发红的眼睛里浮现出杀气，"这笔账，咱们有的是时间清算。"

两人一跪一站，直视彼此的眼睛，好像要用狠辣的目光决斗，将对方千刀万剐。

袁枫看着她们，浑身一阵阵恶寒。他再看看冷眼旁观，像是在赏花的洛希娜，心里更不是滋味。

原来，他精心设计的惊天壮举，不过是这几方大佬角力的工具。他一个大男人，被几个女人耍得晕头转向，还乐此不疲，真是让人笑掉大牙！不对，葛善不算女人。他？她？到底算不算……嘿！现在想这个干什么！你这个蠢出天际的笨蛋！

"我们……报警吧。"他打破骇人的沉默。

"不行！不能让世人知道，迭戈科里亚的亲王变成了一个女人，还在策划大阴谋。"洛希娜摇头，"我会把这个怪物带回国，关进监狱。"

"我不会让您把葛善带走。"宁嫣用强硬的语气说。

"必须让他认罪，还枉死的沙婕一个公道！"袁枫说，"让他回国，陛下您一定会像当年一样，隐瞒一切。"

"注意你们的态度！"里瑟呵斥道。

突然，窗外响起喊声和脚步声。

咚！一只小球飞进窗户，飞速地在青砖上打转。

闪光弹！

里瑟扑上前将主子护住。袁枫就地捂着眼睛趴下。宁嫣和何诚迅速闪到后院里躲避。

刺目的闪光在堂屋炸开，释放出浓浓的硝烟和呛人的味道。袁枫感到自己像被丢进一只灼热的大探照灯里，只能缩成一团。

身边脚步声凌乱，什么东西撞在门上。片刻，两声枪响刺破混乱，让他陷入混沌的大脑清醒过来。

他捂着嘴，不停地咳嗽，挥手驱赶慢慢散去的烟雾。袁枫这才发现，葛善不见了，慎澜也没了踪影。

就在他愣神的工夫，两个戴银色面具的身影出现在门口。他们中间，夹着一个鼻子淌血的中年人。

"只逮住这一个。"付培把龚郑按在墙上，"他们手里有枪。我们没敢追出去。"

"百密一疏啊。"袁枫帮里瑟扶起洛希娜，"龚郑悄悄回到城里了。慎澜让他带着闪光弹，做备份后援。"

"我们都小看这伙人了。"宁嫣回到堂屋，"不要紧，错觉方程式的成员和盟友遍布世界。只要葛善还在地球上，我一定能把他揪出来。"

"把这个傻东西扔到最近的警局门口。"何诚对付培说。

"您也赶紧离开这里吧，陛下。"看着龚郑被拖出去，袁枫对女王说。

洛希娜点点头，一只脚迈出堂屋，却又收了回来。

"昭陵六骏……"她回头看着宁嫣。

"它们会回到该去的地方。"宁嫣扣上面具，做了个送客的手势。

女王整理下衣襟，迈着不慌不忙的步伐，带着里瑟离开。脚步声远去，堂屋里又是一阵尴尬的寂静。

"宁……利维坦……"

袁枫不知道该怎么称呼眼前人。想起他曾经在她面前，不吝言辞地吹捧利维坦,袁枫不由得满脸通红。唉,那些肉麻的形容词,当时是怎么说出口的?丢死人了!

"跟我来。"宁嫣疾步前行。

袁枫追着她和何诚跑出堂屋。只见一条无人驾驶游艇,不知何时已经停在了码头边。两位黑客巨头一言不发,跳上船头。袁枫愣了两秒钟,跟了过去。

船开着最低挡,破浪而行。袁枫看着脚下的绿水和两岸的灰墙,不禁想起第一次和"沙婕"来水镇踩点的情形。当时的他,幻想着事成之后就向"她"表白。谁知道,人家早就挖好了陷阱,等他往里跳呢。

葛善要完成他所谓的"大事业",必须得到昭陵六骏和"潘多拉"。

他一定是让慎澜在暗网中,紧盯错觉方程式的动静。发现黑客们在兜售"安魂曲",葛善灵机一动,让慎澜举报了宁嫣。他们想以此逼袁枫改变计划,把盗取六骏的事,嫁祸给错觉方程式。这一招,也是引黑客们现身的伎俩。

慎澜买了迷你激光防身器。在水镇时,葛善身上应该带着它,以备不时之需。同时,他身上肯定偷偷藏着一部和慎澜联系的手机。

但他没有料到,错觉方程式比想象中厉害得多,竟然半路劫走了六骏。警察的动作之迅速,也让人措手不及。葛善来不及联系慎澜,只能硬着头皮逃跑。

逃亡之际,他应该是觉得宁嫣成了累赘,于是痛下杀手。

然而,宁嫣大难不死。葛善冒险潜入ICU,企图杀人灭口,却棋差一招,落入黑客手中。

不过,他很快发现,这是个机会。他藏在内衣或者鞋子里的手机,并没有被黑客发现。见到"利维坦"后,葛善一定曾偷偷拿出手机,接通了慎澜。

靠那部手机的信号,慎澜抓走了莱纳德。然而他并不知道,贝利亚在葛善身上装了炸弹手环。

唉，想想自己竟然为了救仇人和慎澜拼命，差点变成一只耳，袁枫心里就堵得慌。

之后的几天，他们身陷错觉方程式的地堡，被各种监控设备包围，葛善没机会也不敢轻易联系慎澜。

直到他们侥幸从甘露别墅脱身，趁袁枫去龚郑家的时候，葛善应该是跑去找慎澜，才躲过了付培的搜捕。如果不是慎澜在花圃失手，被袁枫抢走了"潘多拉"，葛善也不会再次亲自出马。

"到了。"宁嫣打了个响指，船稳稳地停了下来。

"到哪儿了？"袁枫回过神来，目瞪口呆。

"给你。"宁嫣递给他一部手机。

屏幕上显示的，是一只摄像头的实时画面：模糊而阴暗的一片绿色中，有几个若隐若现的灰色影子。

"你们把六骏沉在水中了？"袁枫诧异。

"它们就在你脚下。"宁嫣轻轻点头，"我记得沙婕给我讲过一个故事。1920年，美国人毕世博来到中国，密谋将当时还在陕西督军府的青骓、什伐赤、白蹄乌和特勒骠偷偷运到海外。"

毕世博趁着深夜，将敲碎的四骏运到西安草滩码头。他走水路，把四骏运往潼关，再经由洛阳，送到上海装船。

经过两个月的远洋航程，装着四骏的木箱终于在大洋彼岸登陆。毕世博联系高登，表示可以让昭陵六骏在展厅团聚。但当他打开箱子时，发现里面竟然是一堆烂石头。

原来是陕西的爱国民众，在潼关码头设计将四骏调包。他们将石骏沉于水中。直到冯玉祥将军赶走当时的陕西督军陈树藩，四骏才重见天日。

"这个故事给了你灵感。"袁枫听到沙婕的名字，鼻子发酸。

"沙婕自从发现了葛善的诡异举动，就开始关注昭陵六骏。"

宁嫣轻叹,"当年,我受她所托,开始调查葛善,谁知道,越查越不对劲。以防万一,我让莱纳德删掉了吴教授他们的项目数据。"

"莱纳德·王还好吧?"袁枫问她。

"谢谢你救了他。"宁嫣戴着面具,微笑依旧迷人。

黑客利用无人机里的数据,找到了发出遥控信号的位置。他们闯入距离花卉基地不到一公里的一间小屋,找到奄奄一息的莱纳德。

"如果不是莱纳德,我可能会死在病房里。"宁嫣露下意识捂住肩头的伤处,"我一直担心你和沙婕的计划太冒险,所以早早通知撒旦和路西法入境,准备给我做外援。"

袁枫听到,错觉方程式的四大巨头因为昭陵六骏一事全部现身,心里莫名有点激动。

"没想到,我安全了,莱纳德却被抓走。"宁嫣说,"我醒来后,立刻让撒旦和路西法去找贝利亚,对他们和盘托出实情。我告诉何诚,是你和沙婕其中之一伤了我。不过那时候,他已经把你们送去甘露别墅了。"

"我后悔没弄死你们。"何诚对袁枫说,"所以当我发现,付培又把你逮住了,就杀了过去。但是听说你在查慎澜,我和付培都认为,你应该不是坏人。那么,有问题的,就只能是沙婕。"

"你让我去和慎澜交易,却没给我戴面具,就是想让沙婕认出我。"袁枫郁闷。

"我们根本没想到,她就是葛善,以为她背后还有黑手。"何诚说,"我想,你们关系那么好,她应该不会伤害你。"

"何诚去见我时提到,抓住莱纳德的人戴着葛善的戒指。"宁嫣梳理一下长发,"躺在病榻上,我有了一个连自己都觉得荒唐的闪念:会不会……当年葛善并没有死?"

"假潘多拉里的炸弹,就是为了验证这一点。"袁枫觉得眼前的画面终于完整了。

黑客们交给他的密码箱里装了炸弹，任何人企图用脑纹解锁，它就会爆炸。葛善拿到密码箱后，错以为它就是"潘多拉"，结果中了招。真险啊，袁枫心想，差点糊里糊涂就做了冤死鬼。

　　"我劫走六骏，是觉得，它们在我手中是最安全的。"宁嫣把手机塞给袁枫，"现在，它们的归宿，就看你的了。"

　　袁枫捧着手机，不知道该说什么好。

　　"这些石骏藏着什么神通？让葛善苦心孤诣地筹谋这么多年，不惜大动干戈。"何诚问他。

　　"这个嘛……"袁枫挠头，"沙婕曾经给过你任何提示吗？"

　　宁嫣缓缓地摇头，几颗亮晶晶的水珠从她的面具下渗出来。

　　"沙婕一直想搞清楚，葛善对昭陵六骏的兴趣源于何处。小保安，你可别让她失望。"

第十一章
千古谜

霜降过后，2033 年的第一场薄雪不期而至，飘飘洒洒，染白了偌大的城市。

吴谦坐在甘露别墅 18 号院温暖的会客厅里，看电视直播。

画面中，粉刷一新的文史博物馆门前，闪光灯浩如天上的繁星。一阵电子鞭炮热闹地响过，特意挂了红绸子的大门，被机器警卫们缓缓推开。代理馆长杨卉脸上挂着微笑，欢迎四海宾朋来参观迟到的展览。

吴谦馆长"受洛希娜女王委托"，将打捞出水的昭陵六骏交给警方后，UPMA 原本坚持，立刻带拳毛騧和飒露紫回去。他们的理由是，必须对文物进行科学的评估，检查它们是否遭到了破坏。经过中方的多次谈判和斡旋，他们勉强同意安排展出。但展期从原来的半个月，缩短到了五天。

电视镜头中的主展厅，布置得异常简单：昭陵六骏排列在红毯两侧。在它们的身后，站立着聊聊几尊初唐造像。色彩艳丽的壁画环绕圆形展厅一周，只留下正南方向的巨幅拱形 LED 屏幕。屏幕上，播放着数百万件中国流失海外文物的 3D 影像。

"您真不打算去看一眼了？人家给您发了邀请函呀。"袁枫问坐在身边的馆长。这些天，他一直躲在甘露别墅 18 号院里。

"实话跟你说，我是不忍心看着它们离开。"吴谦低头。

他的辞职信尚未得到批复。馆长近来以休假为由，交出了所有工作，深居简出。

"它们会回来的。"袁枫安慰馆长。

"那就得靠你们年轻人了。"吴谦叹气。

袁枫不知道该说什么好。这些天，他一直在自嘲。他曾经自以为，可以成为带国宝回家的民族英雄，却稀里糊涂成了别人的工具，甚至替罪羊。

葛善和慎澜已经消失在茫茫人海中。龚郑对警方交代了他知道的一切。但他从没见过葛善。他只知道，慎澜一直想找到葱岭玉，而且时常念叨一个数字——"一亿八千万"。慎澜从没给他解释过其中的深意，只说是主子对世界"最理想的设计"。

根据龚郑的回忆，慎澜在得知家人被杀的噩耗后，靠假死躲过一劫，随后来国内找他。二人相约去了塔什库尔干，没想到，追杀者很快出现了。为了自保，他才会改头换面，变成郑龙。而杀手的身份，至今没人知道。

国际刑警红色通缉令上的名字，从"沙婕"换成了"葛善"。考虑到尚未查清的疑点，警方并没有公布案件细节。

然而，十天前，利维坦在互联网上公开发表讲话，从六年前的机场大风暴讲起，抖出了昭陵六骏事件的来龙去脉。全世界立刻炸开了锅。还好，宁嫣保持了理智，并未告诉世人葱岭玉和"潘多拉"的存在。但她说出的事实，已经足够让迭戈科里亚当局焦头烂额。

女王匆匆赶回国，不得不错过她期待了很久的昭陵六骏展览。

洛希娜在和内阁闭门商议一整天后,发表了电视讲话。女王向遭受了葛善迫害的人们致歉。她号召国民团结起来,不要被一个"叛国者"影响,并承诺迭戈科里亚会全力配合国际刑警组织,抓捕"罪大恶极"的葛善。

袁枫心里清楚,这次的风波,还远没有结束。

"你和宁嫣没再联络?"吴谦问他。

"我实在不知道,该怎么和她打交道。"袁枫苦笑。

他给宁嫣留过几次言,但她没有任何回应。袁枫只是听付培在电子邮件里提过,莱纳德·王的伤势已经痊愈。

利维坦每次现身,都能引发热潮。更何况此次,她终于公开了自己的女性身份。虽然宁嫣仍没有露脸,语音也经过处理,但人们的震惊和兴奋已然如喷发的火山,气势汹汹。已经有两位好莱坞金牌制片人表示,要为这位伟大的黑客树碑立传、拍电影。宁嫣无奈之下,只能本着惹不起、躲得起的原则,选择继续隐身。

"她没说出昭陵六骏身负秘密,真是万幸。"吴谦关上了电视,"否则,不知道还会有多少人,追着要得到那几匹石骏。它们怕是会永世不得安宁。"

"您请博物馆做的六骏 3D 模型,做好了吗?"

"昨天刘赫说,已经在公安的监督下做好两套模型,稍后给我送过来。"

"为什么要做两套?"袁枫不懂。

"不是做了两套。"吴谦露出笑意,"我早说过,你们这些年轻人太毛躁,什么都没弄清楚,就敢下手。昭陵六骏并不是你们想象的那样。"

一阵咝咝声传来,沈湘如用手势控制智能轮椅,驶入会客室。

子弹没有伤及他的五脏六腑。但失血过多让沈湘如昏迷了两天两夜。前天出院后,他雇了两个护工,搬来别墅静养。独自在偌大的房子里闷了十几天的袁枫,才算有了说话的伴儿。

"我刚刚和洛希娜通过电话。"沈湘如和袁枫打招呼,"好消息是,卷着细软逃亡的茱莉亚·马丁内斯医生已经被捕。她是约翰·马丁内斯的侄女。"

医生供述,在六年前,她接受葛善的贿赂,偷偷把沙婕送上私人飞机。然后,马丁内斯找了个流浪汉躺在病床上,接上设置好的仪器,扣上用沙婕的面容做成的面具。茱莉亚作为主治医师,她有绝对的权威,没有受到任何怀疑。

"这个刽子手,真该枪毙。"吴谦忍不住流泪。

"在女医生的电脑里,警察找到了她叔叔的很多手术资料。"沈湘如递给姨夫几张纸巾,愤愤然地说,"受害者不止沙婕一人。国际刑警已经在调查了。"

马丁内斯医生还供称,前不久,葛善通过慎澜又给了她一笔钱。葛善说,他替自己找到了一个健康的身体,打算变回男人,希望她能帮他做手术。

"看起来,葛善不仅仅想借用你的智慧,还盯上了你的好身板。"吴谦用同情的眼光看着袁枫,看得他浑身不自在。

"总算雨过天晴了。"沈湘如安慰袁枫,"洛希娜说,'珊瑚号'邮轮过几天启程,你如果想走走海上丝绸之路,她可以派里瑟在船上接应。只要到了平罗港,你就自由了。"

"最好不要为了我的事,再给大家添麻烦。"袁枫做出感激的样子。

嘴上这么客气,他心里其实是对洛希娜没底。袁枫不知道女王愿意帮他,是出于纯粹的善意,还是想知道和昭陵六骏有关的秘密。

"姨夫,字我帮您写好了。"沈湘如没看出他的内心戏,将膝盖上的一卷宣纸交给吴谦,"关于葱岭玉,您这几天打听到什么了吗?"

"我咨询了几个地质学家。"吴谦翻开手机通信记录,"他们普遍的看法是,传说中的葱岭玉,就是冰翠,除了发光、灵性不可解释。"

"但是这个传说最吸引人的部分,就是葱岭玉有灵性。"沈湘如表示不满,"发光也许是反光,但能辨别人的贤愚……古人为何要编造这样的故事呢?没有考古发现和官方记录,也是奇怪。"

"应该是唐太宗在得到葱岭玉后,故意封锁消息。"袁枫说,"他怕此物流入别人手中,会影响他的江山。"

"几块宝石若是能撼动江山,只怕这江山也太脆弱了。"吴谦笑道,"古人的怪力乱神之说,大多不可信。"

"葛善可是念过一流大学的。"袁枫推测,"他如此执着,一定是对自己的判断很有信心。"

"你相信世界上真有带灵性的石头?"沈湘如偷笑。

"我不相信石头有什么灵性。"袁枫摇头,"其实我这几天在想,葱岭玉也许不是石头。"

"什么意思?"沈湘如一惊。

"就好像冬虫夏草,古人认为是虫子变成了草。但现在我们都知道,那是真菌吃掉了虫子。"

"你说的这个,让我想起几百年前的一个事件——塞勒姆审判。"吴谦沉吟片刻,拿出手机按了一阵子,给他们看搜索的结果。

1692年的夏天,美国马萨诸塞州盖勒姆镇里,很多女孩子在毫无征兆的情况下,陷入昏睡。她们身体抽搐,并且发出痛苦的呻吟。有些女孩时不时发出尖叫,梦游一般乱扔东西。当时的人们认为,孩子们是受到了巫术的诅咒,才会罹患怪病。那一年,全镇有两百多人被指控使用巫术,其中有十九人被绞死,还有五人死于狱中。

后来的医学家推测,女孩们的病症,应该是由于感染一种真菌引发的。这种真菌,经常寄生于黑麦麦角之上。但是在几百年前,人们对此一无所知。

"古人经常把他们解释不了的问题，归结为神力或者巫术。"袁枫有了信心，"所以我想，葱岭玉的传说，会不会也是如此。"

"如果葱岭玉不是石头，那会是什么？"沈湘如一脸茫然。

"葛善要同时得到葱岭玉和'潘多拉'。"袁枫梳理脑中所有的线索，"我在想，葱岭玉的本体，可能就是地质学家们认定的冰翠。但有一种至今尚未被世人知道的病毒，寄生在一些冰翠上。附着了病毒的冰翠会发光，也会作用于人体，于是就有了所谓灵性的传说。"

"会是什么样的病毒呢？"吴谦也被他说糊涂了。

"高瑞平利用基因技术，做出过'印第安天花'，专门感染有印第安基因的人。"袁枫分析，"慎澜经常念叨一个数字：一亿八千万。"他拿起吴谦的手机，调出计算器，"我查过统计资料，在世界范围内，智商超过130的人群大概有2.3%，按照现在全球八十亿人口计算，正好是一亿八千万。"

"只有天才才配活在世上。这倒真的符合葛善的性格。"沈湘如开始相信袁枫说的话。

"所以说，葛善希望高瑞平做出一种对智商在130之下的人具有杀伤力的病毒。"吴谦觉得不可思议，"不可能！迄今为止，人类对智商这个问题的研究，还有很多盲区。科学家仍然无法控制智商的遗传。"

"智商无法百分之百遗传，是大自然一种实现公平的手段。"沈湘如说，"高智商的父母，可能生下智力平庸的后代。智商泯然众人的父母，她们的子女中，也可能出现天才。这样，就避免了智力的压倒性优势代代相传。否则，高智商人群都集中在某些家族，还是挺危险的。"

"所以说嘛，智商是先天、后天很多因素造就的。"吴谦忍不住地晃脑袋,"现代科学还没研究清楚其中机理呢,否则就可以大批量'制造'天才了。高瑞平如何去研制,针对天才和普通人有不同反应的病毒?"

"这就是他们需要葱岭玉的原因。"袁枫说,"所谓辨识贤愚,难道不正是说它在天才和普通人身上会有截然不同的反应吗?为何会有这样的病毒,我说不清。也许它是帕米尔高原的特产,存活条件特别严苛,所以一直没有被人发现。也许它来自天外陨石,是外太空其他星球的怪胎。宇宙浩瀚,至今很多事仍无法用科学解释。"

"姨夫您说过,古籍记载,葱岭玉非常罕见。羯盘陀人数十年才能找到一颗。"沈湘如变成了袁枫的同盟,"我觉得袁枫说的有道理。葛善发现了葱岭玉并非传说,于是希望找到它,让高瑞平以此为基础,生产一种新的病毒武器。"

"他们还没得到葱岭玉,所以'潘多拉'里是'终结者'的半成品。"袁枫拍桌子,"馆长,我知道这个推测有些异想天开,但这也是对于葛善一伙人行为,最合理的一种解释。"

吴谦缓缓点头。

"如果你们说的是真的,那就太可怕了。"馆长低声说,"1778年,库克船长抵达夏威夷时,群岛上有五十多万人。可是,这些原居民对欧洲人身上的病毒没有免疫力。到了1853年,夏威夷的人口只剩下不到七万。1918年的西班牙流感,全球有三分之一的人感染……如今,用基因编辑技术制造的超级病毒,威力只会更加强大,以至于医生们根本没法找到对抗它的药物。"

"不知道如今,帕米尔高原上还能否找到葱岭玉。若是它们落在葛善那种别有用心的人手里,后果不堪设想啊。"沈湘如担忧。

"这里面还有一个问题。"袁枫竖起手指,"葛善到底是怎么发现葱岭玉的秘密的。"

"葛善经常有异想天开的主意。"沈湘如琢磨,"也许是他看到一些古籍之后，对葱岭玉的灵性，有了异于常人的猜想。"

"葛善自己能搞明白这些吗？"吴谦表示怀疑，"他背后，会不会还有什么人？"

"您还在担心仿生人事件吧？"沈湘如问。

找回昭陵六骏，擒获嫌疑人之一的龚郑，所有人都不由自主地松了口气。然而，有关仿生人的调查，渐渐陷入僵局。

"我也觉得，那事还没完。"袁枫说，"到底是什么人，把仿生人放进博物馆的呢？如果他们的目的没有达成，可能还会有下一步的动作。"

轮椅扶手面板上的门铃图标闪烁起来，提醒主人有客人来访。沈湘如看一眼监控探头传来的图像，按一下另一只扶手上的呼叫器，请护工去给刘赫开门。

"我回避一下。"袁枫忙不迭地跑到屏风后面。

两秒钟后，他又心虚地钻出来，抱走自己放在桌上的茶具。吴谦和沈湘如被他暗搓搓的样子逗得哈哈大笑。

"你们没看直播啊！"

刘赫人还没进门，声音就闯了进来。他气喘吁吁，两手各拎着一只沉甸甸的皮箱。

"我还以为，你得晚上才能过来。"吴谦起身，给客人泡了一壶绿茶。

"杨副代理馆长，呃……还是杨代理副馆长……不对，杨代理……算了。"刘赫放弃绕口令，"杨卉对我不放心。她请求警方为展出提供援助。我给警察们开了权限，让他们全面接管，正好落个清净。"

他问沈湘如身体如何。

"我下周要开始康复健身了。"沈湘如谢过他的关心。

"警察还没找到张钧？"这是吴谦最担心的问题。

第十一章 千古谜   265

"抓到了入侵医院系统的黑客。他是个研究所的工程师。不过,这人只是暗中挣点黑钱花,和任何组织都没关系。警方还没查清,是什么人雇了他。"

"我猜,张钧的同伙早有逃跑计划。这会儿,他们已经流窜到国外去了。"吴谦担忧道。

"沙婕,不对,葛善没准和张钧是一伙儿的。"刘赫端起茶杯一饮而尽。

"我们刚刚在说这事,姨夫认为,他们绝不是一路。"

"张钧一伙的目的,是阻止葛善的行动。"吴谦摆出做报告的架势,"他们最终的目的,应该是阻止人类找到葱岭玉。"

"这是从何说起?"刘赫捏住茶杯,脑子转不过来。

沈湘如朝他耸肩,表示自己也搞不明白馆长的想法。

"其实你们仔细想想,张钧这伙人都做了什么,就能明白我在说什么。"吴谦双手搭在身前。他的左右手指尖相对,缓慢地轻轻磕碰。

"在我们策展时,他假扮成您,把仿生人带进馆里,送进古籍库房。"刘赫梳理他知道的经过,"沙婕按您的指示去拿古书,被它袭击。"

"他们还在东配楼,放了3D打印的枪和炸弹。"吴谦补充袁枫告诉他的细节。

"还有这事?"刘赫吓一跳,"我怎么没听说过?"

"我记得我告诉过你。"吴谦打哈哈,"唉,年纪大了,脑子不好使,明天,我还是给警方写个情况说明吧。"

"张钧的目标,应该是一箭三雕。"沈湘如救场,"让怪物在展出开始时行动,袭击去看展出的各国使节;嫁祸迭戈科里亚的洛希娜女王;嫁祸我姨夫。"

"错,全错!"吴谦拍茶几,"仿生人在古籍库房里,根本等不到展出开始。张钧很清楚馆里的事务。他知道那天，西安同行要来座谈，我肯定会派人去提取古籍。"

"您的意思是，他们故意制造假象，让我们以为有人在策划袭击展出。"刘赫挠头，"为什么？"

"问得好。"吴谦没回答，"刚刚说了，怪物在展出开始前，一定会被擒获。于是，警方会发现它手上的图案。排查博物馆，就能找到他们放的枪和炸弹。于是袭击定性，展出自然会延后。"

"他们没想到枪、炸弹和闪光弹被葛善发现，并且拿走。"沈湘如说，"但嫁祸差点就成功了。"

"他们真要嫁祸，就不会画错图案。"吴谦更大幅度地摇头，"他们是故意的。这些人知道，警方只要调查一番，就能发现女王不是仿生人的主人。我觉得，这伙人把陛下搅和进来，是想给她提个醒。"

"提醒什么？"

"别急，听我说。"吴谦摆手，"张钧假扮成我，以及让怪物去动朅盘陀的古籍，是要引起我的主意。"

"您认为，他们在暗示什么呢？"沈湘如疑惑不解，吴馆长的话每个字都听得懂，但就是不明白是什么意思。

"我们不妨再往前看。"吴谦仍然不肯正面回答，"六年前，葛善假死后，慎澜曾经让龚郑找我打听葱岭玉。他们没有得到答案。之后不久，他们二人结伴去了塔什库尔干。"

龚郑交代说，慎澜带他去找葱岭玉。其实，他们并不知道葛善为何要找那个玉石，只能猜测，它非常值钱。然而，他们没想到，刚找到朅盘陀国遗留的巨石宫殿的位置，车子就失控坠崖，害得二人差点没命。事后，慎澜偷偷检查了损毁严重的车子，确定是有人搞破坏，想杀掉他们。

"这些，都是张钧一伙儿人干的。"吴谦说，"我不清楚这伙人的身份，但他们的目的，一定是要保守住葱岭玉的秘密。说不定，慎澜一家也是这么遇害的。"

"张钧的同伙猜到，慎澜的行动，只能是受了葛善指示。"沈湘如有点想通了，"他们知道葛善很可能还活着，而且迫切地想得到葱岭玉。但他们不知道，亲王已经改头换面，更不知道他躲在何处。"

"我认为，这伙人对葛善有些了解。所以他们想到，葛善一伙人，肯定会针对昭陵六骏的展出，有所动作。"吴谦双手搅在一起，"我不知道他们是后来收买了张钧，还是说，张钧从多年前，就是他们的人。总之利用这个关系，他们一方面打算引起警方注意，最好停止或者延后展出。另一方面，他们设法让我去琢磨揭盘陀古籍，最好能想到葱岭玉。"

"可是这两个目的都没实现。"刘赫感慨。

"我想，他们肯定非常沮丧。"吴谦说，"更倒霉的是，葛善一伙儿成功抢走了昭陵六骏。"

"但葛善的行动算是帮了他们。"沈湘如说，"他们成功地引起了您的怀疑，开始思考昭陵六骏身上的秘密。这是张钧一伙儿想要的吧？所以他很痛快地帮您跑腿。"

"那他为什么，还要偷走真的模型呢？"刘赫又不明白了。

"他们是要守住葱岭玉的秘密。"吴谦说，"但他们知道，这个年代是没有秘密的。一味地封锁消息，只能让自己陷入疲于应付的状态。他们总不能把知情人都杀了吧。所以他们一开始就计划，由张钧诱导我，得到一个假的结论。他们认为，只要把这个假结论公之于众，就能彻底切断世人对葱岭玉的念想。"

"那葱岭玉到底是啥玩意儿？"刘赫追问。

"我还真想不清楚。"吴谦不敢告诉他，"与此同时，张钧一伙儿还得处理另一个问题。他们不仅没能阻止昭陵六骏展出，还被警方盯上了。所以，他们需要尽快找一个替罪羊。"

"周昊……"几天前刚主持过追悼会的刘赫,心里一阵郁结。

"这么说,张钧一伙儿在仿生人身上留下错误的图案,是想引起洛希娜的主意,但又不会真让她成为嫌疑人。"

"没错,他们是希望女王联想到自己的弟弟。"吴谦说,"这样,他们就可以借助迭戈科里亚的国家机器,设法找到并且除掉葛善一伙儿。葱岭玉也就彻底安全了。"

"他们自己没能力除掉葛善吗?"刘赫不解,"能偷运仿生人入境,至少他们非常有钱。之前他们也屡次出手伤人,甚至涉嫌杀人。"

"他们不知道葛善在哪里。"沈湘如替吴谦回答,"据我所知,洛希娜一年多前,就开始怀疑弟弟还活着,让警卫队的亲信开始调查,但一直没有找到亲王的下落。"

"现在可以知道,张钧一伙儿人经济实力很强,不好对付。"吴谦思索,"至于他们是什么人……我还想不清楚。"

"我看,您还是把这些,报告给警方吧。"刘赫建议,"主要嫌疑人没到案,他们不会停止追查。还有那个逃掉的袁枫!"他生气地摸摸自己后脑勺,"他竟然趁我上厕所时搞偷袭!别让我逮住这个小惹事精!"

"袁枫是被葛善给利用了。"吴谦劝他不要给自己找气。

沈湘如忍着笑,瞟一眼屏风的方向。

"馆长,您什么时候收假呢?"保卫处长试探,"馆里现在乱糟糟的,说什么的都有。杨卉虽然在主持工作,但也在接受纪委调查。人心浮动啊。"

"听我一句劝,静观其变。"吴谦故作高深。

"我现在不吃安眠药,根本静不下来。"他低头看脚边的两个箱子,"都这时候了,您还搞什么研究啊?"

"闲着也是闲着。"吴谦犹豫一下,没对他实话实说。

"得了，您研究您的，我去趟公安局，汇报下张钧这事。"刘赫和沈湘如寒暄几句家常，起身告辞。

"您是认真的吗？有人想隐藏葱岭玉的秘密。"袁枫听到警报解除，立刻从屏风后跳了出来。

"是什么人不好说，但这些人，肯定和葛善有过来往。"吴谦分析，"看得出来，他们挺了解葛善。"

"葛善喜欢结交各种各样的怪人。"沈湘如说，"他资助了很多科学家，搞古怪的研究。他对于神秘力量的传说，肯定会有兴趣。"

"我猜是多年前，他遇到了什么人，对他提起过葱岭玉的传说。"吴谦说，"那人肯定是说者无心，但葛善听者有意。他立刻像袁枫那样，想到葱岭玉可能并不是矿物。他希望葱岭玉能为他的计划所用。葛善的举动，引起了对方的担忧。"

"馆长，您说过，揭盘陀国早已消失。"袁枫猜想，"会不会……他们没有真的消失？"

"揭盘陀国为何消失，一直是个谜。"吴谦想了想，"他们是否有幸存的族人繁衍到今天，我说不好，但不是没有可能。"

"如果揭盘陀国的后人还在，他们肯定知道葱岭玉的秘密，也会希望守住这个秘密。"袁枫说。

"可是，这些人会在哪里呢？"沈湘如露出非常感兴趣的样子，"按你的推测，如果能找到他们，没准就能找到葱岭玉。"

"如果这个假设成立，不用你去找他们。"吴谦突然显出忧虑，"当我们解开了葱岭玉之谜，他们怕是会不请自来。不过现在，不是考虑这事的时候。"他吩咐袁枫撤走茶具，将刘赫带来的两个箱子放在茶几上，"想知道葱岭玉的下落，先要解开昭陵六骏身上的谜。"

"您让我誊写六马赞，也是为了这事啊？"沈湘如展开宣纸，清秀而挺拔的楷体字，一排排展露出来。

什伐赤：瀍涧未静，斧钺申威，朱汗骋足，青旌凯归。
拳毛䯄：月精按辔，天驷横行，弧矢载戢，氛埃廓清。
白蹄乌：倚天长剑，追风骏足，耸辔平陇，回鞍安蜀。
飒露紫：紫燕超跃，骨腾神骏，气詟三川，威凌八阵。
特勒骠：应策腾空，承声半汉，天险摧敌，乘危济难。
青骓：足轻电影，神发天机，策兹飞练，定我戎衣。

"原来这就是唐太宗所作、欧阳询手书的六马赞啊。"袁枫低声朗读一遍，感到一股豪气激荡在字里行间，"沈先生这字写得，是真好看。"

"我只是临摹，比欧阳询可差了几个银河系。"沈湘如表达谦逊，心里却十分受用他的夸赞。

"秘密就在它们身上。"吴谦拿起放大镜，把两个手提箱里的十二个模型扫视一遍。"你们能看出，这两箱模型有什么区别吗？"

"都是昭陵六骏，没看出区别。"沈湘如低头盯了半天，"黑色箱子里的模型，每一匹都残缺不全。银色箱子里，和我们见到的昭陵六骏一样，也有损坏，但没有大面积残缺。"

"馆长，您别考我们了。"袁枫心急。

"银色箱子里，就是现在展出的，昭陵六骏的3D微缩模型。"吴谦放下放大镜，"世人不清楚的是，这其实是2.0版的昭陵六骏，不是初版。"

"竟然有两版昭陵六骏？"这消息对袁枫而言，震惊程度不亚于知道身边的沙婕就是葛善。

"你们想想看，葛善为何一定要得到昭陵六骏实物呢？"吴谦反问，"除了存世的六骏图，这些年，我们和国外研究者都做了石骏的全息模型。他要找六骏身上的秘密，那些更容易得到。"

"因为他知道六骏改过版,但以为是在存世这一版上做了改动。"袁枫明白了,"您当年在国外的研究,让他很兴奋,希望能复原改动前六骏的样子。"

"可惜被沙婕发现,葛善才下了毒手。"吴谦长长叹息,"他根本就不知道。昭陵六骏的初版,要追溯到三十年前的一次考古发现。"

当时的考古人员,在昭陵庑殿内挖出了六组石骏碎块。从残缺的造型看,它们和存世的昭陵六骏没有区别,只是非常新。所以考古人员推测,这些石骏是雕刻完成后不久,就被打碎埋葬的。

"然而有两点很让人在意。其一,是初版的六骏,每一匹都少了一部分。"吴谦在茶几上用两只茶杯标出正南的位置,"其二,初版的六骏,和我们已知的六骏,摆放位置不一样。所以一开始,考古人员才不知道这些石马是什么。"

"存世的昭陵六骏,马头向南。"沈湘如把银色皮箱里的模型摆好,"东侧三匹从北到南是什伐赤、青骓和特勒骠;西侧三匹从北到南是白蹄乌、拳毛䯄和飒露紫。"

"然而,初版是这样的。"吴谦拿起黑色皮箱里的模型。在"甬道"东侧从北到南摆上拳毛䯄、什伐赤和青骓;在西侧则从北到南摆好白蹄乌、特勒骠和飒露紫。

"为何没有明显改动,却打碎重做?"沈湘如看着茶几上的两组模型,"为什么换了位置?"

"不一定没改动。"袁枫指着初版什伐赤缺失的后腿,"改动会不会就在这些缺失的位置?"

被认定为初版昭陵六骏的模型上,拳毛䯄的前足、什伐赤的后腿、青骓的马尾、白蹄乌的马首、特勒骠的马嘴、飒露紫的腹部全都不见了。

吴谦做出了然于胸的样子,端起茶品了几口:"三十年啦,对这个问题,并没有可信服的解答,直到我清楚了葛善的动机。"

"您认为这和葱岭玉有关?"

"唐太宗第一次听说葱岭玉,应该是在贞观十九年,于洛阳接见归国的玄奘法师之时。"吴谦给沈湘如和袁枫讲历史课。

葱岭玉的传说,应该让暮年的太宗皇帝既高兴、又不安。高兴的是,如果得到灵玉,在他百年之后,大唐若是历经变故,子孙后代可以有神力相助。不安的则是,一旦宝物落入居心叵测的人之手,后果殊难预料。再说,葱岭玉能分辨贤愚,纵然唐太宗对自己十分自信,难保后代中出现脑子不济的,若是将灵玉交给这种人,岂不是自毁长城?

在人生的最后几年,唐太宗可谓心力交瘁。面对自己日益枯竭的生命力,他不能不对大唐的未来忧心忡忡。当时的太子——皇九子李治是他的希望,但这个聪明却有点优柔寡断的年轻人,能撑起帝国的未来吗?

唐太宗和所有能力超群的父母一样,看到自己的孩子不如意,总是放不下心来。他想为子孙后代的未来,留一个保障。

于是,贞观二十一年,由一个粟特商人引路,朅盘陀王族派人进献葱岭玉。灵玉之美撼动朝堂和坊间,从此留下传说和千古之谜。

"唐太宗的担心是多余的。"沈湘如说,"高宗看着懦弱,其实非常有能力。在他的统治下,唐朝的版图扩张到了最大,国力走向巅峰。"

"如果不是那位女士出现,高宗皇帝会更为后人赞颂。"吴谦点头微笑。

"您说武则天?"袁枫对历史一窍不通,"不是说有星象显示,三代后女主上位吗。"

"那是女皇编造的,目的是给自己制造当皇帝的合理性。"吴谦说,"这和陈胜吴广起义前,在鱼肚子里塞布条,学狐狸叫'陈胜王'是一个路数。古人嘛，对得位不正可是相当忌惮的。"

"既然唐太宗得到了葱岭玉。它们在哪里呢？"沈湘如问吴谦，"放在皇宫里太危险，藏起来的话，总要给后代留下提示。"

"而且，他要防止智力不高的后代，贸然去拿葱岭玉，遭遇玉石俱焚的惨祸。"袁枫说，"葛善认为，密码在昭陵六骏之上。这就是初版被毁掉的原因？"

"我认为太宗皇帝留下的葱岭玉，已经被人拿走了。"吴谦从手机里调出一些文献给他们看，"有记载说，武则天晚年突然焕发青春，长出黑发和新的牙齿。如果这些不是传闻，那说明，她得到了某种可以增强生命力的东西。"

"武则天得到了葱岭玉？"袁枫低头看茶几上的模型，"那她必须先读懂，唐太宗留下的谜题。"

"我想，事情的经过是这样的。"吴谦请沈湘如帮忙找一台笔记本电脑一用，"得到葱岭玉后，唐太宗就开始考虑，把它们放于何处。把灵玉带入陵墓，是不保险的。一来有被盗墓的可能，二来子孙后代找葱岭玉，还得掘开他的坟，这是万万不可的。"

"交给信任的人。"沈湘如在壁柜里翻找。

"他是这么想的。但这个人，不能是当朝权臣，最好不太引人注目，但必须忠心不二。"

"莫非真是丘行恭？"袁枫忍不住伸手，摸了一下飒露紫模型上的将军人像，"他是昭陵六骏石雕里，唯一的人物。"

"应该就是他。"吴谦点头，"太宗想到丘行恭忠心可靠，又想到后代祭祀自己时，总要前往昭陵。于是他打算，利用昭陵六骏，设计一个谜题。"

"给您电脑。"沈湘如打开笔记本，放在吴谦身边的垫子上，好奇地看他搜索出一幅高清的八卦图。

"李氏自称老子后人。"吴谦伸手在触摸屏上画图，"易经八卦，是老子哲学思想的源头之一。所谓'太极生两仪，两仪生四象，四象生八卦，八卦生万象'，是对易经和老子学说的综合解释。"

"这和昭陵六骏有啥关系？"袁枫没跟上馆长的思路，只是觉得这句话很有意思。但他说不清，作为一个理科生，为何觉得它有熟悉的感觉。

"按照周文王后天八卦的位置，正南是离卦，正北是坎卦。"吴谦在南北之间连线，在线的东西两侧画上小方块，"瞧，如果把六骏 1.0 版的位置画在图上，拳毛䯄在艮位，什伐赤在震位，青骓在巽位。"

"照您这么说，西边这三匹，白蹄乌在乾位，特勒骠在兑位，飒露紫在坤位。"沈湘如帮他画，"这意义何在？"

"古人认为，八卦可以解释万事万物，从自然现象的风雨雷电，到身体的部位。"吴谦在电脑屏幕上用手指写字，好像回到了多年前给学生讲课的状态，"艮为手，震为足，巽为股，乾为首，兑为口，坤为腹。"

"六骏初版缺失的部分。"沈湘如对照模型，"所以您认为，唐太宗在这些地方让工匠刻上图案之类的线索留给后人。后人如果能读出来，并且读懂，就可以找到丘行恭的后代，用密码换来葱岭玉。"

"武则天知道了葱岭玉的秘密，解读出太宗皇帝的谜题，从丘行恭的儿子丘神绩手里得到葱岭玉。"吴谦对自己的分析很满意，"为了不让此事败露，她杀了丘神绩灭口。随后，女皇派人重做了昭陵六骏，也就是存世的 2.0 版。她将初版打碎埋葬，并且拿走了有线索的部分。为了继续混淆视听，她故意将 2.0 版的昭陵六骏改换了位置。"

"哦……"沈湘如对这个答案疑虑重重，"唐太宗那么聪明，留下的谜题这么简单吗？再说，靠人来守护秘密，我总觉得不靠谱。

而且，不同时代的人，对八卦生万象的理解不一样，身体部位之说，也有好多种解释呢。"

"这个嘛……"被外甥一通质疑，吴谦不自信了。

他脸上挂不住，想找一些理由，证明自己的推测没错，但搜肠刮肚良久，越想越觉得沈湘如说得有理。

"你干什么呢？"沈湘如发现，袁枫拿了茶几下层的便笺纸和铅笔，在闷头写写画画。

"我觉得这图形挺有意思的。"袁枫扫一眼笔记本屏幕上的八卦图，"长长短短，跟莫尔斯码似的。"

"别闹了。"吴谦生气道，"莫尔斯码是十九世纪才出现的。它对应的，是现代英语字母和阿拉伯数字之类的字符。而且这图上的，不是什么长长短短，是'阴'和'阳'。"他嗔怪袁枫不懂传统文化。

"哦，阴阳啊。"袁枫换了张便笺，依旧兴趣满满，"所以说，坎卦是阴阳阴，对吧？"他一个个数过去，在纸上记录。

坎：阴阳阴

艮：阴阴阳

震：阳阴阴

巽：阴阳阳

离：阳阴阳

坤：阴阴阴

兑：阳阳阴

乾：阳阳阳

"有意思，真有意思。"袁枫自言自语，奋笔疾书，在纸上写下一大片的 0 和 1。

"让他自己玩吧。"沈湘如完全看不懂他在做什么,更不懂他为何两眼放光,"姨夫,如果武则天真的得到了葱岭玉,您的推断或许是对的,我只是觉得有些地方不尽合理。"

"没有什么事是百分之百的严谨合理。"吴谦接住这个台阶,"既然事实对得上,那就行了。"

"若葱岭玉早落在武则天手里,葛善之流岂不是白忙活一场。"沈湘如皱眉,"搭上那么多人命,就为了一个早已不存在的东西。怎么会这样呢?"

"这就是人嘛。"吴谦跟着慨叹,"你看唐太宗,前半生征战无数,后半生殚精竭虑。他为一个新生的帝国,打下国泰民安的基础,靠的是神迹?他被西域各国尊为天可汗,靠的是法宝?然而就是这样一个人,在晚年,还是想投靠超自然的力量,为后人保驾护航。他或许忘了,自己是如何打下的这片江山吧。"

"错了,馆长。"一直没吭声,埋头写数字的袁枫扔下笔,"您和武则天都错了——如果女皇是按您说的那样,去找葱岭玉,她是什么都得不到的!你们都上了唐太宗的当了。"

"你在说什么呢?"吴谦和沈湘如被他没头没脑的兴奋搞蒙了。

"制造昭陵六骏2.0版的,也是唐太宗。"袁枫举起便笺,"他才没有在石骏的身体各部位做文章,而是让工匠按照原样做的新六骏,只是更换了位置。"

"唐太宗把原有六骏打碎埋起来,换上新的,这是在搞什么?"吴谦不信。

"沈先生说得很有道理。"袁枫给他们解释自己的推断,"把灵玉留给某个人,其实是很不安全的。而且,既然提示只能让智者看懂,就不会是表面看起来那么简单。"

"你写的这些是啥?"吴谦看他在便笺上写下的一排排数字。

"您刚才说了,八卦的卦象是由阴、阳组成。这依现在的科学

第十一章 千古谜

看来叫作二态性。"袁枫手舞足蹈，"比如人有男女，硬币有两面，这些都是二态性。我们学计算机的，都知道二进制，用 0 和 1 来表示所有数字，也是二态性。"

"但古人不知道这些啊。"吴谦觉得他疯了。

"我们在说智者啊，馆长。"袁枫请他不要急着反驳，"人的智力高低怎么体现呢？您仔细想想，我们对图形是最敏感的，其次是文字。常人最难理解的，是数字，因为它很抽象。而理解抽象的东西，是需要一定智力水平的。智商越高，学数学成绩越好，这是有科学依据的。"

"你到底想说啥……"吴谦更晕了。

"他想把阴、阳用数字 1 和 0 来表达。"沈湘如明白了一些，"袁枫，唐朝人是不可能懂二进制的。莱布尼兹先生的棺材板，怕是压不住了。"

"我没说唐太宗懂二进制。"袁枫摇头，"我只是说他很聪明，发现了藏在阴阳八卦中的数字规律，并且巧妙地使用昭陵六骏来对应这个规律。"他又撕了张纸，重新写下数字。

坎：阴阳阴 101（5）
艮：阴阴阳 110（6）
震：阳阴阴 011（3）
巽：阴阳阳 100（4）
离：阳阴阳 010（2）
坤：阴阴阴 111（7）
兑：阳阳阴 001（1）
乾：阳阳阳 000（0）

"括号里是对应的十进制数？"吴谦糊涂，"那要啥二进，直接1、2、3不就行?"

"那么坎、艮、巽、震、离……谁是1呢?"袁枫反问,"还有啊,馆长,很多人和您一样,想到数字就是1、2、3,一直到10,却忘了0的存在。我跟您说,0在这个谜题中,很重要。所以,这里用二进制,其实是最合理的。"

"你等一下啊。"沈湘如倒是对袁枫的奇思妙想很有兴趣,"为什么阴为1,阳为0?"

"您别急,等会儿我算完就知道啦。"袁枫正在兴头上,拿出一沓便利贴,在花花绿绿的贴纸上写好数字,贴在两组模型上,"刚才馆长说'太极生两仪,两仪生四象,四象生八卦,八卦生万象',我总觉得这个规律很熟悉,仔细想想,2、4、8都是2的N次幂嘛。"

"你这想象力,突破天际。"沈湘如大笑不止。

"我认为,古人虽然没有像莱布尼兹那样,归纳出数制,还是有很多能贴合现代科学的朴素想法的。"袁枫给每个模型都贴好数字标签,在纸上记下来。

    昭陵六骏2.0:
    什伐赤(6)青骓(3)特勒骠(4)白蹄乌(0)拳毛䯄(1)飒露紫(7)

    昭陵六骏1.0:
    什伐赤(3)青骓(4)特勒骠(1)白蹄乌(0)拳毛䯄(6)飒露紫(7)

"您把数字大小相减,看一下会是什么样。"袁枫把笔递给沈湘如。

"大减小的话,是这样的。"沈湘如心算后写在纸上,字迹比袁枫漂亮得多。

什伐赤（3）青骓（1）特勒骠（3）白蹄乌（0）拳毛䯄（5）飒露紫（0）

"这些数字是什么意思呢？"吴谦托着下巴，半开玩笑地问，"快递柜的取货密码？"

"我们再按另一种算法，阴为0、阳为1算一次。"袁枫请沈湘如代劳。

"那有些数字就要反过来了。"沈湘如按他之前的方式写下数码。

坎：阴阳阴 010（2）

艮：阴阴阳 001（1）

震：阳阴阴 100（4）

巽：阴阳阳 011（3）

离：阳阴阳 101（5）

坤：阴阴阴 000（0）

兑：阳阳阴 110（6）

乾：阳阳阳 111（7）

袁枫在两组模型旁贴上新的数码标签，记下每匹马对应的数字。

昭陵六骏模型 2.0：

什伐赤（1）青骓（4）特勒骠（3）白蹄乌（7）拳毛䯄（6）飒露紫（0）

昭陵六骏模型 1.0：

什伐赤（4）青骓（3）特勒骠（6）白蹄乌（7）拳毛䯄（1）

飒露紫（0）

两组数字大小相减：

什伐赤（3）青骓（1）特勒骠（3）白蹄乌（0）拳毛䯄（5）

飒露紫（0）

"每一匹对应数码是一样的啊。"吴谦开始有点相信他了，"但是数字该怎么排列呢？六个数字的话该有……"

"六个数字的排列组合，有七百二十种。"沈湘如不愧是沃德商学院的高才生，心算极快。

"唐太宗留给后人的，不是什么取货密码，而是四个字。"袁枫展开沈湘如抄写的马赞，用手指在每匹马对应的诗句中，圈出能对应数字的文字，"什伐赤是3，对应的是'末'字。"

数字0表示不取字，于是青骓的1对应"足"，特勒骠的3对应"腾"，而拳毛䯄的5对应"氛"。

"可是四个字，又该按什么顺序排呢？"沈湘如把这几个字写了几遍，"有二十四种排列组合呢。虽然比七百二十种少了太多，可是你去找丘行恭的后人要葱岭玉，总得说出正确的暗语。"

"不，丘行恭是一路疑兵。"袁枫摇头，"唐太宗根本没把葱岭玉交给他，或者任何人！他很清楚，这东西落在什么人手里，都是有隐患的。"

"那他留下谜题做什么？"吴谦愣住，"考子孙后代的智商，为了好玩？"

"您仔细看这几个字，就能明白唐太宗要告诉子孙什么。"袁枫比画了下一撇一捺，"这四个字里藏着同一个字呢。若是李唐后人足够聪明，能解出唐太宗留下的谜题，他们就不会去找葱岭玉啦。"

"一撇一捺，是'八'字？"沈湘如皱眉。

"我明白了。"吴谦盯着几个字看了一会儿,大叫一声,"人!一撇一捺,是'人'字。四个字里藏着的同一个'人'字。聪明啊,年轻人!"

"原来唐太宗没有老糊涂。"沈湘如露出释然的浅笑,"他很可能最终毁了葱岭玉,并要求删掉所有记录。他告诉后人,六骏中有答案,其实是要让他们绞尽脑汁去看明白,国家社稷的守护者不是灵玉,而是人,是大唐子民,是番邦友人,是天下每一个普普通通的'人'。"

人,藏在一个复杂谜题背后,最简单的答案。

简单吗?在天地之间,人是渺小而转瞬即逝的。但正是这一个个渺小的生命,聚沙成塔,在漫长的岁月间,开垦出良田沃土,飞到了太空深处,写下了过去四十多亿年不曾出现的一幕幕精彩绝伦的故事。

芸芸众生,或许是世间最不起眼的存在。他们来了去了,不会在史书上留下一丁点的痕迹。然而,没有这些不起眼的人,历史还会存在吗?国家会变成什么样?

唐太宗留下"人"这样一个简单的字,给后世子孙,其实包含了千言万语吧!一心寻宝的人或许会大失所望。因为他们无法看到,一个国家真正的宝藏,其实一直都近在咫尺。

"然而回看历史,唐太宗的后人,怕是没有人能读出祖宗留下的谜题。"吴谦内心触动,"武则天挖出初版的六骏,以为解开了拿到灵玉的线索。她还故意毁掉每匹石骏的一部分,怕其他人捷足先登。结果丘神绩拿不出葱岭玉,被她杀死。"

"那种酷吏,死了不冤。"沈湘如不屑。

"岂有神力助社稷,自古人心定乾坤。"吴谦眼睛有点湿润,"可惜啊,古往今来多少当权者,不明白这个简单的道理。他们对怪力乱神孜孜以求,反而把人视为草芥,甚至看成负担。"

一个帝国的荣耀和伟大,一个时代的辉煌和繁盛,从来都不是一句"皇帝英明"能够概括的。袁枫是从葛善口中听到的这句话,但它应该是沙婕的心声吧。

作为一个笃信科学的人,他生平第一次希望,人是有在天之灵的。那样沙婕就可以知道,她付出生命守护的昭陵六骏,终于讲出了它们隐藏了千年的秘密。一直相信"临天下者,以人为本"的她,必定会很开心。

"姨夫,这么说来,武则天晚年焕发青春,也只是传闻咯?"沈湘如打断他们的各自哀伤。

"难说呀。"吴谦正色道,"武则天是个很执着的人。她从唐太宗的下等嫔妃,一步步登上皇帝之位,筹谋了将近半个世纪。这样的人,是不会轻易放弃的。所以,没有在丘神绩那里得到葱岭玉,她说不定会想另辟蹊径去寻找。"

"像葛善指示慎澜和龚郑去塔什库尔干那样,派人去葱岭寻宝?"

"极有可能。"吴谦说,"你们可能不知道,在撒马尔罕考古中,发现过武则天形象的壁画。撒马尔罕是粟特人的老家。壁画说明,女皇在西域一带,还是很有人缘的。"

"带揭盘陀人去大唐进贡的,就是粟特人。"沈湘如眯起眼睛,"女皇真的找到葱岭玉了?会不会有灵玉经过她的手,流传到其他人手中呢?"

"没有任何证据,我不敢乱猜。"吴谦打住他的思绪。

"我最担心的,还是至今面目不清的那伙人。"袁枫说,"您说,他们要守住葱岭玉的秘密,证明这伙人和灵玉必有渊源。"

"围绕葱岭玉,还有很多谜没有解开。"吴谦请他们帮忙收起模型和一堆写满字的纸片、便利贴,"我敢说,我们身边的麻烦,也不会就此结束。"

"这些天，坊间对昭陵六骏的秘密，议论纷纷。您打算把咱们的想法，公之于众吗？"沈湘如问他。

"公布也好，可以断了葛善的念想。其他人也不会再去瞎猜，再对六骏有什么企图。"袁枫鼓动吴谦。

"可是这样一来，就不能不提葱岭玉。"吴谦半仰头，"我还是先写个报告给上面，再说以什么口径对世人公开吧。对葱岭玉真身的推论，不敢让太多人知道。"

"那会引诱很多阴谋家，跑去塔什库尔干挖宝贝。"袁枫明白他的担忧。

"你不要嘴快，告诉错觉方程式哟。"沈湘如提醒袁枫，"以利维坦的性格，搞不好又是一个全球大新闻爆出来。他们一定会喜欢这个结果。错觉方程式一向认为，科学要保护和发挥'人的意义'，所以才会反对滥用人工智能。"

"我觉得他们和支持者的态度，有点悲观。"袁枫说，"发展人工智能，让人从枯燥的工作里解脱出来，去做更有意义的事，其实和他们的初衷，是相同的。"

"可有朝一日，机器要奴役人可怎么办？"

"我们担心机器奴役人，是因为人会奴役人。"袁枫反问，"我们知道人性中有贪婪、自私、无情等劣根性，于是担心，机器也发会展出类似的特质。但它们会吗？"

"不会吗？"沈湘如和吴谦异口同声。

"机器的进化方式，注定和我们不同。"袁枫说，"如果它们只进化出爱、勇气和仁慈这些正向的特质，我们的担忧就不会变成现实。那样的机器，只会对人有利。"

"但你们这些科学家，已经开始研究教机器说谎了。"沈湘如反驳，"我从新闻上看，一些人工智能学会了愤怒、害怕的情绪，也学会了用假话，保护自己的真实意图。"

"所以我们需要担心的，仍然是我们自己呀。是我们去教机器该怎么做。"袁枫看向洒满阳光的花园，"不论是过去、现在还是未来，真正决定人类生死存亡的，永远是我们自己。"

"这应该就是'人的意义'。"沈湘如假意鼓掌，"我存了几瓶好酒，应该拿出来，庆祝下袁枫阐释了如此精辟的哲理。"

"我不会喝酒。"袁枫脸一红，"您要是能借我一个手机，我不胜感激。"他向吴谦和沈湘如解释，自己打算离开一阵子，明天就出发。

"手机好说，我送你个最新款的。你要去哪儿……"沈湘如话一出口，便立刻摆手，"算了，我还是不问的好。但你不管去哪儿，一定记得，给我们报个平安。"

"嗯，一定。"袁枫心头一热。

窗外，雁鸣声声，壮丽而且轻盈的队伍整齐地扇动翅膀，飞向温暖的方向，在晴朗的天空中，排成一个大大的"人"字。

（全文完）

出 品 人：许　永
责任编辑：许宗华
特邀编辑：计双羽　王菁菁　王佩佩
封面插画：刘　倩
装帧设计：郭　子
印制总监：蒋　波
发行总监：田峰峥

投稿信箱：cmsdbj@163.com
发　　行：北京创美汇品图书有限公司
发行热线：010-59799930

创美工厂　　　创美工厂
微信公众平台　官方微博